HEXENGESICHT

Für Alena und Yanik.
Und für Willi.
Weil ihr mein größtes Glück seid.

HEIKE SCHULZ

Hexengesicht

ROMAN

Herzklopfen Fantasy

INHALT

Die Stadt Penzlin in Mecklenburg-Vorpommern diente als Vorbild
für den fiktiven Ort Walnik. Die Personen und die Handlung
in diesem Buch sind jedoch frei erfunden.

PROLOG

S ub tuum præsidium confugimus, Sancta Dei Genetrix …«
Keuchend stieß Friederike die Gebetsformeln aus, die ihre
Mutter sie einst gelehrt hatte. Ob Maria, die heilige Gottes-
gebärerin, sie erhörte und ihr Schutz unter ihrem Schirm
spendete? Vorsichtig spähte Friederike am Stamm der Birke
vorbei, hinter der sie sich eine kurze Atempause gönnte. Von
ihren Verfolgern war noch nichts zu sehen, doch das Bellen
der Bluthunde drang bereits durch den Nebel zu ihr. Weiter, ermahnte Friederike sich. Tiefer in den Wald, zur Kate
der alten Gwendoline. Sie trat einen Schritt vor und verzog
gequält das Gesicht. Wie Glas schnitt der Frost in ihre bloßen
Füße und einmal mehr trauerte sie ihren Pantinen nach, die sie
auf dem vereisten Bach verloren hatte. Unsicher tastete sie sich
den glatten Abhang hinunter. Sie versuchte, den Pfad ausfindig
zu machen, der zu der halb verfallen Hütte führte.

Als Kind hatte Friederike sich stets von dem Ort fernge-
halten, um den sich so viele Spukgeschichten rankten, auch
wenn es sie mit wohligem Schauer erfüllt hatte, wenn ihre
Amme ihr vor dem Einschlafen von der alten Gwendoline erzählt hatte. Nun war alles anders. Nun war die Geschichte der
merkwürdigen Kräuterfrau, die einst der Hexerei angeklagt
worden war und unter der Wasserprüfung den Tod gefunden
hatte, nicht mehr nur eine Gruselmär, die man kleinen Mädchen vor dem Zubettgehen erzählte. Nun drohte Friederike
ein ähnliches Schicksal wie Gwendoline.

»Nostras deprecationes ne despicias in necessitatibus nostris ...«, setzten ihre Lippen tonlos fort. Ihr Atem formte weiße Wölkchen vor ihrem Mund. Einen Herzschlag lang fürchtete sie, sich verlaufen zu haben, doch dann entdeckte sie im Mondlicht einen Trampelpfad zwischen den kargen Büschen. Hastig zog sie den Umhang enger um ihr Nachtgewand und humpelte weiter. Trotz der Kälte strömte ihr der Schweiß den Rücken hinab, rann aus jeder Pore, sodass in ihre eigene Nase ein stechender Geruch drang. Sicher war es für die Hunde ein Leichtes, ihrer Spur zu folgen. Sie versuchte, ihre Angst nicht übermächtig werden zu lassen, und zwang sich, einen Fuß vor den anderen zu setzen. Nur noch bis zu Gwendolines Hütte, redete sie sich selbst Mut zu, dann bist du in Sicherheit.

Von dort aus führte ein geheimer Tunnel Richtung Westen, nach Malchow. Das hatte Vater ihr hastig zugeraunt, als Bero von Kreutzmarck und seine gottesfürchtigen Vasallen mitten in der Nacht an die Türe ihres Elternhauses gepocht und gefordert hatten, man möge sie herausgeben. Nicht einmal zum Ankleiden war ihr Zeit geblieben. In aller Eile hatte Mutter ihr den Umhang übergeworfen, ihr einen letzten Kuss auf die Stirn gegeben und sie durch die Hintertür des Gesindehauses in die Nacht hinausgeschoben. Das Letzte, was Friederike vernommen hatte, war das Bersten der Haustür, Vaters Brüllen und Mutters Weinen, bevor die Jagd auf sie begonnen hatte.

So schnell es ihre wunden Füße erlaubten, bahnte sich Friederike ihren Weg. Immer wieder blieb ihr Umhang an den Schlehdornen hängen, sie hielten sie fest, als ob sie mit ihren Verfolgern im Bunde stünden. Hinter ihr wurde das Bellen lauter, vermischte sich mit den Rufen ihrer Häscher und als sie einen hastigen Blick über die Schulter warf, erkannte sie Fackeln zwischen den Bäumen. Sieh nicht hin, mahnte sie sich, lauf immer weiter, es ist bald geschafft. Sie richtete den Blick nach vorn und endlich schälte sich das Gerippe der alten Kate aus dem Nebel. Neue Kraft durchströmte Friederike. Sobald sie die Schwelle übertreten hatte, war sie gerettet, denn Bero würde es niemals wagen, das Haus einer Verfluchten zu betreten. Vielleicht würde er die Reste niederbrennen, doch dann wäre sie längst fort.

Rasch! Beherzt lief sie auf die Ruine zu. In Malchow würde sie Unterkunft bei ihrem Oheim finden. So lange, bis Bero ihre Spur verloren hatte und sie weiterreisen konnte, vielleicht nach Wittenberge.

Sie stieg die enge Holztreppe hinauf und stemmte sich mit aller Kraft gegen die verwitterte Pforte. Beinahe ging ihr ein Fluch über die Lippen, als diese sich nur unmerklich bewegte. Offenbar hatte sich das Holz im ständigen Wechsel der Jahreszeiten verzogen und klemmte fest. Friederike trat einen Schritt zurück und warf sich erneut gegen die Tür. Wieder gab sie nur einen Fingerbreit nach. Mit schmerzverzerrtem Gesicht rieb sich Friederike die Schulter, dann biss sie die Zähne zusammen und versuchte es noch einmal. Bunte Funken sprühten vor ihren Augen auf, als ihr Körper auf das Holz traf, doch diesmal wurden ihre Mühen belohnt. Die Pforte gab einen Spalt frei, zwar nur eine weitere Handbreit groß, doch er würde genügen. Hastig ein Dankgebet murmelnd, schob Friederike den rechten Arm durch den Türspalt, drängte die Schulter hindurch, drehte den Kopf nach links – und blickte auf eine Schwertklinge, die geradewegs auf ihre Kehle zielte.

»Friederike von Heinen!«, erhob sich eine kräftige Stimme. »Tritt vor!«

Ihre Knie drohten nachzugeben, als sie aufschaute und die Wand von Männern erblickte, die sich, mit Fackeln, Dreschflegeln, Mistgabeln und Sensen bewaffnet und von geifernden Hunden begleitet, im Halbkreis um die Kate versammelt hatten. Viele vertraute Gesichter waren darunter, nicht wenige

Lehnsmänner und Bauern ihres Vaters, die in ihrem Elternhaus ein und aus gegangen und mit deren Kindern sie aufgewachsen war.

Ein letztes Mal quetschte Friederike sich in den Türspalt, doch sogleich zuckte das Schwert und sie gab ihre Bemühungen auf. So nah, die Rettung war so nah gewesen. Alles umsonst. Plötzlich fühlte sie sich ganz schwach und sackte auf die Knie. Ein Raunen ging durch die Menge.

»Friederike von Heinen!«, donnerte die Stimme des Landvogts, der auf dem Rücken seines Pferdes thronte. »Du bist der Hexerei angeklagt! Kraft meines Amtes nehme ich dich hiermit in Gewahrsam und ordne die peinliche Befragung an, bis wir die Wahrheit vor Gott kennen.«

»Erbarmen, Herr, bei der Jungfrau Maria, ich bin unschuldig!«, schluchzte Friederike und schaute in Beros Gesicht, doch wenngleich er sie einst begehrt hatte, lag nun nur noch Verachtung in seinem Blick, gepaart mit unverhohlener Genugtuung.

Friederike senkte die Lider. Wie oft hatte Bero von Kreutzmarck bei ihrem Vater um ihre Hand angehalten und jedes Mal hatte dieser ihn abgewiesen. Zu alt sei er für seine gerade einmal 15 Lenze zählende Tochter, die nichts als Ekel für diesen kahlköpfigen, schmerbäuchigen Mann empfand. Nun, sie hatte Beros Rachedurst unterschätzt. Niemand stieß den Landvogt vor den Kopf, ohne den Preis dafür zu zahlen. Immer wieder hatte er nach ihrer Ablehnung behauptet, sie beim nächtlichen Ausflug auf einem gehörnten Esel beobachtet zu haben. Niemand hatte ihm Glauben geschenkt, bis ihm eine grausame Laune der Natur den scheinbaren Beweis für Friederikes Bund mit dem Teufel in die Hände spielte.

Unruhe erfasste die Menge. Friederike schaute auf und entdeckte Mitgefühl und Zweifel in vereinzelten Gesichtern. »Ich bin unschuldig«, wiederholte sie ihre Beteuerung und suchte den Blick des Vasallen, der noch immer das Schwert auf sie richtete. Langsam ließ der die Waffe sinken.

»Lasst sie gehen, sie ist doch nur ein unschuldiges Kind!«, rief irgendwer aus der Menge. Zustimmendes Gemurmel ertönte allenthalben.

»Ein unschuldiges Kind. Soso!«, höhnte Bero, stieg vom Pferd und trat an die Seite des Vasallen. Mit schnellem Griff riss er ihm die Klinge aus der Hand und schob deren Spitze unter Friederikes Kapuze. Ein kurzer Hieb und schon lag ihr Antlitz bloß.

Entsetzt stöhnte die Menge auf. Hastig versuchte Friederike, ihr Gesicht zu verbergen. Als sie jedoch in die schreckensweiten Augen der Menschen schaute, die ihre Fäuste zur *mano fico* ballten, wusste sie, dass es um sie geschehen war.

KAPITEL 1

WIE ÖL UND WASSER

Ächzend schoben sich die Türen des Reisebusses auseinander und ließen einen Schwall frischer Luft herein. Erleichtert atmete Tamara auf. Gleich nach der Abfahrt hatte sich Gregor eine Sitzreihe hinter ihr übergeben und dementsprechend stank der Bus schon seit zwei Stunden nach Nutella und Galle.

»Vergesst nicht, euren Müll einzusammeln«, rief Herr Bierkamp, als sich alle gleichzeitig in den Mittelgang drängten. »Benehmt euch so, als wärt ihr zu Hause.«

»Was denn jetzt: einsammeln oder wie zu Hause benehmen?«, fragte David von der anderen Seite des Gangs und grinste frech.

Belustigt schüttelte Tamara den Kopf und streckte sich nach ihrem Fledermausfilzbeutel im Gepäckfach.

»Warte!« Mit einem raschen Handgriff packte David die Tasche und reichte sie ihr. »Hier, Krümel«, setzte er augenzwinkernd hinzu.

»Danke, langes Elend«, konterte Tamara und deutete einen Knicks an, der mit Sicherheit grazil ausgefallen wäre, wenn sie sich nicht mit einem Knie auf dem Sitzpolster abgestützt hätte.

Sie wartete, bis sich die meisten ihrer Mitschüler nach draußen gedrängelt hatten, dann klemmte sie sich ihren Beutel unter den Arm und folgte ihnen. Vor dem Reisebus sog sie die frische Sommerluft ein und schaute sich um. Gar nicht so übel hier. Vielleicht ein bisschen zu malerisch, aber ihr gefiel das Städtchen Walnik, das sich, eingebettet zwischen sanften Hügeln und duftigem Grün, vor ihr ausbreitete. Wie Spielzeug reihten sich die Fachwerkhäuschen in den verschlungenen Gässchen, um einen kleinen Weiher herum und bis zur Kirche hinauf, die über die roten Schindeldächer wachte wie eine Glucke über ihre Küken.

»Was für ein Kaff«, stöhnte jemand neben ihr und rammte ihr einen riesigen Reisetrolley in die Kniekehlen. »Wetten, die haben nicht einmal eine Bar?«

Tamara drehte sich um und bedachte Josephine mit einem langen Blick.

»Sorry«, murmelte Josephine halbherzig und verzog das Gesicht zu einer Grimasse.

»Ist schon okay«, antwortete Tamara und trat einen Schritt zur Seite.

»Aber echt«, fuhr Josephine ungerührt fort. »So stelle ich mir den Arsch der Welt vor. Was hat Bierkamp sich nur dabei gedacht, uns hierher zu verfrachten? Jede Wette, die Eingeborenen glauben immer noch, dass die Welt eine Scheibe ist.«

»Ist doch hübsch hier«, bemerkte Tamara.

Da ertönte aus Josephines Jackentasche das *Sex and the City*-Intro, woraufhin sie hektisch ein Handy hervorwühlte und ihren Trolley über ein paar Mitschülerfüße hinweg fortzog.

»Viva la Diva«, murmelte David, der Josephine hinterherschaute und sich zu Tamara durchkämpfte. »Das ist doch deine, oder? Ist die neu?« Er hielt eine giftgrüne Reisetasche hoch, die über und über mit bunten Federn, Holzperlen, Buttons und diversen Pagan-Band-Aufnähern dekoriert war.

»Wie du das nur erraten konntest!«, lachte Tamara und nahm ihr Gepäck an sich. »Die habe ich letzte Woche bei Wirrwarr gekauft.«

»Exzentrisch, aber passt zu dir«, antwortete David, warf sich eine Sporttasche auf den Rücken und bahnte ihnen beiden den Weg hinaus aus dem Gedränge bis zu einem schmiedeeisernen Tor.

»Exzentrisch also«, stellte Tamara fest. »Ist das der nettere Ausdruck für ›total bescheuert‹?«

David drehte sich zu ihr um, schaute auf sie hinunter und musterte sie eindringlich. »Jepp!«, bestätigte er schließlich und brachte sich feixend in Sicherheit, als Tamara zu einem Klaps auf seinen Hintern ausholte.

»Freche Kröte!«, lachte er.

»Frecher Kröter!«, lachte sie zurück.

»Wir sehen uns nach der Zimmerverteilung!«, rief er und schloss sich Phil, Marek und ein paar anderen Jungs an, die gerade ihr Gepäck durch das Tor zum Schullandheim schleppten.

Schmunzelnd warf sich Tamara ihren Beutel über die Schulter, packte die Schlaufen ihrer Reisetasche und folgte ihnen. Als sich ihre Unterkunft aus den Bäumen schälte, seufzte sie verzückt auf. Zwischen sorgsam gepflegten Rhododendrenbüschen und uralten Eichen erhob sich ein historisches Herrenhaus, das sich mit unzähligen Erkern, Nebengebäuden und Anbauten um drei schneeweiße Türmchen gruppierte. Das Sonnenlicht malte Flecken auf die schwarzweiße Fachwerkfassade und spiegelte sich in den Bleiglasfenstern.

Als sich Tamara dem Haupteingang näherte, entzifferte sie auf dem Türsturz den Schriftzug »Anno Domini 1504«. Behutsam streckte sie die Hand aus und als sie die eisenbeschlagene Pforte berührte, durchströmte sie ein tiefes Wohlbehagen. Ja, hier würde sie sich zu Hause fühlen können, zumindest für die nächsten sieben Tage.

»Rein oder raus?«, riss sie Josephines Stimme aus ihren Gedanken.

»Hm?«

»Wenn du dich mit dem Kasten verloben willst, dann mach das drinnen oder draußen, aber hier versperrst du den Weg«, fuhr Jo fort und trat an Tamaras Seite.

»Oh, rein natürlich«, antwortete Tamara.

Als sie bemerkte, wie Jo sich vergeblich damit abmühte, ihren Trolley über die Schwelle zu wuchten, stellte sie ihr Gepäck ab und half ihr.

»Du meine Güte, das Ding wiegt ja eine halbe Tonne«, schnaufte Tamara, als sie das Ungetüm endlich in die Eingangshalle verfrachtet hatten. »Was schleppst du bloß alles mit dir herum?«

»Nur das Nötigste«, antwortete Jo achselzuckend. »Aber wenn ich gewusst hätte, dass wir in der Pampa landen, hätte ich mir das sparen können.«

Angewidert ließ sie ihren Blick durch die Eingangshalle wandern – über die gekreuzten Schwerter und Gobelins an den Wänden und die Ritterrüstungen in den Wandvertiefungen –, bis er schließlich an Tamara hängen blieb. Sie musterte Tamaras selbst gebatiktes Kittelkleid, ihre Schuhe mit den hochgedrehten Spitzen, ihre langen schwarzen Zöpfe mit den eingeflochtenen Lederbändern und das silberne Pentagramm um ihren Hals, streifte ihren schwarzen Filzbeutel mit einem Blick und zog eine Augenbraue hoch. »Aber du scheinst ja perfekt hierher zu passen«, setzte sie in einem Ton hinzu, von dem Tamara nicht wusste, ob Spott oder Anerkennung darin lag. »Du weißt nicht zufällig, wo hier die Mädchenschlafräume sind?«

Ohne nachzudenken, deutete Tamara auf eine der beiden Steintreppen, die sich links und rechts nach oben schlangen. »Links in den zweiten Stock, den Gang entlang und dann noch mal links«, antwortete sie. »Die Duschen sind im ersten Stock.«

»Was? Gemeinschaftsduschen?« Trotz ihres Make-ups wurde Jo blass wie Magerquark. »Und einen Lift haben sie hier auch nicht, oder?«

»Bedaure, aber vielleicht kommt gleich ein Lakai und trägt deinen durchlauchten Luxushintern hinauf?«, antwortete Tamara, schnappte sich ihre Sachen und ließ Jo mit offenem Mund stehen.

Tamara atmete tief durch, um ihre Verärgerung niederzukämpfen. Nun gut, sie würde sich den Aufenthalt hier nicht von dieser verwöhnten Zicke verderben lassen. Immerhin gab es hier so viel Interessantes zu entdecken. Herr Bierkamp hatte während seines Unterrichts erzählt, dass Walnik im 16. Jahrhundert eine Hochburg der Hexenverfolgung gewesen war, und sofort war der ganze Geschichtskurs Feuer und Flamme gewesen. Als er daraufhin vorgeschlagen hatte, Walnik zum Ziel ihrer diesjährigen Exkursion zu machen, hatten alle begeistert zugestimmt. Tamara befürchtete zwar, dass bei den meisten lediglich morbide Faszination für Folter und Tod dahintersteckte, aber ihr war es egal. Was auch immer die anderen bewogen hatte, hierher zu wollen, sie selbst freute sich auf sieben Tage an einem Ort, an dem die Geschichte der Hexenverfolgung förmlich aus jeder Mauerritze strömte.

Als Tamara endlich den Gebäudetrakt mit den Mädchenschlafräumen erreichte, war die Zimmerverteilung bereits im vollen Gange. Frau Slegert stand mit ihrem Klemmbrett inmitten einer Traube von Schülerinnen und machte einen reichlich genervten Eindruck. Offenbar hatte es bei der Reservierung ein Missverständnis gegeben, denn statt der versprochenen drei Vierbettzimmer standen nun vier Dreibettzimmer zur

Verfügung. Einige der Mädchen veranstalteten ein ziemliches Drama, weil sie nicht mit ihren Freundinnen in einem Zimmer schlafen durften. Irgendwann wurde es der jungen Referendarin zu bunt und sie bestimmte einfach, wer welche Zimmer belegte.

Tamara war es egal, sie verstand sich mit allen gleich gut, wobei ihr niemand besonders nahestand. Ihre Gelassenheit hielt so lange an, bis Frau Slegert die letzte Gruppe nannte.

»Tamara, Josephine und Hatice nehmen Zimmer elf. Alles klar so weit?«

»Hatice hat sich vorgestern beim Fußballtraining den Knöchel gebrochen und liegt im Krankenhaus«, meldete sich Svenja. »Hat Herr Bierkamp Ihnen nichts davon gesagt?«

»Ah ja«, fiel es Frau Slegert wieder ein. »Stimmt. Also nur Tamara und Josephine. Dann nehmt ihr Zimmer zwölf.«

»Kann ich nicht noch mit in Svenjas Zimmer?«, tönte es durch den Flur. »Wir stellen einfach ein zusätzliches Bett hinein.« Jo hatte es offenbar doch noch geschafft, einen Sherpa für ihr Gepäck aufzutreiben, denn als sie auf Frau Slegert zueilte, folgte ihr ein reichlich durchgeschwitzter Marek mit ihrem Koffer.

»Dafür sind die Zimmer zu klein«, erklärte die junge Lehrerin. »Außerdem habe ich jetzt langsam die Faxen dicke. Es wird so gemacht, wie ich es gesagt habe, und aus die Maus. Ihr werdet schon miteinander klarkommen. Beeilt euch mit dem Auspacken, um zwölf gibt es Mittagessen. Und denkt dran: Danach treffen wir uns alle im Kaminzimmer und brechen gemeinsam zur Burg auf. Die Führung dauert bis 16 Uhr, anschließend habt ihr Freizeit.« Damit schob sie sich ihr Klemmbrett unter den Arm und zog von dannen.

Josephine fühlte sich wie im falschen Film. Während die anderen Mädchen mehr oder weniger begeistert ihre Zimmer bezogen, stand sie mit Tamara im Flur und wusste nicht, wie sie aus dieser Nummer wieder herauskommen sollte. Wie sehr hatte sie sich auf diese Klassenfahrt gefreut. Endlich einmal raus aus ihrem Kaff, neue Gesichter sehen und was erleben, doch das Schullandheim mit historischer Atmosphäre hatte sich als muffiges Museum mit haarsträubenden sanitären Anlagen entpuppt, das mitten im Nirgendwo vor sich hin gammelte. Und die Zimmerpartys konnte sie mit dieser merkwürdigen Tamara an der Backe auch in die Tonne treten. Wenigstens hatte ihr Handy Netz, obwohl, so richtig happy war sie darüber auch nicht, denn in den fünf Telefonaten, die sie seit ihrer Ankunft geführt hatte, hatte sie sich viermal mit Kilian gefetzt. Der fünfte Anruf hatte ihrer Mum gegolten, um ihr mitzuteilen, dass sie gut angekommen war.

»Und jetzt?«, fragte Tamara und warf sich einen ihrer Zöpfe über die Schulter.

Jo bedachte ihre Zimmergenossin mit einem skeptischen Blick. Verdammt, die sah mindestens genauso angenervt aus, wie sie selbst sich fühlte. »Wir werden uns schon aus dem Weg gehen können«, grummelte Jo und stieß die Tür mit der Nummer zwölf auf.

Sofort bereute sie ihren Optimismus. Etagenbetten! Nur ein Schrank! Ein winziges Waschbecken, dazu ein klappriger Tisch und sage und schreibe nur ein einziger Stuhl! Das war ja die reinste Gefängniszelle! Ohne lange zu überlegen, wuchtete Jo ihren Trolley auf das obere Bett.

»Hey, Moment mal!«, meldete sich Tamara zu Wort. »Wer sagt denn, dass das dein Bett ist?«

»Ich«, antwortete Jo. »Wer zuerst kommt, mahlt zuerst.«

»Ach, und du denkst, das funktioniert so?« Tamara stemmte die Hände in die Hüften. Sie würde das obere Bett nicht kampflos aufgeben.

»Siehst du doch«, antwortete Jo und begann, provokant langsam den Reißverschluss ihres Koffers aufzuziehen.

»Na, dann pass mal auf!« Ehe Jo reagieren konnte, hatte Tamara sich deren Handtasche geschnappt und auf den Flur befördert.

»Spinnst du? Meine Louis Vuitton!« Mit einem Satz war Jo zur Tür raus. Ihr Lippenstift und die Mascara kullerten über die abgelatschte Auslegware. Der Deckel der Puderdose war aufgesprungen und der Inhalt verteilte sich an der Sockelleiste. Verdammt, der hatte fast 20 Euro gekostet. Atemlos vor Wut klaubte Jo ihre Habseligkeiten zusammen und stürmte zurück in das Zimmer.

In der Zwischenzeit hatte Tamara den Trolley wieder vom Bett gezerrt und zwirbelte ganz entspannt an einem ihrer Zöpfe herum.

»Noch mal von vorne, okay?«, erklärte Tamara in Seelenruhe, was Jo für einen Moment die Sprache verschlug. »Wir beide wollen das obere Bett, also losen wir es aus. Papier, Schere, Stein. Best of three.«

Jo schnaufte verächtlich. Kinderkram. Aber gut, immer noch besser, als die Sachen der anderen auf den Flur zu werfen. Also ballte sie die Faust, Tamara rief: »Schnick, Schnack, Schnuck«, und bei »Schnuck« streckte Jo die Finger zur Schere aus.

»Stein schlägt Schere, eins zu null für mich«, verkündete Tamara. »Runde zwei. Schnick, Schnack, Schnuck. Papier schlägt Stein. Ich hab gewonnen. Nimm du ruhig das obere Bett.«

Jo glaubte, nicht richtig gehört zu haben. »Was? Dieser ganze Zirkus war völlig umsonst?«

»Nö«, erklärte Tamara und musterte den Kleiderschrank. »Nicht umsonst, aber überflüssig.«

Eine halbe Stunde später hatte Jo ihre Klamotten mehr schlecht als recht in dem gemeinsamen Schrank untergebracht. Tamara hatte ihr freundlicherweise zwei Kleiderbügel und ein Regalfach mehr überlassen, damit sie ihre High Heels und die beiden Abendkleider angemessen verstauen konnte. In Anbetracht der Tatsache, dass Tamara selbst nur ein paar Hängerkleidchen und nur ein einziges Paar Schuhe dabeihatte, erschien Jo diese großzügige Geste mehr als angebracht. Mittlerweile hatte sie sich einigermaßen damit abgefunden, dass sie sich das Zimmer mit Tamara teilen musste. Sie würden die meiste Zeit ohnehin mit irgendwelchen Besichtigungen verbringen, da konnten sie sich locker aus dem Weg gehen. Das schien auch in Tamaras Sinne zu sein, denn als sie den Speisesaal betraten, verkrümelte sie sich gleich an Davids Tisch, während Jo Svenjas ansteuerte.

KAPITEL 2

IM
SCHATTEN
DES ENGELS

D ie Burg wurde im späten Mittelalter erbaut und war im
16. Jahrhundert Dreh- und Angelpunkt der Hexenverfolgung in Walnik«, erklärte der Fremdenführer, als sie sich zwei
Stunden später im Innenhof der Walniker Burg versammelt
hatten.

Tamara schaute die rote Ziegelfassade des Hauptgebäu-
des hinauf und erschauderte. Was der Mann hier in nüchter-
nen Zahlen erläuterte, war nichts Geringeres als organisierte
Folter und Massenmord, ausgeübt an unschuldigen Frauen
und Mädchen, deren einziges Verbrechen darin bestanden
hatte, sich der gewaltsamen Christianisierung zu entziehen
und weiterhin den uralten heidnischen Göttern und den
Heilkräften Gaias zu vertrauen. Sie hatten Frigg und Odin
verehrt, die in direkter Konkurrenz zu den christlichen
Heiligen standen. Darüber hinaus waren sie häufig kräuter-
kundige Heilerinnen gewesen, deren Fähigkeiten vom Klerus als Hexerei betrachtet wurden und nur bedeuten konnten, dass sie mit Luzifer im Bunde standen. Wäre Tamara
selbst nur ein paar Jahrhunderte früher geboren worden,
hätte man sie mit Sicherheit auch in den Kerker gesperrt.
Man hätte auch sie so lange gefoltert, bis sie die abstrusesten
Verbrechen gestanden hätte, denn sie fühlte sich den Wiccas,
den weisen Hexen jener Zeit, verbunden.

»Wenn ihr mir bitte hinunter in den Keller folgen wollt ...«
Der Guide machte eine einladende Geste und ging voraus. Je

tiefer sie auf den ausgetretenen Steinstufen hinuntergingen, umso kühler wurde es. Muffige Feuchtigkeit schlug ihnen entgegen und obwohl die Kellerräume von elektrischem Licht erhellt wurden, ahnte Tamara, wie furchteinflößend alleine schon der Abstieg in die Tiefen der Burg den armen Gefangenen erschienen sein musste. Ohne die geringste Ahnung, ob sie jemals das Tageslicht wiedersehen würden, und mit der Gewissheit, dass unsägliche Qualen der peinlichen Befragung auf sie warteten. Niemand würde hier unten, rund sieben Meter unterhalb des Burghofs, ihre Schreie hören.

»Nun betreten wir die Hexenverliese«, erklärte der Fremdenführer leutselig. »Hier hat man seinerzeit die vermeintlichen Hexen angekettet und zwar ohne Verbindung zum Erdboden, dem Machtbereich ihres Herrn, des Teufels. Ganz so, wie es der *Hexenhammer* vorschreibt.«

Tamaras Mitschüler, die sich bis jetzt noch mit albernem Gekicher und theatralischem Seufzen hervorgetan hatten, verstummten nun schlagartig. Offenbar wurde beim Anblick der Eisenketten, die in den Nischen des Backsteingewölbes baumelten, auch dem Letzten klar, dass sie keine Führung durch Disneyland gebucht hatten.

Tamara spürte, wie sich eine Hand in ihre schob und sachte zudrückte. Wie so oft hatte David ihre Beklommenheit gespürt. »Und was passierte dann mit den Opfern?«, fragte er.

»Das zeige ich euch eine Etage höher, im Folterkeller«, erklärte der Mann und wies auf die Treppe. »Die Burg verfügt über einen der am besten erhaltenen mittelalterlichen Folterkeller in Deutschland«, sagte er nicht ohne Stolz. »Wir haben hier eine umfangreiche Sammlung von Marterwerkzeugen.«

Sie betraten eine niedrige Kammer, an deren Wand ein riesiges, mit Eisenringen beschlagenes Kreuz befestigt war. Rechts daneben stand ein mit Nägeln gespickter Stuhl, links davon eine hölzerne Streckbank mit einem schweren Drehkreuz. Unzählige weitere schaurige Instrumente wie Daumenschrauben, Halsgeigen, Zangen, Äxte, Schwerter und eine eiserne Schandmaske waren hier zu finden.

Ein kalter Hauch zog durch den Raum, doch außer Tamara schien das niemand zu bemerken. Ihre Nackenhärchen richteten sich auf. War da was? Jemand fasste erneut ihre Hand, doch als sie sich umdrehte, stand da niemand. Der Druck der unsichtbaren Berührung verstärkte sich und verschwand so plötzlich, wie er gekommen war. Ihr brach der kalte Schweiß aus.

»Wer mag, darf das ein oder andere Gerät gerne mal anlegen. Auf eigene Gefahr, versteht sich. Die Leute damals kannten nämlich keinen TÜV«, fuhr der Mann fort und lachte über seinen eigenen Scherz.

Tamara hörte kaum noch hin. Das Blut rauschte in ihren Ohren, ihr Magen drohte, sich umzustülpen. Nur fort, raus hier. Sie drehte sich um, stolperte die Treppe hinauf und sank atemlos auf die Knie, als sie endlich wieder die Sonnenstrahlen auf ihrer Haut spürte. Gierig sog sie die laue Sommerluft ein, schloss die Augen und wartete darauf, dass sich ihr Herzschlag beruhigte. Sie hatte etwas Unheimliches gespürt, unsichtbar und doch anwesend.

Oder hatten ihre Sinne ihr einen Streich gespielt? Eben im Verlies war sie noch absolut sicher gewesen, dass da etwas war. Aber hier im Sonnenschein?

Taumelnd richtete sie sich auf und setzte sich auf eine Bank unter einer Weide. Im Blätterdach zankten sich ein paar Meisen und sausten hinunter auf den Boden, wo sie an einem Stück Butterkeks herumpickten. Tamara lachte, als einer der Vögel versuchte, das Stückchen ganz alleine wegzuschleppen, er hatte sich offensichtlich überschätzt. »Wartet, ich helfe euch«, sagte sie zu den Vögeln, ging zum Keksrest, brach ihn in mehrere Stücke und verteilte ihn. Sie brauchte nur ein paar

Sekunden zu warten und schon bedienten die Vögel sich friedlich an der Nascherei.

Ob die Führung noch lange dauerte? Tamara warf einen Blick auf ihre Armbanduhr. Bis 16 Uhr, hatte Frau Slegert gesagt. Noch eine gute Stunde. Was sollte sie mit dem Rest der Zeit anfangen? Keine zehn Pferde brachten sie noch mal in den Kerker hinunter. Dieser Ort hatte so viel Grauen gesehen, sie konnte regelrecht spüren, wie die Wände den Schmerz der Gefangenen auch nach all den Jahren noch ausdünsteten.

Aber vielleicht gab es hier ja noch was anderes zu entdecken? Sie schaute sich um und sah einen imposanten Backsteinbau ganz in der Nähe. Offenbar eine Kirche, auch wenn der Turm seltsam stumpf aussah, fast so, als wäre den Arbeitern auf halber Strecke das Material ausgegangen. Vielleicht würde ihr aufgewühltes Inneres dort wieder zur Ruhe kommen.

Verstohlen spähte Jo auf ihr Handydisplay. Kein Netz. Natürlich. Wie denn auch so tief unter der Erde? Und ausgerechnet jetzt wartete Kilian auf ihre Antwort. Ob sie sich einfach verkrümeln sollte? Warum nicht, immerhin hatte Tamara sich eben auch verdrückt. Bestimmt hatte sie das Gequatsche von diesem Museumstypen auch nervig gefunden. Wie er einen auf lustig machte! Na, vielleicht erinnerte ihn die Einrichtung der Folterkammer an seinen eigenen kleinen Hobbykeller.

»Und nun sehen wir uns die Schwarzküche an«, kündigte der Mann an und leitete die Gruppe weiter.

Unauffällig ließ Jo sich zurückfallen und ergriff sofort die Gelegenheit. Während die anderen ihre Tour fortsetzten, schlug sie den Weg nach oben ein. Unter freiem Himmel zog sie ihr Handy hervor und prüfte den Empfang. Immer noch nichts. Vielleicht lag das an der Burg mit ihren dicken

Mauern. Das Display immer im Auge, kehrte sie dem Gebäude den Rücken und ging los. Erst als sie ein gutes Stück in den Ort hineingegangen war, zeigte sich ein einziger Balken. Kurz darauf verkündete das Miauen eines Kätzchens den Eingang einer SMS.

»Dann eben nicht. Fahre zum Training. C ya«

Mist! Jetzt dachte er, sie hätte absichtlich nicht mehr zurückgeschrieben. »C ya« – was sollte das denn? Sonst unterschrieb er seine SMS immer mit »luv ya«. Schon wollte sie zurückrufen, doch dann hielt sie inne. Zwecklos. Wenn er jetzt beim Training war, ging er sowieso nicht ran. Also tippte sie eine kurze SMS mit »C YA????« und steckte ihr Handy zurück in ihre Handtasche.

Nervös knabberte sie an ihrem Daumennagel, doch dann fiel ihr ein, wie teuer die Maniküre gewesen war, und sie ließ es bleiben. Machte Kilian etappenweise Schluss? Zugegeben, sie hatten ihre Schwierigkeiten, aber von hier konnte sie dagegen kaum was machen. Der Gedanke, ihn zu verlieren und ausgerechnet jetzt in diesem Kaff festzustecken, machte sie kirre.

Dabei hatte sie ihn zuerst gar nicht wahrgenommen. Er war einfach nur ein namenloses Gesicht auf dem Schulhof gewesen. Eine Klasse über ihr und unauffällig. Aber dann war da dieses Wasserballturnier gewesen. Eigentlich hatte sie gar keine Lust darauf gehabt. Feuchte Luft, lautes Geschrei und ein paar planschende Typen. Was sollte daran so spannend sein? »Du wirst es nicht bereuen«, hatte Svenja vielsagend geraunt und sie einfach mitgeschleppt.

Zuerst hatte Jo sich lustig gemacht über die Badekappen, die wie Babymützchen aussahen. Als dann aber das erste Spiel losgegangen war, hatte sie sehr schnell erkannt, dass Wasserball ein echter Männersport war. Und diese durchtrainierten Körper. Ihr waren fast die Augen aus dem Kopf gefallen, als sie die Jungs aus dem Wasser hatte steigen sehen. Ab nun wusste sie, was Svenja gemeint hatte.

Und dann hatte sie Kilian gesehen. Die blonden Haare unter einer Badekappe versteckt, das Gesicht hochkonzentriert, hechtete er elegant ins Becken. Er war der Kapitän seines Teams, der athletisch durch das Wasser pflügte und seine Mannschaft immer wieder mit tollen Pässen nach vorne brachte. Als er am Ende des Turniers den Pokal unter donnerndem Applaus entgegennahm, abgekämpft wie ein Krieger nach einer gewonnenen Schlacht und glänzend vor Nässe, da wusste Jo, dass sie ihn haben musste.

Zuerst war es reiner Jagdinstinkt gewesen und er eine weitere Trophäe für ihre Sammlung, doch je länger er sie ignorierte, desto aufregender wurde die Jagd. Anfangs dachte sie, er wolle sie einfach zappeln lassen, dann vermutete sie, er wäre schwul. Immerhin war sie selbst der bunteste Fisch im Teich, warum sollte er also ihren Annäherungsversuchen widerstehen? Dann begriff sie, dass er einfach nur schüchtern war. Das war der Moment, als sie sich tatsächlich in ihn verliebte. Daraufhin ließ sie ihr Nachstellen sein und begnügte sich damit, ihn einfach nur anzusehen und ihm im Vorbeigehen ein Lächeln zu schenken.

Schließlich war er es, der sie zum Eis einlud. Kurz danach waren sie ein Paar. Später sagte er, sie hätte ihn eingeschüchtert mit ihrem Auftreten. Und erst als sie von ihm Abstand genommen hatte, hatte er sie richtig sehen können. War es jetzt etwa vorbei? Nach einem halben Jahr?

Jo schaute auf und bemerkte, dass sie vor einem riesigen Gebäude angekommen war. Eine Kirche, wie sie beim Anblick des seltsam abgeknickten Turms erkannte. Vielleicht genau der richtige Ort, um klare Gedanken zu fassen. Also ging sie die steinernen Stufen hinauf, stemmte die schwere Eichentür auf und schlüpfte hindurch.

Ihre Augen brauchten einen Moment, um sich an das Halbdunkel zu gewöhnen, das trotz der elektrischen Beleuchtung durch einige Deckenlampen herrschte. Vor ihr reihten sich bis zum Altar kunstvoll mit Schnitzereien verzierte Holzbänke auf. Ein Ölgemälde mit einem gekreuzigten Jesus hing darüber, erhellt durch das Sonnenlicht, das durch die seitlichen Fenster hereinfiel. Links neben dem Altar wand sich eine hölzerne Treppe hinauf zur Kanzel. Jo trat an den Predigtstuhl heran und betrachtete von unten die Schnitzereien an dessen Außenwänden.

Während sie um die Kanzel herumging, erkannte sie einen Engel, einen Löwen, einen Stier und einen Adler. Ihr Blick wanderte nach oben zum hölzernen Schalldeckel und dann weiter an den Säulen hinauf, bis dorthin, wo sich die Kreuzgrate wie die Streben eines Regenschirms wölbten und am höchsten Punkt aufeinandertrafen. Selten hatte Jo eine so schöne Kirche gesehen. Nicht, dass sie schon viele Kirchen von innen gesehen hatte. Aber diese schien eine besondere Anziehungskraft auf sie auszuüben.

Sie ging nach vorne, deutete einen Knicks an – sie vermutete, dass es sich so gehörte – und trat an das Altarbild heran. Eine seltsame Szene zeigte sich ihr. Der Gekreuzigte hing, noch immer strahlend trotz seiner Qualen und von einem Heiligenschein gekrönt, erhaben über seinen weinenden Angehörigen. Eine Folterszene, die in Wahrheit um einiges blutiger gewesen sein dürfte. Jo fragte sich, welches Symbol man sich heute wohl statt eines Kruzifixes über die Haustür hängen würde, wenn man Jesus damals nicht gekreuzigt, sondern verbrannt oder geviertelt hätte. Eine Fackel vielleicht oder eine Axt?

Sie ging den Kreuzweg entlang, ließ die Finger über das hölzerne Taufbecken im Chorraum gleiten und fand sich schließlich in einer schummrigen Seitenkapelle wieder. Hier

hingen Ölgemälde von irgendwelchen Heiligen, die Jo nicht kannte, und Porträts von ebenso unbekannten Adeligen aus vergangener Zeit. Sie schaute sie nur beiläufig an. Lediglich ein Gemälde, das in einer Nische hing, erweckte ihr Interesse. Es zeigte das Gesicht einer Frau und war zur Hälfte im Schatten eines steinernen Engels verborgen. Die Porträtierte war noch sehr jung, fast noch ein Mädchen und in ein burgunderfarbenes Kleid gewandt, das unter der Brust mit einem Band zusammengerafft war. Auf dem Kopf trug sie eine Haube, die ihr Haar beinahe vollständig bedeckte. Nur eine mahagonifarbende Locke hatte sich darunter hervorgewagt und kringelte sich an ihrer Schläfe. Ihre zarten Gesichtszüge ließen sie zerbrechlich wirken, doch ihr Blick war stark. Es schien, als schaute sie dem Betrachter direkt in die Augen, offen, beinahe herausfordernd, aber mit einer Spur von Wehmut. Wer war sie und warum versteckten sie das Porträt einer so schönen Frau in so einer finsteren Ecke?

Neugierig geworden, zog Jo ihr Handy hervor und ließ den Lichtschein des Displays über das Antlitz der Frau wandern. Allmählich offenbarte sich auch die andere Gesichtshälfte und Jo schreckte zurück.

»Fürchterlich, nicht wahr?«, flüsterte jemand hinter ihr.

Jo fuhr herum. Es war Tamara, die da hinter einem Kandelaber hervortrat und auf das Bild deutete.

»Ich vermute, sie hatte eine schlimme Krankheit. Gicht oder so. Seltsam, dass sie nur die linke Gesichtshälfte befallen hat, findest du nicht?«

Jo schluckte und zwang sich, erneut hinzusehen. Was für einen grausamen Streich die Natur diesem Mädchen gespielt hatte. Während die rechte Gesichtshälfte ebenmäßig und unversehrt war, hatte irgendetwas die linke Hälfte mit Beulen überzogen, den Mund verzerrt und das Auge mitsamt der Höhle weit hinunter auf die Wange rutschen lassen. Jo fühlte sich hin und her gerissen zwischen Abscheu und Mitgefühl. »Was wohl aus ihr geworden ist?«

»Keine Ahnung. Aber leicht wird sie es nicht gehabt haben, abergläubisch, wie die Menschen damals waren.« Tamara deutete auf den Engel. »Ich glaube, er soll sie bewachen.«

»Wie kommst du darauf?«

»Das ist kein gewöhnlicher Engel«, erklärte Tamara. »Das ist ein Cherub. Erkennst du den Vogelkörper? Cherubim haben besondere Aufgaben. Sie sollen zum Beispiel den Garten Eden und auch die Bundeslade bewacht haben. Denkst du, der steht hier nur zufällig und wirft seinen Schatten auf die linke Gesichtshälfte dieser Frau?«

»Ja, merkwürdig ist es schon«, gab Jo zu. »Aber warum sollte er sie bewachen? Es ist doch nur ein harmloses Gemälde.«

»Findest du?« Tamara löste eine Kerze aus dem Kandelaber, entzündete sie mit einem Feuerzeug und hielt sie dicht vor das Porträt.

Der flackernde Lichtschein verzerrte die Gesichtszüge der Frau, als ob sie lebendig wäre. Fasziniert beobachtete Jo den Effekt. Nein, dieses Bild war gewiss nicht harmlos. Es musste den Betrachtern damals ziemliche Angst eingejagt haben. Nur gut, dass die Menschen heutzutage aufgeklärt waren und nicht mehr an Spukgeschichten glaubten.

Das musste sie unbedingt filmen. Sie stellte die Videofunktion ihres Handys ein und hielt es hoch. Hoffentlich kam auch alles gut rüber. Sie drückte auf »Aufnahme«, sah zuerst auf das Display, dann auf das Gemälde.

Und schrie auf.

KAPITEL 3

HOKUSPOKUS

H ast du das auch gesehen?«, keuchte Tamara und beugte sich über die Friedhofsmauer. »Sag mir, dass du das auch gesehen hast!«

Jo stemmte sich rücklings an der Mauer hoch und setzte sich auf sie. »Ich weiß es nicht«, stammelte sie. »Es war dunkel da drinnen, das flackernde Kerzenlicht, vielleicht habe ich was gesehen, vielleicht auch nicht.«

Tamara rieb sich die Arme. Selbst der Sonnenschein hier draußen konnte die Kälte nicht vertreiben, die sie bis ins Mark durchdrungen hatte. Nein, sie hatte sich nicht getäuscht. »Sie hat sich bewegt«, stellte sie fest. »Sie hat sich zu uns gedreht und den Mund geöffnet, als ob sie mit uns sprechen wollte.« Sie hob den Kopf und schaute Josephine an. »Und du hast es auch gesehen, sonst hättest du nicht geschrien.«

»Ich habe geschrien, weil du geschrien hast«, korrigierte Jo sie.

»Das ist nicht wahr«, antwortete Tamara. »Und du weißt das.«

Jo schnaufte verächtlich. »Hör doch auf mit dem Scheiß. Da war nichts. Du machst mich noch völlig bekloppt mit deinem Hokuspokus.«

Tamara schnappte empört nach Luft. »Was soll das denn jetzt? Eben hast du noch zugegeben, dass du auch etwas gesehen hast.«

»Ich sagte, ich hätte vielleicht etwas gesehen«, widersprach Jo.

»Ach? Und was soll das deiner Meinung nach gewesen sein?«

»Du hast irgendwas mit der Kerze gemacht«, fuhr Jo fort. »Und dann dein Gequatsche von dem Cherub, der das Bild bewacht.« Sie riss theatralisch die Hände in die Luft. »Nichts als Psychospielchen. Als ob das Bild sich bewegt hätte! Wir sind hier nicht bei Harry Potter, Bilder können sich nicht bewegen.«

Ungläubig schüttelte Tamara den Kopf. »Nur weil du nicht akzeptieren kannst, dass es da vielleicht doch etwas gibt, was du nicht verstehst.«

»Und was soll das sein?« Jo ließ sich von der Mauer gleiten und baute sich herausfordernd vor Tamara auf. »Geister vielleicht?«

Mit einem mulmigen Gefühl im Magen erinnerte Tamara sich an ihr Erlebnis im Kerker. Sie war sich ganz sicher gewesen, dass dort jemand anwesend war. Eine geisterhafte Existenz, die nach ihrer Hand gegriffen hatte. »Ja, vielleicht«, antwortete sie zögerlich.

Jo brach in hysterisches Lachen aus. »Das ist ja wieder einmal typisch«, ätzte sie. »Kaum flackert irgendwo eine Kerze, denkt unsere Pseudohexe an Geister. Lächerlich!«

»Was es nicht geben darf, gibt es also nicht, oder wie? Zumindest bin ich nicht so ignorant und überheblich wie du, Föntussi!«, konterte Tamara, drehte sich um und lief davon.

Eingebildete Kuh. Nur weil Jo die Hosen voll hatte, gab sie nicht zu, dass sie es auch gesehen hatte. So war es doch immer mit der ach so aufgeklärten Gesellschaft. Nur, was sich wissenschaftlich erklären ließ, existierte. Alles andere war Einbildung.

Wütend stampfte Tamara wieder Richtung Burg. Sollte Jo doch glauben, was sie wollte, sie hatte es mit eigenen Augen gesehen. Die Frau auf dem Bild wollte ihr etwas sagen und sie würde schon herausfinden, was es war. Sie nahm sich vor, vor dem Einschlafen auf Geistreise zu gehen, vielleicht würde ihr die Frau begegnen und ihr sagen, was sie auf dem Herzen hatte. Normalerweise brauchte Tamara dafür ein bisschen Räucherwerk, Styrax funktionierte am besten, doch vielleicht ging es auch so. Hauptsache, sie hatte Ruhe.

Sie erreichte den Burghof in dem Moment, in dem der Rest des Kurses von der Führung zurückkehrte.

»Das war echt cool«, rief David ihr zu und wickelte ein Mandelmagnum aus. »Der Mann hat uns in der Schwarzküche genau erklärt, wie sie damals einen Zahn zugelegt haben. Weißt du, woher die Redewendung ›einen Zahn zulegen‹ kommt?«

Tamara nahm ihm das Eis aus der Hand und knackte ein großes Stück der Schokolade ab. »Weil die Suppe schneller kochte, wenn man den Topf einen Zahn tiefer gehängt hat.«

David lachte. »Klugscheißer.«

»Dummscheißer.« Sie schleckte eine tiefe Kerbe in das Vanilleeis. »Sag mal, wo hast du das her?«

David deutete mit dem Daumen über die Schulter zum Hauptgebäude. »Da drinnen haben sie einen Kiosk. Soll ich dir auch eins holen?«

»Wieso?«, antwortete sie. »Ich hab doch schon eins.«

Es machte Spaß, nach all dem Spuk mit ihm herumzualbern. Das war das Tolle an David, er hatte denselben Humor wie sie, auch wenn sie sonst unterschiedlicher nicht sein konnten. Sie, klein, still und mit dem Ruf, etwas sonderbar zu sein, und er, der große, blonde Hip-Hopper, der immer auf dem Sprung zu sein schien, standen sich schon von klein auf nahe. Ihre beiden Mütter kannten sich von der Geburtsvorbereitung und erzählten immer gerne, dass ihre Kinder schon Freunde waren, bevor sie geboren wurden.

Gemeinsam schlenderten sie zum Kiosk, wo David sich ein weiteres Eis kaufte, während Tamara die Heilsteine, Amulette, Räucherstäbchen und Harze betrachtete, die dort feilgeboten wurden. Sie entschied sich, ein kleines Röhrchen Styrax zu erstehen.

»Du warst plötzlich weg«, stellte er fest, nachdem sie bezahlt hatten. »War was?«

»Ich hab mich nicht gut gefühlt da unten«, druckste sie herum. »Zu viele schlechte Schwingungen.«

»Kein Wunder, bei den Sachen, die da passiert sind«, pflichtete er ihr bei. »Wie die Leute damals nur so dumm sein konnten, begreife ich nicht.«

»Das hat nichts mit Dummheit zu tun«, widersprach Tamara. »Der Glaube an Hexen, den bösen Blick, Zauberei – all das gehörte damals zum normalen Weltbild. Sie wussten es einfach nicht besser.«

Sie schlossen sich der Gruppe an, die sich für den Rückweg zur Herberge unter einer Linde sammelte. Herr Bierkamp ging durch die Reihen und zählte lautlos seine Schüler, doch anscheinend waren sie noch nicht komplett.

»Schaut euch bitte mal um«, rief er. »Einer fehlt.«

»Josephine ist noch nicht zurück«, rief Svenja.

»War sie nicht bei euch?«, fragte Herr Bierkamp.

»Vielleicht haben sie sie im Kerker eingesperrt«, spaßte Phil. Einige kicherten.

»Sie ist schon länger weg«, antwortete Svenja und sah tatsächlich etwas besorgt aus.

»Hat sie jemand gesehen?«, wollte Herr Bierkamp wissen.

Tamara hob die Hand. »Sie war vorhin mit mir drüben in der Kirche.«

David warf seiner Freundin einen fragenden Blick zu.

»Ich rufe sie mal an«, schlug Svenja vor und zog ihr Handy aus der Hosentasche.

»Nicht nötig. Da bin ich schon.« Die Handtasche lässig über die Schulter geworfen, spazierte Jo durch das Burgtor.

»Großer Auftritt für la Diva«, murmelte David.

Tamara deutete Jos spätes Erscheinen jedoch etwas anders. Die Tatsache, dass sie etwas blass wirkte und während des ganzen Rückwegs ihren Blicken auswich, kam ihr zumindest verdächtig vor.

»Wo warst du denn?«, zischte Svenja und hakte sich bei Jo unter.

»Telefonieren«, antwortete Jo. »Da unten war ja kein Netz.«

»Schon wieder Stress mit Kilian?« Mitfühlend legte Svenja die Hand auf Jos Arm.

»Nicht schon wieder, immer noch.« Und das war nicht einmal gelogen. Kurz, nachdem Tamara weg war, hatte er angerufen. Er hatte das Training extra früher beendet, um mit ihr zu reden. Doof nur, dass er sich das hätte sparen können, denn schon eine Minute nach dem Hallo hatten sie sich wieder in den Haaren gelegen und eine weitere Minute später hatte sie einfach aufgelegt. Danach hatte er noch fünfmal versucht, sie zurückzurufen, doch sie hatte ihn jedes Mal weggedrückt. Verdammtes Dauerthema Eifersucht. Sie konnte einfach nichts dagegen tun. Es machte sie rasend, dass er noch immer einen guten Draht zu seiner Ex hatte. Dabei hatte auch sie längst einen neuen Partner. Sie hatten es geschafft, ihre frühere Beziehung in eine Freundschaft zu verwandeln. Bewundernswert eigentlich. Wie oft blieb nach einer Trennung der Satz, man könne ja Freunde bleiben, nichts als ein frommer Wunsch? Eigentlich hätte Jo selbstbewusst genug sein sollen, um zu wissen, dass *sie* jetzt seine

Freundin war. Eigentlich gab es keinen Grund, an ihm zu zweifeln. Ja, eigentlich.

Als wäre der Stress mit Kilian nicht schon genug, ging ihr auch noch Tamaras Gequatsche von Geistern und davon, dass die Frau auf dem Bild ihnen etwas hatte sagen wollen, nicht mehr aus dem Kopf. Dabei war das nichts weiter als eine optische Täuschung gewesen. Der Schatten des Cherubs, das Flackern der Kerze und dann noch dieses abgrundtief schaurige Gesicht. Kein Wunder, dass jemand, der für so was empfänglich war, an Spuk glaubte. Und Tamara war definitiv empfänglich. Das sah man doch schon daran, wie sie herumlief. Dabei war sie ganz hübsch, hatte tolle Haare und so, aber sie versteckte ihre Schönheit mithilfe ihres Hexenstylings. Nie geschminkt, höchstens mal Kajal, eine Ohrmuschel voller Piercings, Silberamulette um den Hals, die Haare entweder zu Zöpfen geflochten oder irgendwie zu einem Vogelnest hochgesteckt. Und erst die Klamotten! Wenn sie Tamaras Figur hätte, würde Jo die auch zeigen und knallenge Tops und Hüfthosen anziehen, aber Tamara trug immer nur diese altmodischen Flatterkleider, band sich irgendwelche bunten Tücher um die Taille und wickelte sich in ihre selbstgehäkelten Capes, die wie Omas Kaffeedeckchen aussahen. Und dann roch sie auch immer so komisch. Nach Kräutern und Kirche. Nicht unangenehm, aber eben seltsam.

Um ein Haar hätte Tamara es geschafft, sie mit ihrem Gefasel anzustecken, und einen Moment lang hatte Jo tatsächlich selbst geglaubt, dass sich da was bewegt hatte. Aber das konnte ja gar nicht sein und das würde sie Tamara auch beweisen. Immerhin hatte sie alles mit dem Handy gefilmt. Später, wenn sie wieder in der Herberge waren, würde sie ihr die Aufnahme zeigen und dann würde das Thema durch sein.

»Sag mal, hörst du mir gar nicht zu?« Svenja klang ein bisschen beleidigt.

»Sorry, war gerade woanders. Was hast du gesagt?«

»Ich hab gefragt, was du heute Abend anziehen willst. Wir feiern doch in Chloés Geburtstag rein. Schon vergessen? Party im Kaminzimmer?«

Ach ja, Chloés Geburtstag. Den hätte Jo beinahe verschwitzt. Dabei war es ein ganz wichtiger. Endlich wurde die Jüngste aus ihrer Clique 16, das bedeutete, sie durfte ab morgen legal V+ trinken. Nicht, dass Jo auf dieses Biermix-Zeug stand, aber es gehörte eben dazu. Es war in ihrer Clique zum Ritual geworden, am 16. Geburtstag in den Supermarkt zu marschieren, ein Sixpack aufs Kassenband zu stellen und ganz selbstverständlich den Personalausweis zu zücken, wenn die Kassiererin danach fragte. Hinterher wurde der Sechser dann im Park geext, für jede von ihnen eine Flasche. Aber unter Bierkamps und Slegerts Augen würde das für Chloé vermutlich flachfallen.

»Ich glaube, das Silbertop und den blauen Rock, was meinst du?«

»Perfekt«, stimmte Svenja zu und beschrieb bis ins Detail ihr eigenes Outfit für die Party.

Schwatzend bogen sie auf den Kiesweg ein, der zum Schullandheim führte. Mittlerweile waren ein paar Schleierwolken aufgezogen und mit ihnen wehte eine leichte Brise. Das Laub der Eichen entlang des Weges rauschte, als würden die Bäume nach der Hitze des Nachmittags erleichtert aufseufzen. Jo ließ sich genussvoll die Haare aus dem Gesicht wehen. Als das Gebäude in Sichtweite kam, warf sie einen Blick hinauf zu ihrem Zimmerfenster. Prima, der gesamte Ostflügel lag bereits im Schatten, es würde dort oben also mittlerweile angenehm kühl sein. Jetzt noch eine ausgiebige Dusche und die Party konnte kommen.

»Wir sehen uns beim Abendessen«, verabschiedete Jo sich von Svenja und schlug den Weg zu ihrem Zimmer ein.

KAPITEL 4

STYRAX-
DUNST

Das Kaminzimmer hatte sich in einen Ballsaal verwandelt. Die wuchtigen Ledersessel, die vor dem Kamin gestanden hatten, waren an die Wand geschoben und mit einem weißen Laken abgedeckt worden. Die kostbaren Teppiche waren verschwunden und der blanke Steinboden war zum Vorschein gekommen. Auf der so entstandenen Tanzfläche spiegelte sich das Licht eines ringförmig geschmiedeten eisernen Kronleuchters. Jemand hatte Bahnen von Goldpapier an seiner Unterseite befestigt, die bis zu den Fackelhaltern an den Wänden reichten und eine Art Zelt formten.

Jo suchte den Raum mit den Augen ab. Die meisten ihrer Mitschüler hatten sich bereits mit Getränken versorgt und standen noch ein wenig unschlüssig in kleinen Grüppchen herum, aber vom Geburtstagskind war noch nichts zu sehen.

»Sieht cool aus, oder?«, rief Phil über das Wummern der Bässe hinweg und breitete die Arme aus. »Wir sind eben erst fertig geworden. Tanzen?«

Zögerlich ergriff Jo seine Hand. Phil war zwar ein bisschen hüftsteif, aber er hatte Schneid.

»Wo steckt denn Chloé?«, fragte Jo, nachdem Phil ihr zum zweiten Mal auf die Zehen getreten war.

»Ist mit Svenja und Michelle noch was besorgen gegangen. Müssten aber bald kommen«, erklärte er und legte seine Hände an ihre Taille.

»Aha.«

Mittlerweile hatten sich drei weitere Paare von Phil anstecken lassen und sich zu ihnen auf die Tanzfläche gesellt. Die Party nahm langsam Fahrt auf, doch Jo war die Lust auf Tanzen vergangen. Sie konnte sich denken, was die drei Freundinnen besorgen wollten. Jede Wette, sie waren zum Kiosk gegangen, um das Sixpack zu kaufen. Aber warum hatten sie sie nicht gefragt, ob sie mitkommen wollte? Gehörte sie etwa nicht mehr dazu, nur weil sie nicht im selben Zimmer schlief?

»Holst du mir eine Cola?«, fragte Jo ihren Tanzpartner.

»Klar!«

Schon war Phil im Gedränge verschwunden und Jo nutzte die Gelegenheit, um sich zurückzuziehen. Phil würde sicher eine Abnehmerin für die Cola finden, daran bestand kein Zweifel.

Plötzlich stoppte das Lied und jemand spielte stattdessen Pinks *Get the Party Started*. Jo drehte sich um und entdeckte Chloé mitten auf der Tanzfläche, umringt von ihren Gästen. Beim Refrain stimmten alle lautstark mit ein und klatschten rhythmisch zur Musik. Offenbar genoss Chloé die Aufmerksamkeit. Lachend zog sie nacheinander die Umstehenden näher heran, um schließlich mit allen ausgelassen zu tanzen.

»Geile Party, was?«, schrie jemand in Jos Ohr. Svenja hatte sich zu ihr durchgekämpft und grinste, als ob nichts gewesen wäre.

»Wo wart ihr?« Jos Ton fiel schärfer aus als gewollt, doch Svenja schien das nicht zu bemerken.

»An der Tanke«, rief sie munter, wobei Jo eine Alkoholfahne entgegenschlug. »Du weißt doch, alte Tradition.« Dann schien es Svenja zu dämmern und ihr Grinsen verblasste. »Es hat sich ganz spontan ergeben«, fuhr sie fort. »Eigentlich wollten wir nur schauen, ob die Luftballons haben.«

»Luftballons. Ja klar.«

»Sei nicht sauer«, flötete Svenja und grinste schon wieder. »Guck mal, wir haben dir auch was mitgebracht.« Sie klappte ihre Handtasche auf und präsentierte mindestens ein Dutzend Feiglinge. »Der Typ an der Kasse wollte nicht einmal unsere Ausweise sehen und da haben wir gedacht: wenn schon, denn schon.« Sie nahm Jos Tasche und schob einen großen Schwung der kleinen Likörfläschchen hinein. »Aber pass auf, dass Bierkamp und Slegert nichts merken.« Damit drückte sie Jo einen Kuss auf die Wange und verschwand wieder im Getümmel.

Unschlüssig wog Jo die Tasche in der Hand. Sie konnte fühlen, wie die kleinen Fläschchen gegeneinander schlugen. Sie hatte Feigling schon probiert. Eigentlich war er ihr viel zu süß und zu klebrig, aber auf jeden Fall schmeckte er besser als diese Biermixgetränke, die immer so einen Pelz auf der Zunge hinterließen. Na ja, vielleicht später.

Sie kämpfte sich zur Tanzfläche durch und wurde sogleich von einer leicht angeheiterten Chloé in die Arme gerissen.

Vorsichtig hielt Tamara die Feuerzeugflamme an die Räucherkohle. Sekunden später sprühten kleine Fünkchen auf, die sich unter Tamaras Pusten rasch durch die Kohletablette fraßen. Ehe die Glut ihre Fingerspitzen erreichte, legte sie die Kohle auf ein Messingschälchen, das sie zuvor mit Quarzsand gefüllt hatte. Nun noch ein paar Körnchen Styrax in die kleine Mulde der Tablette und schon stiegen dünne Rauchfäden auf. Mit einer Straußenfeder verteilte Tamara den Rauch, der nach und nach seinen Duft entfaltete. Ihre feine Nase machte Vanille aus, eine Spur Zimt, dazu Amber und sogar einen Hauch Sandelholz. Sie staunte aufs Neue, wie viele verschiedene Aromen sie wahrnehmen konnte, je nachdem, an welchem

Ort sie das Räucherharz verbrannte. Hier gesellte sich der erdige Atem des Gemäuers hinzu, die Leichtigkeit der Bäume, die durch die Fensterritzen drang, und die erwartungsvolle Spannung des herannahenden Gewitters, das bereits jetzt die Luft mit Feuchtigkeit schwängerte.

Tamara schaltete das Licht aus und entzündete einen Kerzenstumpen. Unzählige Brennstunden hatten sein Inneres bereits tief ausgehöhlt, sodass er wie ein blutrotes Windlicht schimmerte und als solches den Weg zu ihrem Bett erleuchtete. Sie streifte die Schuhe ab und legte sich hin. Mit einem Kissen unter den Kniekehlen und nur mit einem dünnen Laken bedeckt, rückte sie in eine bequeme Position.

Aus dem Kaminzimmer drangen die Bässe zu ihr herauf. Offenbar war Chloés Geburtstagsparty in vollem Gange. Hin und wieder hörte sie, wie Leute kichernd an ihrer Zimmertür vorbeihuschten. Nur gut, dass niemand ihr Erscheinen auf der Party erwartete, so konnte sie ungestört ihr Vorhaben durchführen. Sie konzentrierte sich voll auf ihren Atem, bis die Geräusche in den Hintergrund traten und mit dem Pochen ihres Herzens verschmolzen. Durch die geschlossenen Augenlider sah sie das sanfte Flackern des Kerzenscheins, das sich allmählich in ein rötliches Pulsieren verwandelte und auf ihren Bauch übertrug. Sie spürte, wie es sich dort ausdehnte und konzentrische Wärmewellen aussendete, durch ihren Bauchnabel strömte und ringförmig weiter pulsierte. Zuerst breitete es sich in ihrer Brust und ihrem Unterleib aus, dann über die Schultern, Arme und Beine, die Hände, hinunter zu den Füßen und bis in die Fingerspitzen und Zehen.

Beinahe drohte ihr Geist, in eine Traumwelt abzudriften, doch Tamara rief ihn zurück und lenkte ihn sanft aus ihrem Zimmer hinaus, in den Flur und die Treppe hinunter. Tamara schwebte durch die Eingangshalle, vorbei an den Ritterrüstungen und Gobelins und durch die geschlossene

Eichentür hindurch. Wie ein Windhauch glitt sie den Kiesweg entlang und die Straße hinauf, ihrem Ziel entgegen. Sie trieb geradeaus, vorbei an den Fachwerkhäuschen, der Bushaltestelle, nein, nicht hier abbiegen, das ist die falsche Richtung. Wieder versuchte sie, ihren Geist zurückzurufen. Zur Kirche, zum Gemälde der entstellten Frau. Doch egal, wie sehr sie sich dagegen wehrte, ihre Gedanken zogen sie unnachgiebig fort, als hätte jemand anderes die Kontrolle über sie. Schließlich gab Tamara dem fremden Sog nach und überließ ihm die Führung. Sie bog nach rechts ab, strebte eine Anhöhe hinauf und ahnte plötzlich, wohin es ging. Nein. Nicht zu diesem verfluchten Ort. Mit aller Macht versuchte sie, die Kontrolle über ihren Geist zurückzuerlangen. Lass mich los, tu mir das nicht an! Ihr Innerstes bäumte sich auf. Ich …

»… bin unschuldig«, schrie sie und rüttelte an den Streben des Hexenkarrens.

Wie ein Tier hatten sie sie in einen Käfig gesperrt und wie ein Tier stellten sie sie zur Schau.

»Missgeburt!«

»Hexenbrut!«

»Sie soll brennen!«

Wieder prasselten faule Früchte, Dung und noch Unaussprechlicheres auf sie nieder. Schützend hob Friederike die Hände über den Kopf. Wenn ihre Eltern sie nur nicht so sehen müssten. Still murmelte sie ein Ave Maria, während der Karren durch das Burgtor rumpelte und auf dem Hof zum Stehen kam. Wenigstens war sie hier vor dem Pöbel sicher.

»Raus mit dir!« Ein grobschlächtiger Kerl öffnete den Verschlag und scheuchte sie mit einem Knüppel hinaus. Er

lachte, als Friederike mit ihren bloßen Füßen auf dem vereisten Schlamm umknickte und auf die Knie fiel.

»Steh auf!«

Schon sauste der Knüppel zischend durch die Luft und traf sie hart auf der Schulter. Beißender Schmerz raubte Friederike den Atem. Sterne sprühten vor ihren Augen auf.

»Na los!«

Der Mann packte ihr barsch in die Haare und zerrte sie auf die Füße, bevor ein stinkender Brei aus Rotz und zerkautem Birkenpech in ihrem Gesicht landete.

»Heilige Maria, bist du hässlich«, grunzte er und musterte ihre weiblichen Rundungen so unverhohlen, dass sich seine Blicke wie grapschende Finger auf ihrer Haut anfühlten. Hastig raffte Friederike den Ausschnitt ihres leinenen Büßerhemdes zusammen. Der Mann grinste und bleckte dabei ein paar braune Zahnstummel.

»Da lang!«

Wieder zerteilte der Knüppel zischend die Luft und trieb Friederike zu einer Pforte im Ostflügel. Mittlerweile hatte es zu schneien begonnen. Wie Daunen umschmeichelten die Flocken ihr Gesicht. Sie verfingen sich ebenso zufällig in ihren Wimpern, wie sie sich auf die verfilzten Haare ihres Peinigers legten. Dem Schnee war es egal, wohin er fiel, und wenn er es nur lange genug tat, machte er sie am Ende alle gleich.

Kaum an der Pforte angekommen, schwang diese knarrend auf. Ein weiterer Mann trat heraus, fast noch ein Knabe, das Gesicht voller Sommersprossen. »Herein in die gute Stube«, frohlockte er und trat beiseite.

Friederike stolperte entsetzt zurück. Vor ihr gähnte ein schwarzes Loch, in dem ausgetretene Treppenstufen verschwanden. Sie kannte die Geschichten über jene Stufen nur allzu gut. Unzählige Füße hatten sie krumm getreten. Füße, die ihre Besitzer nie wieder ans Tageslicht getragen hatten.

»Erbarmen«, wimmerte sie und stemmte sich mit aller Kraft in den Türrahmen.

Schon traf sie der Prügel in der Armbeuge, jemand stieß ihr in den Rücken und ehe sie wusste, wie ihr geschah, verschwand ihre Welt in einem Wirbel aus Stein, Schmerz und Dunkelheit.

Als sie endlich am Fuße der Treppe zum Liegen kam, pochte ihr ganzer Körper vor Pein. Sie spürte klebrige Nässe über ihr Gesicht rinnen und wollte die Hand heben, um sie fortzuwischen, doch dazu fehlte ihr die Kraft. Mühsam öffnete sie die Augen. Offenbar befand sie sich in einem von Fackeln erhellten Kellerraum. Ein seltsamer, mit Nägeln gespickter Stuhl stand in einer Ecke, in einer anderen eine Bank mit einer Kurbel, daneben allerlei Gerät, dessen Zweck sich Friederike zunächst nicht offenbarte.

Dann nässte sie sich vor Schreck ein.

Jonas hatte das Mischpult übernommen und machte seinem Ruf als Schul-DJ alle Ehre. Die Kopfhörer lässig um den Hals gelegt, presste er sich mit der Schulter eine der Hörermuscheln ans Ohr, während er gleichzeitig eine Faust rhythmisch in die Luft stieß und mit der anderen Hand an den Reglern nestelte. Auch in dieser Nacht hatte er mal wieder den Geschmack seines Publikums getroffen, denn mittlerweile tanzten alle ausgelassen und grölten den Text mit, wenn er die Lautstärke an den markanten Stellen kurz runterdrehte. Nicht mehr lange und er würde einen Countdown ins Mikro brüllen und Stevie Wonders *Happy Birthday* auflegen.

Jo beobachtete, wie Chloé, Svenja und Michelle Arm in Arm über die Tanzfläche torkelten und ununterbrochen kicherten. Jede Wette, die drei hatten schon reichlich vorgeglüht. Wahrscheinlich heimlich auf ihrem Zimmer. Super, und Jo hatten sie mit ein paar Feiglingen abgespeist. Wie großzügig. So eine Scheißparty. Dabei hatten sie alles gemeinsam geplant und jetzt ließen sie sie links liegen. Nur wegen der Zimmeraufteilung, alles machte sie kaputt.

Jo ignorierte Chloé, die ihr zuwinkte und sich anscheinend plötzlich doch wieder daran erinnerte, dass Jo dazugehörte, und ging hinaus auf den Balkon. Ein leichter Wind empfing sie und kühlte ihre Wangen. Tat das gut nach der Hitze im Kaminzimmer. Bis auf ein Pärchen, das sich knutschend in eine Ecke drückte, war sie alleine.

Sie schlenderte zur steinernen Brüstung und lehnte sich an einen Blumenkübel. Ob sie doch noch mal Kilian anrufen sollte? Sie nestelte ihr Handy hervor und wählte seine Nummer. Aber was sollte sie ihm sagen? In letzter Zeit hatte jedes Gespräch im Streit geendet. Noch bevor die Verbindung zustande gekommen war, legte sie auf und schrieb ihm stattdessen eine SMS: »Ich vermisse dich.« Mehr nicht. Das konnte er doch beim besten Willen nicht als Eifersuchtsszene interpretieren, oder?

Blitze zuckten lautlos am wolkenverhangenen Nachthimmel. Kurz darauf antwortete aus der Ferne ein dumpfes Grollen. Die Knutschenden lösten sich voneinander, schauten kurz auf und huschten eng umschlungen hinein.

Drinnen verstummte die Musik und Jonas begann den Countdown. Bevor er bei eins angekommen war, knackte der Schraubverschluss des ersten Feiglings unter Jos Fingern.

»Der Spanische Stiefel«, erklärte der Scharfrichter in geschäftigem Ton. »Man stellt den Fuß der Angeklagten hinein, verschließt ihn und zieht die Schrauben fest. Dabei werden

Muskeln und Adern gequetscht, Knochen splittern und bohren sich ins Fleisch, die Sehnen zerreißen.«

Die Feder des Gerichtsschreibers kratzte eifrig über das Pergament. Friederike erschauderte. Sie riss ihren Blick von dem teuflischen Gerät fort und schaute zum Landvogt auf.

»Fahre fort«, sprach der und nickte dem Henker zu. »Unser Gast möchte gewiss genau erfahren, mit welcher Methode wir seine Zunge zu lockern gedenken.« Ein dünnes Lächeln umspielte seine Lippen.

Der Scharfrichter nickte ergeben. »Zuletzt der Befragungsstuhl.« Er wies auf einen dornengespickten Sessel, an dessen Lehnen Riemen für Arme, Beine und Brust befestigt waren. Wie der sein Werk tat, bedurfte keiner Ausführung.

Der Landvogt erhob sich von seinem Schemel und verhöhnte Friederike mit einer galanten Geste. »Nehmt Platz.«

»Was stehst du hier draußen alleine in der Dunkelheit?«, kam es fröhlich von der Balkontür, als Jo ihren nächsten Feigenlikör geleert hatte. »Schon wieder Stress mit Kilian?« Ein wenig wackelig kam Chloé auf sie zu und zog sie in die Arme. »Vergiss den Typen für heute Nacht. Ich hab Geburtstag und da darf ich mir was wünschen. Schon vergessen?«

»Und was wünschst du dir?« Jo benötigte all ihre Selbstbeherrschung, um Chloés Arme nicht abzuschütteln.

Chloé gab Jo frei und beugte sich weit über das Balkongeländer. »Ich wünsche mir, dass alle meine Freundinnen heute Nacht glücklich sind!«, verkündete sie lautstark einer imaginären Menschenmenge unten im Park.

»Du bist ja knülle.« Jo packte sie und zog sie nach hinten. Das fehlte noch, dass Chloé hier an ihrem Geburtstag vom Balkon klatschte.

Chloé nickte eifrig. »Superknülle«, bestätigte sie. »Und du kommst jetzt mit mir. Lass uns reingehen und noch superknüllerer werden. Ich mag nicht feiern, wenn eine von uns traurig ist.« Ihr Gesicht verzog sich weinerlich.

Gegen ihren Willen musste Jo lächeln. Chloé war zum ersten Mal in ihrem Leben angetrunken und trotzdem war ihr aufgefallen, dass Jo nicht bei ihr war, um dies mit ihr zu teilen. Dann war sie also doch nicht ganz abgeschrieben.

»Komm, Süße« Sie hakte das schwankende Geburtstagskind unter. »Es fängt eh gleich an zu regnen. Lass uns reingehen und schauen, ob wir eine Cola für dich auftreiben können.«

»Was hat der Teufel dir versprochen? Was hat er dir gegeben?«, wiederholte der Scharfrichter.

»Nichts!« Tränen nahmen Friederike die Sicht. Sie wagte kaum zu atmen. Zu schmerzhaft stachen die Dornen des Befragungsstuhls bei der kleinsten Bewegung in ihren Körper.

»Hat er dir eine Salbe gegeben, eine Salbe, mit der du einen gehörnten Esel eingerieben hast, um auf ihm auszufliegen?«

»Nein!«

»Sag die Wahrheit!«

»Ich schwöre bei Gott, ich habe es nicht getan!« Friederike stemmte sich gegen die Lederriemen, doch die hielten sie unbarmherzig auf ihrem Platz.

»Hüte deine Zunge vor solch gotteslästerlichen Schwüren, Weib!«, herrschte eine vertraute Stimme sie an. Der Diakon trat aus dem Schatten der Streckbank und schaute angewidert auf sie herab. Nichts in seinem hassverzerrten Gesicht erinnerte noch an den Mann, der sie einst getauft und von dem sie die Kommunion empfangen hatte.

»Schreiber, halte fest«, kam es vom Landvogt, der sich bis dahin als stiller Beobachter im Hintergrund gehalten hatte. »Die Angeklagte gibt zu, eine solche Salbe vom Teufel erhalten, bestreitet aber, sie benutzt zu haben.«

Friederike schnappte nach Luft ob dieser Spitzfindigkeit. »Das ist nicht wahr!«, protestierte sie.

Der Landvogt lachte. »Korrigiere: Sie gibt nach kurzer Überlegung zu, sie angewendet zu haben.«

Grell zuckte ein Blitz auf und erleuchtete die tanzende Menge für einen Sekundenbruchteil. Beinahe gleichzeitig krachte es, als hätte jemand den Himmel mit einem riesigen Vorschlaghammer zertrümmert.

»Meine Fresse, das ist genau über uns«, rief David, rannte zur Balkontür und zog sie zu. Mittlerweile klatschten riesige Regentropfen gegen die Scheibe und liefen in Strömen am Glas hinunter.

»Komm da weg, sonst erwischt dich noch ein Blitz«, rief Phil und nahm ihn am Arm.

»Blödsinn«, lachte David, da krachte es erneut.

Für einen Augenblick konnte Jo ihre Mitschüler gestochen scharf und grell wie auf einer überbelichteten Fotografie erkennen, dann brach die Musik ab und alles wurde dunkel.

»Scheiße, es hat eine Sicherung erwischt!«, rief Jonas über das nervöse Murmeln der Menge hinweg.

»Kriegsus wieder hin?«, lallte Chloé.

»Keine Ahnung, wo hängen denn die Sicherungskästen?«

»Links neben den Garderobehaken beim Hinterausgang«, rief einer der Jungs von irgendwoher. »Soll ich mal nachsehen?«

Jemand probierte klackernd einen der Lichtschalter aus.

»Warum isses so dunkel? Machma hell«, erkannte Jo Svenjas Stimme.

Ein paar Leute kicherten.

Sie standen noch eine Weile unschlüssig herum, nur spärlich beleuchtet von ein paar Handydisplays, da tastete sich ein matter Lichtschein in den Raum. Herr Bierkamp, im Jogginganzug und mit einer Taschenlampe bewaffnet, im Schlepptau Frau Slegert im Bärchenschlafanzug.

»Tut mir leid, aber im ganzen Ort ist der Strom ausgefallen«, erklärte er. »Vermutlich eine kaputte Oberleitung. Am besten, ihr macht Feierabend. Ist ohnehin schon nach zwölf.«

Zwar protestierten einige wenige halbherzig, doch nachdem Herr Bierkamp seine Aufforderung noch mal laut und deutlich wiederholt hatte, fanden auch die letzten den Ausgang.

»Komm, hilf mir mal.« Jo winkte Michelle heran, die von ihren drei Freundinnen noch den fittesten Eindruck machte. Sie nahmen Chloé und Svenja in die Mitte, legten ihnen die Arme um die Hüften und bugsierten sie hinaus auf den Flur. Auf der Treppe gab Svenja die komplizierte Sache mit den Füßen auf und sackte ohne Vorwarnung zusammen, was das schwankende Quartett beinahe zu Fall brachte. Doch irgendwie schafften Jo und Michelle es, ihre Freundinnen ohne größere Verluste – von Chloés rechtem Schuh einmal abgesehen – in ihre Betten zu verfrachten.

»Meinst du, wir sollten ihnen einen Eimer oder so hinstellen?« Michelle musterte ihre Freundinnen skeptisch, die augenblicklich zu schnarchen begonnen hatten, sobald sie in die Waagerechte gekommen waren.

Jo schaute sich kurz um, zog einen Mülleimer unter dem Waschbecken hervor und positionierte ihn zwischen den Betten der Mädchen. »Sie können sich ja abwechseln«, bemerkte sie achselzuckend.

Michelle kicherte. »Alter Falter, die haben aber auch was weggeschüttet.«

»Du nicht?«

»Nur ein, zwei Kurze, das war's. Als ich mitbekommen habe, dass die beiden sich abschießen, dachte ich, es wäre besser, wenn ich klar bleibe«, erklärte Michelle und setzte sich auf die Kante ihres Bettes. »Eigentlich schade um den angefangenen Abend.«

Jo erinnerte sich an den Restbestand in ihrer Handtasche und schüttelte diese. »Na, sollen wir die vielleicht vernichten?«

Eine halbe Stunde später machte sie sich ziemlich beschwingt auf den Weg zu ihrem Zimmer. Dass sie dabei ein kleines bisschen schlingerte, lag sicher nur am Regen, der gegen die Scheiben schlug und dabei wie platzendes Popcorn klang. Das Geräusch störte ihren Orientierungssinn ebenso wie das Flackern der Blitze, die den Flur ohne Pause erhellten.

Michelle war eigentlich eine ganz Liebe. Bisher hatte Jo sie immer ein wenig unterschätzt. Von ihnen war Michelle die Ruhigste und bisher hatte Jo gedacht, sie sei ein bisschen langweilig. Sie war schon seit Ewigkeiten mit Noah zusammen und wirkte beinahe wie eine biedere Ehefrau. Nun musste Jo zugeben, dass Michelle den totalen Durchblick hatte. Nachdem sie miteinander gesprochen hatten, war ihr Ärger über die Einkaufstour aus der Welt geschafft. Morgen würde Michi dafür sorgen, dass Chloé und Svenja auf sie warteten, damit sie gemeinsam zur Besichtigung des historischen Rathauses gehen konnten.

Vergnügt riss Jo ihre Zimmertür auf und stutzte, als sie es nur von einer einzigen Kerze erhellt vorfand. Siedend heiß fiel ihr ein, dass sie Tamara gar nicht auf der Party gesehen hatte. Sicher schlief sie längst. Sachte schloss Jo die Tür hinter sich und schlich zu ihrem Bett, als sie plötzlich ein Wimmern vernahm.

»Nein, Erbarmen!«

»Tamara? Alles okay?« Jo drehte sich zum Kopfende von Tamaras Bett.

»Lasst mich!«, keuchte Tamara und warf den Kopf hin und her. »Ich habe nichts getan!«

Jo erschrak. Tamara klang hellwach und panisch. Wenn das ein Albtraum war, dann einer von der übelsten Sorte.

»Hey, was ist denn los?« Jo holte die Kerze heran.

Tamara lag schweißgebadet und mit weit aufgerissenen Augen da.

»Hey, wach auf!« Jo fasste Tamara bei den Schultern und schüttelte sie sachte.

»Lasst mich los!« Tamara bäumte sich auf, als würde sie sich gegen unsichtbare Gegner stemmen, und starrte durch Jo hindurch. Dann hielt sie inne, fixierte Jo und sank auf ihr Kissen zurück. Atemlos strich sie sich die Haare aus der Stirn. »Sie haben mich gefoltert«, stammelte sie. »Ich meine, *sie*. Friederike.«

»Ein Albtraum, nichts weiter.« Jo füllte einen der Zahnputzbecher mit Wasser und reichte ihn Tamara. »Hier, trink erst mal was.«

»Nein, so war es nicht«, protestierte Tamara und nahm einen tiefen Schluck. »Es war kein Albtraum, ich war wirklich da.«

»Wo?«

»Im Folterkeller.«

»Klar warst du da. Heute Nachmittag erst.«

»Nein, gerade eben, ich war dort unten. Als Friederike.«

»Wer ist Friederike?« Jo zog einen Stuhl heran und setzte sich.

»Das Mädchen von dem Bild, das uns angesehen hat.«

»Sie hat uns nicht angesehen«, widersprach Jo. Allmählich nervte sie diese blöde Geschichte. »Und wie willst du überhaupt dorthin gelangt sein? Hast du dich dorthin gebeamt?«

»Ich habe eine Geistreise gemacht«, erklärte Tamara. »Vorhin. Eigentlich wollte ich zur Kirche, um die Frau auf dem Bild zu fragen, was sie uns sagen wollte. Aber dann hat es mich zu dem Kerker gezogen und ich war plötzlich *sie*. Und dann …«

»Geistreise, ja sicher, alles klar.« Jo tippte sich an die Stirn. »Du fährst ja völlig ohne Bereifung. Und überhaupt: Sie hat uns nicht angesehen. Und ich kann es dir auch beweisen. Schau.« Sie zog ihr Handy hervor, bemerkte nebenbei den Eingang dreier SMS und öffnete das Videomenü. »Ich habe alles genau gefilmt.«

Sie hielt das Handy so, dass sie beide das Display sehen konnten, und spielte die Aufnahme ab. Zuerst sah man nur ein paar verschwommene Schemen im Kerzenschein, doch dann erschien gestochen scharf das Gemälde. Der Blickwinkel veränderte sich und die entstellte Gesichtshälfte trat aus dem Schatten hervor. Ein paar Sekunden später ließ Jo das Handy sinken, die Aufzeichnung war zu Ende.

Tamara schlug die Decke zurück und stand auf.

Jo rührte sich nicht. Erstaunlich, wie schnell Tamara zur Normalität zurückkehren konnte. Dabei war gar nichts normal nach dem, was sie da gerade mit eigenen Augen gesehen hatten. Kein Zweifel, Jo hatte sich geirrt – und zwar gründlich.

KAPITEL 5

SCHWACHE INDIZIEN

W ir müssen es jemandem erzählen«, raunte Jo Tamara
am Frühstücksbüfett zu und goss sich ein großes Glas
Orangensaft ein. Sonst schien Jo keinen Appetit zu haben,
denn bis auf eine trockene Scheibe Toast entdeckte Tamara
nichts auf ihrem Tablett. Auch ein paar ihrer Freundinnen
machten einen etwas zerknitterten Eindruck. Tamara vermutete, dass gestern auf der Party nicht nur Softdrinks vernichtet
worden waren. Auch sie selbst fühlte sich ein bisschen ver-
katert, was sicher mit der unterbrochenen Geistreise zu tun
hatte. Normalerweise sollte man zu seinem Ausgangspunkt
zurückgehen und behutsam wieder in die Realität gleiten,
doch das war letzte Nacht ziemlich in die Hose gegangen.
Allein die Erinnerung daran ließ Tamara erschaudern. So was
war ihr noch nie passiert.

»Und was dann?«

Jo zuckte die Achseln. »Keine Ahnung. Ich finde nur, dass
das in professionelle Hände gehört. Da soll sich jemand drum
kümmern, der Ahnung hat.«

Tamara schmunzelte. »Die Ghostbusters vielleicht?«

Kein Wunder, dass Jo so reagierte. Sie war, was Kontakte
zur Anderswelt anging, noch ein Neuling. Für Tamara waren
Geistererscheinungen dagegen völlig normal, obwohl es sie
schon ziemlich bestürzte, wie intensiv es diesmal gewesen war.
Noch nie hatte eine verirrte Seele den direkten Kontakt zu ihr
gesucht.

»Und überhaupt, jeder wird die Aufnahme für einen Fake halten«, fuhr sie fort. »Im besten Fall rennen am Ende alle in die Kirche und sehen selber nach. Und ich kann mir kaum vorstellen, dass es dann noch mal passiert. Geister geben keine Vorstellungen vor Publikum.«

»Aber wir waren gewissermaßen doch auch Publikum.« Jo nahm einen Becher Fruchtquark aus der Kühltheke und drehte ihn unschlüssig in der Hand, bevor sie ihn auf ihr Tablett stellte.

Tamara nahm ihr den Quark wieder weg und ersetzte ihn durch ein kleines Getränkepäckchen mit Gemüsesaft. »Vertrau mir, das ist besser«, erklärte sie, als Jo zum Protest ansetzte. »Aber kein *zufälliges* Publikum«, nahm sie den Faden wieder auf. »Ich glaube, dass sie uns ganz gezielt ausgesucht hat. Wir sollen ihr Geheimnis lüften.«

»Das kann sie getrost vergessen!«, protestierte Jo. »Mit so was will ich nichts zu tun haben. Sag ihr das, wenn du sie das nächste Mal siehst, triffst, was auch immer. Ohne mich!« Jo drehte sich um und setzte sich zu ihren Freundinnen an den Tisch, die sogleich tuschelnd die Köpfe zusammensteckten und argwöhnische Blicke in Tamaras Richtung warfen.

»Was hast du denn neuerdings mit la Diva zu schaffen?«, fragte David, der mit einem gut gefüllten Tablett neben Tamara aufgetaucht war.

»Das fragen sich die anderen Diven sicher auch gerade«, antwortete sie und wartete, bis David seine Frühstückszusammenstellung beendet hatte. Gemeinsam steuerten sie zwei freie Plätze am Jungentisch an.

»Und? Wie war die Party?«, fragte Tamara in die Runde.

»Cool!« Phil grinste über beide Ohren. »Ich glaube, Chloé will was von mir. Mist, dass der Blitz alles kaputt gemacht hat.«

»Welcher Blitz?« Tamara brach ein Stück ihres Croissants ab und schob es sich in den Mund.

»Hast du davon nichts mitbekommen?«, fragte Phil ungläubig. »Letzte Nacht, das Unwetter?« Er wies zum Fenster hinaus. »Während der Party krachte es plötzlich und der Strom war weg. Muss irgendwo eine Hauptleitung erwischt haben. Dann kam Bierkamp rein und hat uns schlafen geschickt.« Phil kicherte. »Habt ihr die Slegert gesehen in ihrem Bärchenpyjama?«

»Davon habe ich nichts bemerkt, bin früh schlafen gegangen«, erklärte Tamara und wich Davids Blick aus.

Während die Jungs sich über die Nachtgarderobe der Referendarin amüsierten, überlegte Tamara, wie sie weiter vorgehen sollte. Sie musste einfach dahinterkommen, was der jungen Frau auf dem Bild passiert war. Sie hieß Friederike, das wusste sie jetzt. Und sie war der Hexerei angeklagt und gefoltert worden.

Noch immer glaubte Tamara, die Dornen des Verhörstuhls in ihrem Fleisch zu spüren. Wenn das Gewitter die Party nicht beendet und Jo sie zurückgeholt hätte, wer weiß, was noch passiert wäre? Vielleicht fand sich heute die Gelegenheit, mehr über Friederike herauszufinden.

»Wir treffen uns alle um halb zehn unten in der Halle, dann gehen wir zum Rathaus. Dort haben wir um Punkt zehn einen Termin mit dem Bürgermeister und ihr könnt ihn alles zur Historie dieses beeindruckenden Orts fragen«, verkündete Herr Bierkamp. »Also bitte seid pünktlich.«

Missmutiges Murmeln erhob sich. Klar, die Hexenverfolgung im späten Mittelalter war das Thema dieser Studienfahrt, aber so richtig Lust darauf schien niemand zu haben. Abgesehen von Tamara, sie hatte einen Geistesblitz. Wenn nicht der Bürgermeister, wer sonst sollte wissen, wer Friederike war?

Das Rathaus erwies sich als moderner Bau mit zartrosa getünchter Fassade und blauen Fenstern. Tamara war ein wenig enttäuscht, hatte sie doch darauf gehofft, ein historisches Fachwerkhaus vorzufinden. »Das alte Rathaus ist heute ein Kulturzentrum«, klärte der Bürgermeister die Klasse nach einer kurzen, aber herzlichen Begrüßung auf. »Dort trifft sich der Jugendclub, es gibt Proberäume für Bands und es finden zahlreiche Veranstaltungen wie Theateraufführungen oder Grillfeste statt. Wenn ihr mich fragt, hat der alte Kasten nie lebendigere Zeiten erlebt.«

Der Kurs stimmte ihm mit höflichem Lachen zu. Obwohl der Mann sicher schon seinen Fünfzigsten überschritten hatte, wirkte er recht jung mit seinem grauen, militärisch kurz geschorenen Haarkranz und dem Dreitagebart. Beides bot einen interessanten Kontrast zu seiner sonnengebräunten Haut. Die sehnigen Arme unter seinen hochgekrempelten Hemdsärmeln verrieten den Sportler in ihm – er war Tennisspieler, den Trophäen in seiner Vitrine nach zu urteilen –, wobei die hellgraue Leinenhose und das achtlos über die Stuhllehne geworfene Jackett seine lässige Eleganz zusätzlich unterstrichen. Tamara musste zugeben, dass sie keinen Bruce-Willis-Verschnitt erwartet hatte.

Auch die Einrichtung seines Büros überraschte sie. Alles wirkte kühl und sachlich, angefangen vom ausladenden Rauchglasschreibtisch bis hin zu den Schwarz-Weiß-Fotografien an den Wänden, die moderne Gebäude aus verwirrenden Perspektiven zeigten.

»Setzt euch doch bitte.« Mit einer einladenden Geste deutete der Bürgermeister auf die Freischwinger, die um ein paar würfelförmige Beistelltischchen mit Erfrischungen gruppiert waren.

Nachdem alle Platz genommen hatten, schaute er erwartungsvoll in die Runde. »Schießt los.«

»Haben Sie die alle gewonnen?«, platzte es aus Phil heraus, der mit einem Kopfnicken auf die Vitrine deutete.

Der Kurs lachte.

»So ist es«, antwortete der Bürgermeister schmunzelnd. »Ich habe eine gefürchtete Vorhand.«

»Wir haben gestern das Hexenmuseum in der Burg besucht«, warf Herr Bierkamp mit einem strafenden Blick auf Phil ein. »Der Kerker und der Folterkeller sind wirklich sehr beeindruckend. Wie viele Menschen sind darin im Laufe der Zeit verhört worden?«

»In dieser Burg fanden rund 4.000 Hexenprozesse gegen 3.650 Personen statt. Das ist historisch belegt.«

»Und gab es auch Freisprüche?«, wollte Zuhal wissen.

»So gut wie nie. Die Beschuldigten hatten keine Chance. Entweder brachen sie unter der Tortur zusammen und gestanden alles, was man ihnen vorwarf. Dann war ihnen der Tod auf dem Scheiterhaufen gewiss. Oder sie blieben standhaft. Das war nach der damaligen Rechtsauffassung jedoch ein Indiz dafür, dass sie mit dem Teufel im Bunde standen, denn sonst hätten sie die Folter niemals durchstehen können.«

»Das hat doch nichts mit Gerechtigkeit zu tun!«, ereiferte sich Zuhal. »Wo waren denn die Beweise?«

»Oh, oh«, machte jemand. Wenn Zuhal irgendwo Ungerechtigkeit witterte, konnte sie zur Furie werden. Sie würde sicher einmal eine Topanwältin werden.

»Echte Beweise spielten keine Rolle. Als sicherer Beweis galt einzig die *regina probationum*, die Königin der Beweise, und das war das Geständnis«, fuhr der Bürgermeister fort. »Ketzerei und Hexerei waren Kapitalverbrechen und bei diesen durfte nur aufgrund eines Geständnisses das Urteil gesprochen werden, darum legte man größten Wert darauf, es zu bekommen.«

»Mit Gewalt«, schnaufte Zuhal. »Tolles Geständnis. Und wie geriet man überhaupt in Verdacht? Konnte jeder daherkommen und einen beschuldigen, eine Hexe zu sein?«

»Die Menschen im späten Mittelalter hatten einen anderen Gesichtskreis«, erklärte der Bürgermeister. »Die Christianisierung war gerade erst abgeschlossen und der Aberglaube noch in vielen Köpfen fest verankert. Dazu die rauen Lebensumstände. Ihr könnt euch kaum vorstellen, wie hart das Leben damals war. Wenn etwas Schlimmes geschah, eine Missernte zum Beispiel, zog das viel Elend nach sich. Zuerst Hunger, dann Seuchen und Tod. Weil man dem hilflos gegenüberstand, musste man einen Schuldigen finden, jemanden, der mit dem Teufel im Bunde stand und das Vieh verhext oder die Ernte verdorben hatte. Und wie das so ist, suchte man sich in solch einem Fall immer die Außenseiter heraus. Die alte, alleinstehende Nachbarin, einen Querulanten oder jemanden, der schlicht anders war. Anders aussah, sich anders benahm, ihr wisst schon.«

»Das reinste Mobbing«, bemerkte Nils.

»Genau«, bestätigte der Bürgermeister. »An dem Mechanismus hat sich bis heute nicht viel geändert. Auf diese Weise konnte man auch elegant Leute loswerden, mit denen man sich im Streit befand. Man behauptete, die Nachbarin hätte die Butter ranzig gezaubert oder man hätte sie dabei beobachtet, wie sie auf dem Besen ausgeflogen war, und schon hatte sie ziemlichen Ärger am Hals.«

»Und das ohne Rechtschutzversicherung!«, rief Phil dazwischen. Herr Bierkamp sah aus, als würde er jeden Moment hyperventilieren.

»Demnach ging die Verfolgung der Hexen zuerst von der Bevölkerung aus«, fuhr der Bürgermeister ungerührt fort. »Später nahm sich die Kirche dieses Themas an. Nicht zuletzt auch, weil sie damit die Ketzerei ausmerzen und die eigene

Machtposition stärken wollte. Von der Ketzerei zur Hexerei war es nur ein kleiner Schritt und mit der Hexenbulle von Papst Innozenz VIII., der *Summis desiderantes affectibus*, gab die Kirche ihr Okay für die scharfe Hexenverfolgung. Der *Hexenhammer* tat dann sein Übriges, um die systematische Ausrottung der vermeintlichen Hexen zu regeln.«

Nachdem er seinen Vortrag beendet hatte, entstand eine kleine Pause. Offenbar waren den anderen die Fragen ausgegangen und auch Herr Bierkamp schaute etwas unschlüssig drein.

»Herr Bürgermeister?«, nutzte Tamara die Gelegenheit. »Wir haben gestern ein Bild in der Kirche gefunden. Die Frau darauf hat ein furchtbar entstelltes Gesicht. Wissen Sie, wer das ist?«

Der Mann schaute, als müsse er überlegen, doch dann erhellte sich seine Miene. »Du meinst das in der Seitenkapelle? Nein, es ist irgendein Gemälde von einem unbekannten Künstler und wer die Frau ist, weiß auch niemand. Es hängt dort schon ewig. Frag mich nicht warum. Es ist ziemlich scheußlich, findest du nicht?« Er lachte trocken auf. »Aber habt ihr euch bei der Gelegenheit mal die Architektur der Kirche angesehen? Sicher ist euch der Turm aufgefallen.«

Er begann, von den Ereignissen zu erzählen, die dem Turm seine merkwürdig stumpfe Form gegeben hatten, und während er sprach, spürte Tamara, wie es in ihren Eingeweiden rumorte. Zuerst dachte sie, ihr würde das Thema auf den Magen schlagen, doch dann kamen Schwindel und stechende Kopfschmerzen hinzu. Die Stimme des Bürgermeisters klang zunehmend schneidend in ihren Ohren und vor ihren Augen flimmerte es.

»Entschuldigung«, murmelte sie hastig und stand auf.

»Ist dir nicht gut?«, fragte der Bürgermeister. »Vielleicht trinkst du einen Schluck, dann wird es sicher besser.« Er füllte ein Glas mit Wasser und reichte es ihr.

Tamara spürte, wie sich ihr Gesichtsfeld zusammenzog. Die Knie drohten nachzugeben. »Nein!«, stöhnte sie, schlug die Hand des Bürgermeisters beiseite und stürmte hinaus.

Draußen vor dem Haupteingang atmete sie tief durch. Was war das denn gewesen? Vielleicht Nachwirkungen von letzter Nacht? Eine misslungene Geistreise kann einem schon ziemlich aufs Gemüt schlagen. Sie setzte sich auf eine Bank und wischte sich die schweißnassen Hände an ihrem Kleid ab. Allmählich beruhigte sich ihr Herzschlag wieder.

Hinter ihr quietschte die Eingangstür.

»Alles okay mit dir?«, fragte David.

»Ja, alles bestens, mir war nur ein bisschen komisch. Jetzt geht es aber langsam. Geh ruhig wieder rein.«

»Sicher?« Er machte einen zaghaften Schritt auf sie zu.

»Ja klar«, antwortete sie und zwang sich zu einem Lächeln.

David zögerte. »Wie du meinst«, sagte er schließlich und ließ sie alleine.

Sobald er außer Sichtweite war, fiel das Lächeln von ihr ab. Seltsam, was war nur mit ihr passiert? So kannte sie sich gar nicht. Erneut riss sie das Quietschen der Tür aus ihren Gedanken.

»Ich habe dir doch gesagt, ich bin okay, David. Geh wieder rein«, rief sie über ihre Schulter hinweg.

»Dafür siehst du aber ziemlich beschissen aus«, antwortete Jo und setzte sich neben sie. »Was war los?«

»Keine Ahnung«, murmelte Tamara. »Anfangs war alles okay, aber je länger der Mann redete, desto dreckiger ging es mir. Zuerst wurde mir nur schlecht, als ob mein Kreislauf schlappmacht. Aber als er mir das Glas Wasser reichen wollte, geriet ich fast in Panik. Dabei wollte er doch nur nett sein.«

»Hast du das öfter?«

»Nein, das ist es ja gerade.« Tamara hob hilflos die Hände.

»Vielleicht hängt es mit letzter Nacht zusammen«, vermutete Jo. »Du warst ja ziemlich komisch drauf, als ich dich geweckt habe.«

»Ja, vielleicht.« Tamara biss sich auf die Unterlippe und schwieg.

»Mir ist auch ein bisschen mulmig«, gab Jo nach einer Weile zu. »Einer von den Feiglingen gestern Nacht muss wohl schlecht gewesen sein.« Sie grinste verlegen. »Ich vertrage eben nicht so viel.«

»Und warum hast du sie dann getrunken?« Tamara sah Jo von der Seite an. Sie wirkte tatsächlich ein bisschen blass um die Nase. Ihr sonst so perfektes Make-up konnte die dunklen Augenringe kaum verbergen.

»Hab gerade ein bisschen Stress«, gab Jo zu. »Mein Freund und ich, es läuft im Moment nicht so gut.«

»Das tut mir leid.«

»Ja, mir auch.« Auf einmal sah Jo sehr verletzlich aus. Gar nicht mehr wie die selbstbewusste Tussi, die gestern noch ohne Zögern das obere Bett in Beschlag genommen hatte. »Wir streiten uns nur noch. Sogar hier. Und seit gestern Nacht nicht einmal mehr das. Kilian antwortet nicht mehr auf meine SMS.«

»Vielleicht mag er nicht mehr streiten«, vermutete Tamara.

»Genauso wenig wie ich.«

»Und was sagen deine Freundinnen dazu?«

»Ach, die.« Jo machte eine Bewegung, als würde sie etwas wegwerfen. »Die interessiert das doch gar nicht.«

Tamara verkniff sich jeden weiteren Kommentar. Sie wollte die Nähe, die da gerade zwischen ihnen entstanden war, nicht mit einer giftigen Bemerkung über Jos Freundinnen kaputt machen. Stattdessen hatte sie eine andere Idee. »Was hältst du davon, wenn wir uns das Gemälde noch mal ansehen?«

»Du gibst wohl nie auf, oder?«

»Komm schon, nach dem Mittagessen haben wir sowieso Freizeit. Das wird dich ablenken.«

Jo überlegte. »Aber nur, wenn du mir versprichst, dass du danach Ruhe gibst. Wir schauen uns das Ding ein letztes Mal an und dann ist Ende im Gelände.«

Tamara kreuzte hinter ihrem Rücken die Finger. »Ja klar«, stimmte sie zu. »Wir schauen uns das Bild heute nur noch einmal an. Ich schwör's.«

Kurz darauf öffnete sich erneut die Tür und die restlichen Leute aus ihrer Gruppe strömten auf den Vorplatz des Rathauses, wo sich der Bürgermeister von ihnen verabschiedete. Tamara fühlte sich schon wieder fit. Der Schwindel und die Übelkeit waren verschwunden und im Nachhinein fand sie ihren Auftritt ziemlich peinlich. Der Mann musste doch denken, sie hätte sie nicht mehr alle, also beschloss sie, sich für ihr Benehmen zu entschuldigen und drängelte sich zu ihm durch. Ehe sie ihn erreichte, winkte er jedoch zum Abschied und ging hinein, ohne sie zu bemerken.

Eigentlich hatte Jo gar keine Lust, noch mal mit Tamara zur Kirche zu gehen. Was sollte es da zu sehen geben, das sie nicht längst gesehen hatten? Außerdem grauste ihr davor, noch mal von diesem blöden Bild angeglotzt zu werden. Aber was sollte sie sonst mit dem freien Nachmittag anfangen?

Svenja und die anderen hatten nach dem Frühstück beschlossen, mit ein paar Jungs zum nahen Badesee zu fahren, und sie gefragt, ob sie mitkäme. Zuerst hatte Jo die Idee verlockend gefunden. Nach dem gestrigen Gewitter war der Himmel heute wieder wie blank geputzt und es versprach, ein heißer Tag zu werden. Da war eine Runde Chillen am See genau das Richtige. Michelle und Noah würden als Paar mitgehen, das war ja okay. Weil Jo aber bemerkt hatte, dass Chloé und Phil ununterbrochen aneinander herumknabberten und auch Svenja und Jonas die Finger nicht voneinander lassen konnten, war ihr die Lust vergangen. Den anderen beim Knutschen zuzusehen, dafür hatte sie echt keinen Nerv. Also hatte sie dankend abgelehnt und vorgegeben, etwas Besseres zu tun zu haben. So gesehen kam ihr Tamaras Vorschlag gar nicht so ungelegen.

Außerdem brauchte sie dringend Ablenkung, um nicht dauernd auf ihr Handy zu starren. Kilian hatte sich seit gestern nicht mehr gemeldet und der Gedanke, er könne wieder bei seiner Ex herumhängen und sich bei ihr ausheulen, machte Jo ganz verrückt. Sobald sie wieder zu Hause war, musste eine Aussprache her, so ging es jedenfalls nicht weiter.

»Kommst du?«, rief Michelle und winkte ihr zu. Sie stand mit Noah händchenhaltend bei Svenja und Chloé, die ziemlich offensichtlich mit den Jungs herumschäkerten. Lustlos stand Jo auf und gesellte sich zu ihnen. Die ganze Zeit während des Rückwegs zum Schullandheim fragte sie sich, ob sie und Kilian auch so peinlich gewesen waren, als sie noch frisch verliebt waren. Vermutlich ja, aber das war Ewigkeiten her.

KAPITEL 6

JENSEITS

W illst du nicht doch mit?«, fragte Michelle, als die Gruppe sich nach dem Mittagessen mit Handtüchern und prallvollen Strandtaschen bepackt im Park bei den Tischtennisplatten traf. Ein paar Mitschüler hatten sich Schläger geliehen und zu einem spontanen Miniturnier verabredet. Im Moment liefen zwei Viertelfinalpartien und Jo gab vor, sehr an deren Ausgang interessiert zu sein.

Kurz geriet sie ins Zweifeln. Das Wetter war wirklich fantastisch und die Vorstellung, nachher in einen glitzernden Badesee zu springen und gemütlich mit ihren Freundinnen in der Sonne zu liegen, hatte was. Doch dann sah sie, wie Phil Chloé die Zunge in den Hals steckte, und schüttelte den Kopf.

»Na dann«, meinte Michelle achselzuckend und sah tatsächlich ein wenig enttäuscht aus. »Falls du es dir noch überlegst, wir fahren zum Strandbad Sommersdorf. Viel Spaß, bei was auch immer.«

»Danke, euch auch! Und immer gut eincremen, ja?«

Svenja lachte, als hätte Jo einen ziemlich guten Witz gerissen. »Ja, sicher doch«, prustete sie und zwinkerte dabei anzüglich.

Jo tat so, als hätte sie den Spruch genau so gemeint, wie er bei Svenja angekommen war, und zwinkerte zurück. Spätestens jetzt fühlte sie sich in ihrer Entscheidung bestätigt.

»Also los, der Bus kommt jeden Moment«, rief Phil und warf sich sein Handtuch über die Schulter. »Bis später!«

Jo winkte ihnen hinterher und wandte sich wieder dem Tischtennismatch zwischen Zuhal und David zu. Kurz darauf tauchte Tamara auf. Sie hatte wieder diesen merkwürdigen schwarzen Filzbeutel dabei, den sie schon bei ihrer Ankunft mit sich herumgeschleppt hatte. Erst jetzt, beim genaueren Hinsehen, identifizierte Jo das Ding als Fledermaus. Die Flügel waren aus grauem Garn gehäkelt und verbanden sich zu einer Umhängeschlaufe. Als Augen hatte Tamara grüne Strassknöpfe angenäht, die über einem breit grinsenden und mit hölzernen Vampirzähnchen versehenen Mund funkelten. Auch Tamara selbst ähnelte einer Fledermaus in ihrem grauen Flatterkleid. Innerlich stöhnte Jo auf. Das Mädel brauchte ganz dringend eine Stilberatung.

»Komm«, raunte sie ihr zu und zog sie mit sich.

»Und? Schon was von deinem Freund gehört?«, fragte Tamara, als sie außer Davids und Zuhals Hörweite waren.

»Nichts, keinen Ton«, seufzte Jo.

»Ist er denn immer so?«

Jo dachte über die Frage nach. Nein, dieses Verhalten war alles andere als typisch für Kilian. Wenn es ein Problem gab, dann packte er es an. Ganz offensiv. Sich vor einer Aussprache zu drücken entsprach so gar nicht seiner Art und verhieß nichts Gutes. Jos Magen zog sich schmerzhaft zusammen. »Themenwechsel, okay?«, gab sie patziger zurück, als sie wollte.

Tamara zuckte mit den Schultern und schwieg den Rest des Weges. Erst als sie das Kirchengelände betraten, fand sie ihre Sprache wieder. »Irgendwie ist es hier unheimlich, findest du nicht?« Tamara schaute sich argwöhnisch um. »Das ist mir beim letzten Mal gar nicht aufgefallen.«

Jo musterte die moosbewachsenen Grabsteine, die windschief den Kiesweg säumten. Die Witterung hatte die meisten Inschriften so weit verschwinden lassen, dass sie kaum noch zu entziffern waren. Nur die Steine, die im Schatten einiger

Eiben standen, gaben noch Namen und Jahreszahlen preis. Ein paar der Gräber waren jahrhundertealt.

»Ach, von denen ist schon längst nichts mehr übrig. Nur noch Staub und bestenfalls ein paar Zähne. Ich habe mal gehört, dass die das Letzte sind, was von einem zurückbleibt. Liegt an den Mineralien«, sagte Jo.

»Ich meine nicht die Toten«, widersprach Tamara. »Die machen mir keine Angst, immerhin sind ihre Seelen ständig um uns herum. Es ist die Aura dieses Ortes.«

Jo schnaufte. Die Aura dieses Ortes. Ja, sicher doch. »Los, lass es uns hinter uns bringen.« Sie ging die Treppe hoch, drückte den Türgriff und stemmte sich gegen die Pforte, doch sie rührte sich nicht. »So ein Pech, abgeschlossen. Dann werden wir wohl leider wieder gehen müssen.«

Jo ging die Treppe schon wieder hinunter, aber so schnell schien Tamara nicht aufgeben zu wollen. »Warte doch, vielleicht kommen wir durch eine Seitentür rein«, rief sie ihr hinterher.

Jo sackte innerlich zusammen. »Es ist abgeschlossen. Das bedeutet, dass niemand rein soll«, protestierte sie und drehte sich zu Tamara um. »Vielleicht wegen einer geschlossenen Gesellschaft oder so.«

»Das ist eine Kirche, kein Club! Da gibt es keine geschlossenen Gesellschaften.« Tamara schüttelte tadelnd den Kopf.

»Was weiß ich!« Jos Blick fiel auf den Informationskasten am Fuß der Treppe. »Ah! Da steht es: ›Wegen Renovierungsarbeiten heute geschlossen.‹ Alles klar, wir können gehen.«

»Wundert dich das nicht?«

»Was? Dass sie die Kirche renovieren?« Jo tat, als müsse sie überlegen. »Nö.«

»Dass hier gar keine Arbeiter sind …«, half Tamara ihr auf die Sprünge. »Wenn hier renoviert wird, müssten hier doch Arbeiter sein.«

»Vielleicht sind sie in der Mittagspause?« Langsam wurde es Jo zu blöd. Auf Rätselraten hatte sie mal so gar keine Lust.

»Es ist drei Uhr nachmittags. Wer, bitte schön, ist jetzt noch beim Mittagessen?«

»Andere Länder, andere Sitten? Wer weiß schon, wie lange die Eingeborenen hier brauchen, um zu essen.«

»Wir sind in Mecklenburg-Vorpommern, nicht in Südfrankreich«, antwortete Tamara und kicherte. »Aber im Ernst. Es liegt kein Werkzeug herum, kein Arbeitsmaterial, Handwerker sehe ich auch keine. Findest du das nicht seltsam?«

Jo schaute sich nach allen Seiten um. Der Rundweg um die Kirche war frisch geharkt, man konnte noch die Linien des Rechens erkennen. Ein paar Fußspuren deuteten darauf hin, dass die Kirche heute schon von jemandem besucht worden war, aber gearbeitet wurde hier ganz sicher nicht, dafür waren es zu wenige. Gegen ihren Willen musste Jo Tamara zustimmen. Etwas war hier seltsam. Vielleicht sollten sie sich doch mal genauer umsehen, schaden konnte es ja nicht.

»Komm, wir gehen einmal ganz herum, vielleicht finden wir ja etwas«, rief sie Tamara zu und schlug den Weg nach rechts ein.

An der südlichen Seitenkapelle entdeckten sie einen Nebeneingang, doch auch der war fest verriegelt. Ebenso die Tür zur Sakristei auf der Nordseite. Nur ein kleines Fenster stand offen. Ohne zu fackeln, warf Tamara ihren Beutel hindurch und stemmte sich an der Fensterbank hoch.

»Sag mal, bist du bekloppt?« Jo rang nach Luft. »Du kannst doch nicht einfach in eine Kirche einbrechen!«

»Ich will doch nichts klauen, nur mal nachsehen«, wisperte Tamara. »Komm, hilf mir mal!«

Wenn sie jemand sah! Wie sollte sie das Svenja und den anderen erklären? Beim Einbruch in eine Kirche erwischt, zusammen mit der durchgeknallten Tamara? Ihr Image wäre auf Jahrzehnte ruiniert. Jo warf einen nervösen Blick über die Schulter. Zum Glück boten die Eiben genügend Sichtschutz.

»Mach schon«, kam es keuchend von oben.

Leise vor sich hin fluchend, packte Jo Tamaras Hinterteil und gab ihm einen Schubs. Tamaras Schnabelschuhe schrammten über das Mauerwerk. Ein weiterer Schubs, dann hörte Jo, wie drinnen etwas unsanft auf den Boden fiel.

»Verdammt, sei leise«, zischte Jo.

»Nix passiert«, flüsterte Tamara zurück und erschien mit geröteten Wangen und seltsam abstehenden Zöpfen im Fenster.

»Und jetzt du.« Sie streckte Jo die Hand hin.

»Auf keinen Fall!« Jo schüttelte energisch den Kopf. Niemals, never ever, würde sie ihren Hintern so in die Landschaft recken.

»Und was willst du sagen, wenn dich jemand hier draußen stehen sieht? Dass du auf den Bus wartest? Jetzt mach schon.«

Das durfte doch alles nicht wahr sein. Nur mal eben das Bild anschauen und dann weg, von Einbrechen war nie die Rede gewesen.

»Ich hasse dich«, knurrte Jo und griff Tamaras Hand.

Einige weitere Flüche und drei Laufmaschen später fand Jo sich in einem kargen Raum wieder, dessen ehemals weiße Wände schon bessere Zeiten gesehen hatten. Teilweise blätterte die Farbe ab und gab den Blick auf grobe Backsteine frei. Ein paar altmodische Holzstühle standen darin und eine Heiligenfigur, ansonsten war der Raum leer.

»Da lang.« Mit einem Kopfnicken wies Tamara den Weg durch einen Bogengang, der ins Innere der Kirche führte.

Ohne die elektrische Beleuchtung vom letzten Mal wirkte das Mittelschiff schummrig und abweisend. Das wenige Sonnenlicht, das durch die hohen Fenster fiel, wurde von den

Bäumen gedämpft, sodass unzählige Schatten in der Seitenkapelle tanzten. Wie sollten sie da etwas auf dem Bild erkennen?

Tamara aber schien auch dafür eine unchristliche Lösung parat zu haben. Ohne lange zu überlegen, kramte sie ein Feuerzeug aus ihrer Fledermaustasche hervor und entzündete eine der armlangen Kerzen auf dem Altar. Jetzt beklaute sie auch noch den lieben Gott!

»Kerzen sind zum Anzünden da, nicht zum Angucken«, erklärte sie auf Jos fassungslosen Blick und hob die Kerze aus der Halterung. Mit der freien Hand beschirmte sie die Flamme und ging voraus.

Der Cherub hockte nach wie vor mit ausgebreiteten Flügeln auf seinem Postament und blickte erhaben in die Ferne. Ansonsten war hier nichts mehr wie bei ihrem letzten Besuch. Kein Kerzenleuchter, keine flackernden Lichtreflexe – und vor allem kein Bild. Nur noch ein heller, rechteckiger Fleck an der Stelle, wo es gestern noch gehangen hatte.

Tamara untersuchte die helle Stelle genau. Mittig, etwa eine Handbreit unter der Oberkante, entdeckte sie einen rostigen Nagelkopf, der wie eine winzige Pyramide aus der Wand ragte. Sie hatte mal gesehen, wie ein Schmied solche Nägel auf einem Mittelaltermarkt herstellte, indem er ein glühendes Stück Eisen durch ein kleines Loch in seinem Amboss trieb. Offenbar war das Bild schon vor Jahrhunderten an diese Stelle gehängt und seitdem nie wieder abgenommen worden.

»Es ist weg«, stellte Jo überflüssigerweise fest. »Vermutlich ist deshalb die Kirche geschlossen. Sie lassen das Bild restaurieren.«

»Ausgerechnet, nachdem ich danach gefragt habe, fällt der Pfarrgemeinde ein, das Bild restaurieren zu lassen? Ein Bild, das offenbar absichtlich im hintersten Winkel der Kirche versteckt wurde und dort seit Ewigkeiten hängt?« Tamara schaute sich in der Seitenkapelle um. »Und warum nur dieses Bild?

Die anderen hängen nach wie vor an ihrem Platz. Für meinen Geschmack sind das ein paar Zufälle zu viel.«

Jo setzte zu einer Erwiderung an, doch in dem Augenblick vernahm Tamara ein Geräusch. Mit einer raschen Handbewegung brachte sie Jo zum Schweigen. »Hast du das auch gehört?«, wisperte sie.

Jo zog die Augenbrauen zusammen und lauschte. »Nein, was denn?«, gab sie nach einer Weile zurück.

Tamara wartete, dass sich das Geräusch wiederholte. Als nichts geschah, wollte sie bereits den Kopf schütteln, da hörte sie es wieder. Auch Jo schien es diesmal bemerkt zu haben, denn sie legte den Finger an die Lippen.

Es kam aus dem Mittelschiff. Ein Wimmern, ganz so, als würde jemand Qualen erleiden. Mit einem Kopfnicken wies Tamara Jo an, ihr zu folgen. Sie schritten die Holzbänke entlang, doch es war niemand zu sehen. Tamara glaubte schon, sich verhört zu haben – vielleicht war es nur eine Ratte oder so, in so alten Gemäuern kreuchte sicher allerlei Viehzeug herum –, da wimmerte es erneut. Es war definitiv menschlich und kam von der anderen Seite des Mittelschiffs. Ein kalter Schauer lief Tamara über den Rücken. Offenbar saß jemand weinend hinter den schweren weinroten Samtvorhängen des Beichtstuhls. Sie stieß Jo den Ellbogen in die Seite und deutete auf den kunstvoll geschnitzten, vom Kerzenlicht der unzähligen Jahre geschwärzten hölzernen Kasten. Ob sie mal nachsehen sollten? Aber was, wenn sie einen Beichtenden störten? Tamara schüttelte unwirsch den Kopf. Wo sollte der denn herkommen, die Kirche war abgeschlossen. Sie gab sich einen Ruck und zwängte sich durch die Bänke hindurch zum Beichtstuhl und zog den schweren Samtvorhang auf der linken Seite auf.

Nichts, bis auf ein kleines Bänkchen, auf dem die Knie der Sünder im Laufe der Zeit zwei flache Dellen hinterlassen hatten. Tamara ließ den Vorhang los und öffnete den auf der anderen Seite. Auch hier fand sie nichts, dennoch musste das Weinen ganz aus der Nähe kommen. Zaghaft ergriff sie den mittleren Vorhang, den größten, hinter dem der Priester zu sitzen pflegte. Innerlich zählte sie bis drei, dann riss sie den Samtstoff beiseite. Erst als sie den leeren Stuhl erblickte, bemerkte sie, dass sie den Atem angehalten hatte, und stieß die Luft aus. Seltsam. Das Weinen klang lauter denn je und sie wäre jede Wette eingegangen, etwas oder jemanden vorzufinden.

Ratlos drehte sie sich zu Jo um, die sich an ihr vorbeidrängelte und das kleine Kämmerchen betrat. Mit den Knöcheln klopfte sie die Rückwand des Kastens ab. »Hörst du das? Dahinter ist ein Hohlraum«, erklärte sie und packte den Stuhl an der Rückenlehne. »Komm, hilf mir mal, das Ding rauszuschaffen.«

Widerwillig stellte Tamara die Kerze auf den Boden und half Jo, das schwere Möbel aus dem Beichtstuhl zu heben. Polternd stellten sie es auf dem Steinboden ab, dann machten sie sich daran, die Rückwand im Kerzenschein genauer zu untersuchen. An der linken Seitenkante entdeckten sie beim genaueren Hinsehen zwei kleine Scharniere und in Brusthöhe eine feine waagerechte Rille, die sich bis zur rechten Seitenkante zog. Sie leuchteten die Kante nach unten ab und entdeckten in Kniehöhe ein kleines Loch von der Größe einer Eineuromünze.

»Ich glaube, hier macht man die Tür auf«, wisperte Tamara. »Steck mal den Finger rein.«

»Wieso ich?«, gab Jo empört zurück. »Das war deine Idee, du wolltest doch unbedingt hierein. Am Ende breche ich mir noch einen Nagel ab oder bleibe stecken.«

»Feigling«, zischte Tamara, schob Jo beiseite und fuhr mit dem Zeigefinger in das Loch. Sie ertastete einen waagerechten metallenen Stift. Einen Riegel. Vorsichtig drückte sie ihn nach unten, ein leises Klacken ertönte und schon öffnete sich die Geheimtür einen Spaltbreit. »Tattaaa!«, triumphierte Tamara und zog die Tür ganz auf, wobei diese ein dickes Flies aus Spinnennetzen mit sich riss.

Jo gab ein Würgegeräusch von sich.

»Sind doch nur Spinnen.« Tamara schnaufte verächtlich und wischte das Gespinst mit der Hand weg. Dahinter versteckte sich ein enger Gang, eine Treppe, die in die Tiefe führte. Ein kalter Luftzug strömte daraus hervor und ließ die Kerzenflamme erzittern. Mit der Luft drang erneut ein Laut zu ihnen herauf. Eine Mädchenstimme, die sich zu einem Wort dehnte.

»Tamaaaraaa!«

Es war Friederike. Sie brauchte ihre Hilfe! Dessen war sich Tamara sicher.

»Bist du noch ganz dicht?« Beiläufig registrierte Tamara Jos Stimme und ihre Hand, die sie zurückhalten wollte. Sie schüttelte sie ab, bückte sich und schob sich in den engen Gang.

»Tamaaaraaa!«

Hab keine Angst, ich komme! Gleich bin ich bei dir.

Tamara schlug eisige Luft entgegen. Ihr Atem formte Nebelwölkchen vor ihrem Mund. Vorsichtig setzte sie einen Fuß vor den anderen. Nur nicht ausrutschen, sie würde sich sonst auf den steilen Stufen den Hals brechen. Als sie ein paar Meter weiter tatsächlich strauchelte und sich an der Wand festhielt, bemerkte sie, dass diese mit Reif überzogen war. Der funkelte im Kerzenlicht.

»Tamaaaraaa!«

Halte durch, ich bin gleich da! Stufe um Stufe wagte sich Tamara weiter in die Tiefe, bis sie sich endlich in einem niedrigen Gewölbe wiederfand. Drei Gänge zweigten vor ihr ab, jeder finster wie die Nacht. Welchen sollte sie wählen? Wie zur Antwort hauchte es ihr aus dem mittleren entgegen.

»Tamaaaraaa!«

Die Kerzenflamme flackerte und wäre um ein Haar erloschen, hätte Tamara sie nicht mit der hohlen Hand gegen den Luftzug abgeschirmt. Gut, also dort entlang. Sie störte sich nicht an den Spinnweben, die sich wie gespenstische Vorhänge im Strom der Luft wölbten und sich in ihren Haaren verfingen, und folgte dem Ruf.

Nach einigen Metern bemerkte sie mehrere übereinander angeordnete Reihen mit Nischen, die links und rechts in die Backsteinwände eingearbeitet waren und auf den ersten Blick wie steinerne Stockbetten aussahen. Erst beim genaueren Hinsehen erkannte sie Leichen, deren Knochen sich unter mumifiziertem Fleisch abzeichneten. Ihre Schädel waren von pergamentartiger Haut bedeckt, an der noch die Kopfhaare hingen. Die Jahrhunderte hatten ihre Lippen schrumpfen lassen, sodass sie grimmig die Zähne bleckten, und einige besaßen noch genügend Gesichtszüge, um ihr im flackernden Kerzenschein aus dunklen Augenhöhlen anklagend entgegenzublicken.

Stumm bat Tamara die Bewohner der Gruft um Verzeihung für die Störung ihrer Totenruhe und ging weiter.

Als kurz darauf der Gang einen weiteren kreuzte, bog sie ohne zu zögern nach links ab. Sie verließ die Gruft und fand statt der Bestattungsnischen nun alle paar Meter links und rechts schwere Holztüren und dahinter Räume, die gerade so groß waren, dass sie darin gebückt stehen konnte. Zuerst konnte sie sich keinen Reim darauf machen, welchem Zweck die Kammern einst gedient hatten. Doch dann entdeckte sie in einer davon Reste einer Eisenkette, die den Ketten aus dem Hexenkerker ähnelten, dazu ein paar Spieße, die sie im Folterkeller gesehen hatte. Ihr Magen zog sich schmerzhaft zusammen bei dem Gedanken, dass hier Menschen, junge Frauen, womöglich jahrelang eingekerkert worden waren.

Tränen traten ihr in die Augen. Friederike, wo bist du? Sie leuchtete den Gang hinunter und bemerkte einen schwachen Lichtschein, der aus einem der Kerkerräume drang. »Ich komme!«, rief sie, hastete darauf zu und spähte in die Zelle.

Ein Kerzenstumpen stand auf dem frostigen Boden. Die Flamme hatte den Lehm in einem tellergroßen Kreis aufgetaut und beleuchtete schwach das grobe Mauerwerk.

»Friederike?«, fragte Tamara mit bebender Stimme. »Bist du hier?«

Da ertönte von einer der Wände ein leise schmatzendes Geräusch, als ob jemand Gelee umrührte. Tamara leuchtete mit ihrer Kerze dorthin und erstarrte. Eine dicke, rote Flüssigkeit quoll langsam aus den Mauerfugen, malte für einen Moment die Umrisse der Steine nach und lief in feinen Linien die Wand hinunter.

Blut!

Entsetzt wich Tamara zurück, unfähig, ihren Blick davon loszureißen. Sie verfolgte die roten Ströme, die entgegen aller Naturgesetze auf dem Boden zusammenflossen und sich zu einem Wort formten.

»BERO.«

Tamaras Gedanken kreisten immer schneller und lösten sich auf, bevor sie auf die Knie fiel.

Kalt. So kalt. Sie schlang ihre Arme um den abgewetzten Kittel, aber das Beben in ihrem Körper wollte nicht enden. Klappernd schlugen ihre Zähne aufeinander. Schmerzen. Überall. Pochend, schneidend, raubten ihr den Atem. Mühsam öffnete sie die Augen und erstarrte. Schwarz. Nichts als Schwärze. Hatten sie sie geblendet? Erinnerungen drangen in ihr Bewusstsein. Ein Knüppel. Dornen. Der Verhörstuhl.

Diakon Anselm. Und Feuer, Glut, ein glühendes Eisen vor ihrem Gesicht.

Ihr Antlitz, ihre Augen!

Ihre Hände zuckten zu ihrem Gesicht, tasteten es ab. Ein greller Schmerz erfasste Friederike, als ihre Finger auf rohes Fleisch trafen. Ihre Zunge fuhr über Zahnsplitter und sie schmeckte Blut. Zitternd hielt sie die Hände dicht vor ihre Augen, Hände, die ebenso wie ihre Füße von Fesseln befreit waren, und endlich erkannte sie schwache Umrisse, die sich in der Dunkelheit zu ihren Fingern formten.

Was war geschehen? Der Henker, er hatte ihr die absonderlichsten Fragen gestellt. Ob sie Wetter machen könne. Ob sie des Nachts tote Kinder aus ihren Gräbern hole, um aus deren Knochen ein Zauberpulver zu mahlen. Ob sie Unzucht getrieben hätte mit dem Leibhaftigen. Sie hatte gespürt, wie ihr die Röte in die Wangen schoss. Nichts von alldem habe sie je getan, hatte sie beteuert. Sogar geschworen bei der Heiligen Jungfrau. Zuletzt hatte sie nach ihrer Mutter geschrien. Danach war die Schwärze gekommen.

Wo war sie nun? Sie streckte die Hände aus und ertastete grobes Mauerwerk. Es wölbte sich um sie herum. Nirgends ein Einlass, weder Tür noch Fensterscharte. Ein Brunnen!

Sie schaute hinauf. Weit über ihr, unerreichbar, ein heller Kreis. Und der Umriss eines Menschen, der zu ihr herabschaute.

»Hilfe«, wisperte Friederike. Ihre Kehle schmerzte, als wäre sie mit Glasscherben gespickt. »Hilfe!«, rief sie lauter.

Der Schemen zögerte, dann hob er einen Arm. Winkte er ihr zu? Ein kleiner Vogel schien in ihrer Brust zu flattern. Ein Vogel namens Hoffnung.

»Hier unten!«

Der Arm packte etwas. Ein Seil? Eine Leiter gar?

»Helft mir hinaus!«

Der kleine Vogel in ihr streckte seine Flügel. Bald würde er losfliegen, gleich.

Etwas verdunkelte den hellen Kreis, verwandelte ihn zu einem Mond, der rasch abnahm, bis er vollends verschwunden war.

»Nein!« Ihr Schrei gellte durch die Dunkelheit und erstarb ungehört mit dem Vogel in ihrer Brust.

Erst dieses gespenstische Flüstern und dann blutete auch noch die Mauer! Jos Verstand drohte, vor Grauen auszusetzen. Nichts wie weg! Sie hatte sich schon auf den Hacken umgedreht, da fiel Tamara auf die Knie und begann, wie am Spieß zu schreien.

Jo packte Tamaras Schultern und schüttelte sie. »Lass uns abhauen. Schnell!« Wie letzte Nacht schien Tamara weggetreten zu sein. Mit weit geöffneten Augen starrte sie durch Jo hindurch. Nur hatte sie diesmal nicht geschlafen, sondern war vorausgegangen, wie ein Zombie die Stufen hinuntergestiegen und bis in diese Zelle gewankt.

»Komm schon, wach auf!« Jo schüttelte Tamara heftiger, sodass deren Kopf auf dem Hals hin und her eierte. Erst nachdem Jo ihr eine gescheuert hatte, schien sie zu sich zu kommen. »Alles okay mit dir?« Jo tätschelte Tamaras Wangen, die sich eiskalt und klebrig anfühlten.

»Ich muss raus«, keuchte Tamara und richtete sich schwankend auf. Kaum auf den Füßen, sackte sie wieder in sich zusammen. Sie wäre gestürzt, wenn Jo sie nicht aufgefangen hätte.

»Kannst du überhaupt gehen?«

»Ich sagte: Ich muss raus!«, fuhr Tamara Jo unerwartet heftig an. Sie packte Jo am Arm und stieß sie hinaus in den Gang.

Wie von Furien gehetzt, liefen sie an den Kerkerzellen vorbei. Jo hatte keine Ahnung mehr, welcher Weg nach draußen führte, aber Tamara bewegte sich mit traumwandlerischer Sicherheit. Sie bog nach rechts ab, ließ die Bestattungsnischen mit ihren grässlichen Bewohnern hinter sich und drang in das Gewölbe vor. Während sie die Treppe hinaufstolperten, durchzuckte Jo die irrwitzige Vorstellung, dass inzwischen jemand die Tür verriegelt haben konnte und hinter ihnen die Mumien die Treppe heraufstiegen. Dann schlug ihnen ein Schwall warmer Luft entgegen, es wurde hell.

Kaum hatte Jo sich durch die Geheimtür gequetscht, knallten die Mädchen diese zu, stießen den Stuhl polternd davor und rannten in die Sakristei. Sie halfen einander durch das Fenster nach draußen. Scheiß auf die Nägel, die dabei zu Bruch gingen, nur raus, weg von flüsternden Gespenstern und blutenden Wänden. Jo plumpste kopfüber auf den Kiesweg, neben Tamara, die schwer atmend auf dem Po saß und am Ende ihrer Kräfte zu sein schien. Mit mulmigem Gefühl spähte Jo zurück und erwartete fast, eine vermoderte Mumienhand aus dem Fenster nach ihnen greifen zu sehen. »Komm.« Sie hakte Tamara unter und rannte weiter. Nie wieder würde sie auch nur in die Nähe dieser Kirche gehen.

Sie schaute ein letztes Mal zurück. Niemand folgte ihr, kein Geist, keine Mumie. Erleichtert atmete sie auf und wandte sich nach vorne, da schoss aus dem Nichts ein dunkler Schatten hervor und stieß hart mit ihr zusammen.

»Aaah!«

Hände packten sie.

»Loslassen!« Wie von Sinnen schlug sie um sich.

»Jo!«

»Hilfe!«

Ein Tritt, dann gab der Geist ein Stöhnen von sich – ein Stöhnen, das ihr sehr bekannt vorkam – und ließ von ihr ab.

»Kilian!« Sie betrachtete die Gestalt, die vornübergebeugt einen Schwall Flüche ausstieß und sich mit beiden Händen die Kronjuwelen hielt. »Schatz, es tut mir so leid.«

»Und mir erst«, presste er zwischen seinen Zähnen hervor. Sein Gesicht hatte die Farbe reifer Schattenmorellen angenommen.

»Kann ich dir helfen?« Sie streckte die Hand nach ihm aus, wagte es aber nicht, ihn zu berühren.

Er schüttelte nur unwirsch den Kopf und schlug ihre Hand beiseite.

Jo hätte ihn am liebsten umarmt. So leid er ihr im Moment tat, so sehr freute sie sich, ihn zu sehen. Er war ihretwegen gekommen. Sie war ihm nicht egal.

»Äh, das ist übrigens Tamara, meine Zimmernachbarin. Tamara, das ist Kilian, mein Freund.«

Verlegen reichte Tamara ihm die Hand und er ließ den Ausgangspunkt seines Schmerzes lange genug los, um sie zu schütteln. »Angenehm«, murmelte Tamara, woraufhin Kilian ein ersticktes Lachen von sich gab.

»Ja, echt … scheiß … angenehm.« Er richtete sich halb auf und humpelte zum Pinkeln hinter die nächste Eibe. Als er kurz darauf zu ihnen zurückkam, ging er noch immer etwas steifbeinig, aber aufrecht.

Endlich wagte Jo es, ihn in den Arm zu nehmen, sein Gesicht zu sich zu ziehen und ihn zu küssen. Allerdings küsste er sie nicht zurück. Befremdet gab sie ihn frei.

»Und was machst du hier in Walnik?«

»Dich besuchen natürlich.« Er löste sich aus ihrer Umarmung.

»Aber das sind doch mindestens drei Stunden mit dem Zug bis hierher. Und da kommst du einfach so vorbei?«

»Nicht einfach so«, gab er zu und wich ihrem Blick aus. »Ich glaube nämlich, wir haben da ein paar Dinge zu besprechen.«

Es schien, als würde sich eine unsichtbare Wand zwischen sie schieben. Jo räusperte sich heiser. »Ja. Okay.«

»Aber zuerst verrätst du mir, warum ihr hier wie aufgescheuchte Hühner herumrennt.« Er deutete vage auf die Kirche. »Im Schullandheim sagten sie mir, ihr wärt vielleicht hier, um euch die Kirche anzusehen, aber die ist ja heute geschlossen. Oder lieg ich da falsch?«

»Ist sie auch«, bestätigte Jo, dankbar für den Themenwechsel. »Aber nachdem wir das gestern mit dem Bild gesehen hatten, wollten wir heute unbedingt noch mal vorbeischauen.«

»Welches Bild?«

»Das ist eine lange Geschichte«, meldete sich Tamara.

Sie setzten sich auf eine Bank neben einem Grabstein, der bis heute den Schmerz eines verzweifelten Mannes über den Tod seiner vor über hundert Jahren im Kindbett verstorbenen Frau bezeugte, und erzählten Kilian, was sie in der Kirche gesucht hatten.

»Und dann sind wir nur noch gerannt«, beendete Tamara die Geschichte.

»Du hattest also wieder eine Vision?«, fragte Jo. »Und war es so schlimm wie letztes Mal?«

»Noch schlimmer.« Tamara zog schaudernd die Schultern hoch. »Er hat einfach den Deckel zugemacht und mich in diesem Schacht zum Sterben zurückgelassen.«

Kilian lachte schnaufend auf. »Wie sich das anhört: ›Er hat mich zum Sterben zurückgelassen.‹«

»Du hältst das wohl für Blödsinn, was?« Jo sah ihn herausfordernd an. »Hab ich auch zuerst, aber als die Wand anfing zu bluten, da …«

»Schalte mal deinen Verstand ein, Jo«, unterbrach Kilian sie. »Wände bluten nicht. Und erst recht schreiben sie mit dem Blut keine Wörter.«

»Aber wenn es doch so war?«

»Lass ihn.« Tamara tätschelte beruhigend Jos Hand. »Er ist noch nicht bereit zu glauben, was jenseits wissenschaftlicher Erkenntnisse liegt. Da ist er in guter Gesellschaft. Du darfst ihm deswegen nicht böse sein.«

»Ich glaube, ihr zwei schaukelt euch gegenseitig hoch. Ihr habt nicht den geringsten Beweis.« Kilian schüttelte den Kopf, als hätte er es hier mit zwei hoffnungslosen Fällen zu tun.

»Und was ist mit der Handyaufnahme, die ich dir eben gezeigt habe?«, startete Jo einen weiteren Versuch.

»Toll. Ich habe einen Film auf dem Handy, in dem jemand eine Kuh hochhebt und über einen Zaun wirft. Was soll das beweisen?«

»Du denkst also, ich habe den Film gefakt? Willst du mich als Lügnerin darstellen?« Jo konnte es kaum fassen. War er nur zum Streiten hergekommen?

»Das habe ich doch gar nicht gesagt.«

»Aber gemeint.« Jo stand auf. »Weißt du was? Du kannst mich mal.« Ohne auf seinen Protest zu achten, drehte sie sich um und rauschte davon.

KAPITEL 7

MASKERADE

Er hatte sie als Lügnerin bezeichnet. Nicht wortwörtlich, aber sinngemäß. Fassungslos schlug Jo den Weg zum Schullandheim ein. Zugegeben: Noch gestern hatte sie selbst nicht an diesen Spuk geglaubt. Aber seine eigene Freundin als Spinnerin darzustellen, das war schon heftig. Als wäre das, was sie unter der Kirche erlebt hatte, nicht schon krass genug. Ihr wurde immer noch schlecht, wenn sie an das Blut dachte und daran, wie Tamara schreiend zusammengebrochen war. Ob es ihr gut ging? Eigentlich hätte sie bei ihr bleiben und sich um sie kümmern müssen. Aber beim letzten Mal hatte Tamara sich auch erstaunlich schnell von ihrem Anfall erholt. Außerdem war Kilian bei ihr und der war ja der geborene Kümmerer. Um jeden kümmerte er sich, um Mädchen im Allgemeinen und um seine Ex im Speziellen. Jo schnaufte. Nur um sie kümmerte er sich nicht.

Eine leise Stimme meldete sich in ihr und merkte an, dass er immerhin die weite Reise gemacht hatte, um sich um ihre Beziehung zu kümmern, aber sofort verbot Jo ihr den Mund. Das fehlte noch, dass ihr eigener Kopf anfing, ihn in Schutz zu nehmen.

Kaum in ihrem Zimmer, schnappte sie sich ihre Schwimmsachen und ging runter zur Haltestelle, wo sie den Bus zum See gerade noch erwischte.

Das Freibad lag an einer weit geschwungenen Bucht, in der sich die Badegäste das bleigraue Wasser mit Tretbootfahrern und anderen Wasserbegeisterten teilten. Jo beschirmte die Augen mit der Hand und suchte die glitzernde Oberfläche ab. Zwischen ein paar Jugendlichen, die einander einen Tennisball zuwarfen, paddelte eine junge Familie mit einem Schlauchboot. Die beiden kleinen Töchter hockten im Bug und glichen sich wie ein Ei dem anderen in ihren rosa Badeanzügen und mit den Hello-Kitty-Schwimmflügeln. Während der Vater versuchte, auf Kurs zu bleiben, spritzte die Mutter ihre Töchter lachend nass. Von Svenja und den anderen jedoch keine Spur.

Jo blickte über den Sandstrand, der zum nahen Waldrand hin in eine Liegewiese mit Volleyballfeldern, Grillplätzen und einem Kinderspielplatz überging, und fand ihre Clique an der Grenze zwischen Strand und Liegewiese. Während die Jungs sich am Ufer mit einem Frisbee vergnügten, arbeiteten die Mädchen an ihrer Sonnenbräune. Sie alle hatten ihre Badelaken im Halbschatten einiger Buchen ausgebreitet, nur Svenja rekelte ihren Luxuskörper in der prallen Sonne. Erst als Jo sich vor sie stellte und einen Schatten auf ihr Gesicht warf, bemerkte Svenja sie.

»Hey, was …? Ach, du bist das!« Svenja schob die Sonnenbrille in die Haare und setzte sich auf. »Hast es dir doch noch anders überlegt, was? Braves Mädchen.«

»Kilian ist hier.« Jo schüttelte ihr Badelaken aus und breitete es zwischen Chloé und Michi aus, die soeben erwachten und zu ihr aufsahen.

»Echt?« Svenja schien abzuwägen, ob von ihr Freude oder Mitgefühl erwartet wurde.

»Ach, Mensch, Süße.« Michi nahm Jo in den Arm. Offenbar war sie schneller im Kombinieren und hatte aus der Tatsache, dass Kilian zwar hier war, Jo aber trotzdem alleine zu ihnen an den See gekommen war, die richtigen Schlüsse gezogen.

»Er wollte mich besuchen und alles klären, aber wir haben uns gleich wieder gestritten.« Jo legte ihren Kopf an Michelles Schulter.

»Worüber denn?« Chloé kramte eine Wasserflasche aus ihrer Strandtasche, öffnete sie zischend und füllte einen Plastikbecher, den sie Jo reichte.

»Ach, ist doch egal. Belangloses Zeug.« Jo nahm einen kräftigen Schluck, wobei sie den Blicken ihrer Freundinnen auswich.

»Wieder wegen seiner Ex?«, mutmaßte Svenja. »Der ist doch bescheuert, dass er dich für sie sausen lässt.« Sie schob die Sonnenbrille zurück auf ihre Nase und legte sich wieder hin.

Svenjas so achtlos dahergeplapperte Worte versetzten Jo einen Stich und sie hatte das dringende Bedürfnis, sich und Kilian zu verteidigen. Sie setzte zu einer Erwiderung an, da bemerkte sie, dass sich der Träger von Svenjas Bikinioberteil verschoben und eine kalkweiße Spur auf der sonst roten Haut hinterlassen hatte, und ließ es bleiben. »Du solltest lieber in den Schatten gehen, die Hitze tut dir nicht gut«, riet Jo Svenja stattdessen und streckte sich auf ihrem Laken aus.

Michelle hatte sowohl Svenjas unbedachte Worte als auch ihren blühenden Sonnenbrand bemerkt. Sie verkniff sich ein Grinsen und zog eine Flasche Lotion hervor. »Soll ich dich eincremen, Jo?«, fragte sie mit Unschuldsmiene. »Man holt sich hier schnell einen Sonnenstich.«

Eine Stunde später – die meisten Badegäste waren schon gegangen – fanden die Jungs irgendwo ein vergessenes aufblasbares Krokodil, mit dem sie bis zum Sonnenuntergang herumalberten. So wurde der Abend am See tatsächlich noch lustig und Jo schaffte es, nicht mehr an die Kirche und all das zu denken.

Als sie am späten Abend ihr Zimmer betrat, holte Tamara sie jedoch wieder auf den Boden der Tatsachen zurück. »Wir müssen unbedingt herausfinden, wer oder was Bero ist«, begrüßte sie Jo ohne Umschweife.

Jo zog schnuppernd die Luft ein. Der Raum roch nach Kräutern und Rauch. »Hast du wieder gekokelt?«

»Stört es dich? Soll ich lüften?« Schon sprang Tamara von ihrem Bett auf und ging zum Fenster.

»Nee, lass mal. Riecht eigentlich ganz gut.«

»Das sind Rosmarin und Kampfer«, erklärte Tamara. »Sie sollen meine Sinne reinigen. Das ist dringend nötig nach dem, was passiert ist.« Sie setzte sich wieder auf ihr Bett und stützte das Kinn auf ihre verschränkten Hände.

Jo setzte sich neben sie. »Bist du okay?«

»Ja, alles prima. Dein Kilian hat mich zum Eis eingeladen und Eis wirkt bei mir Wunder. Er ist nett«, setzte sie nach einer kurzen Pause hinzu.

»Hat er noch was über mich gesagt, bevor er abgereist ist?« Jo war sich nicht sicher, ob sie die Antwort überhaupt hören wollte.

»Oh, er ist nicht abgereist«, erklärte Tamara verblüfft. »Hast du etwa gedacht, er macht sich gleich wieder aus dem Staub, nachdem ihr euch gezofft habt? Er hat gesagt, er würde so lange hier bleiben, bis zwischen euch alles geklärt ist. Und so lange wohnt er in der Jugendherberge einen Ort weiter. Hier war ja kein Zimmer mehr frei.«

»Aha.« Jo wusste nicht so recht, ob sie sich über diese Neuigkeit freuen sollte. Sie war immer noch sauer auf Kilian, aber vielleicht lag ihm doch mehr an ihr, als sie gedacht hatte.

»Jedenfalls wollte er morgen Nachmittag noch mal herkommen und mit dir reden.«

»Von mir aus«, sagte Jo und tat dabei so, als würde es sie kaltlassen. »Und was unternehmen wir wegen dieser anderen Sache?«

»Morgen haben wir ja frei. Da dachte ich, wir könnten nach dem Frühstück mal ins Internetcafé gehen und nach ›Bero‹ googeln. Wer weiß, vielleicht ist das ein Ort, eine Abkürzung oder ein Name«, nahm Tamara das neue Thema auf.

»Versuchen können wir es ja mal«, stimmte Jo zu, schnappte sich ihr Beautycase und machte sich auf den Weg zum Waschraum.

Tamara wachte mit dem ersten Sonnenstrahl auf. Bis zum Klingeln des Weckers dauerte es noch fast eine Stunde, darum beschloss sie, sich schon mal fertig zu machen und vor dem Frühstück einen kleinen Spaziergang zu unternehmen. Ganz leise stand sie auf, nahm ein paar Sachen aus dem Schrank und warf einen Blick zu Jo. Die lag zusammengerollt wie ein Kätzchen zwischen ihren Laken und sabberte wenig damenhaft aufs Kopfkissen. Noch im Schlaf hielt sie ihr Handy umklammert. Tamara hatte mitbekommen, dass sie bis tief in die Nacht mit Kilian gesimst hatte, und der steilen Falte zwischen ihren Augenbrauen nach zu urteilen, hatte es sich dabei nicht gerade um Liebesgeflüster gehandelt. Behutsam zog Tamara ihr das Laken über die Schulter und schlich hinaus.

Der Park des Schullandheims schlummerte unter der feuchten Decke aus Morgentau noch halb, doch die Sonne hatte bereits mit ihrem Werk begonnen. Ihre Strahlen leckten den Dunst auf und malten funkelnde Juwelen in die Haselnusssträucher, da, wo die Spinnen ihre Netze gespannt hatten.

Tamara zog ihre Schnabelschuhe aus, band sie an den Schnürsenkeln zusammen, stopfte die Socken hinein und warf sich das Bündel über die Schulter. Barfuß ging sie die Terrassenstufen hinunter und betrat die Rasenfläche. Sie fühlte sich kühl und nass unter ihren bloßen Füßen an und kitzelte ihre Sohlen. Ein paar Hummeln summten um einen Rosenstrauch, im Geäst zwitscherten und zirpten die gefiederten Frühaufsteher, aber ansonsten war es still.

Tamara schlug den Weg zu einer Bank ein, rieb die Sitzfläche mit dem Zipfel ihres Umhangs trocken und ließ sich nieder. Auf ihrem Weg hatte sie einen dunklen Streifen im Gras hinterlassen, und nun klebte der Saum ihres Kleides feucht an ihren Knöcheln. Fröstelnd hob sie die Füße und rieb sich die kalten Zehen.

Trotz der gestrigen Ereignisse fühlte sie sich frisch und erholt. Weder Albträume noch Halluzinationen hatten sie letzte Nacht heimgesucht, was ziemlich ermutigend war. Denn immerhin hatte sich die letzte Vision von Friederike so real angefühlt, als wäre sie es selbst, die in dem Schacht zum Sterben zurückgelassen wurde.

Nun aber, mit dem nötigen Abstand, dachte Tamara eher mit Neugier an das Geschehene zurück. Wer war die junge Frau? Was hatte sie verbrochen, um so grausam bestraft zu werden? Ihr entstelltes Gesicht alleine konnte es nicht gewesen sein, denn sie schien von adeliger Herkunft zu sein und das hatte seinerzeit einen gewissen Schutz vor Verleumdungen geboten. Aber was, wenn sie sich etwas hatte zuschulden kommen lassen? Eine Verbrecherin war sie nicht, das spürte Tamara, aber vielleicht hatte es ein Unglück gegeben, etwas, das man ihr angekreidet hatte?

Das Knirschen schneller Schritte auf Kies riss Tamara aus ihren Überlegungen. Sie schaute auf und erkannte eine schlaksige Gestalt, die über den Hauptweg zum Heim joggte. Dampf

stieg von dem erhitzten Körper auf, sein Atem ging schnell, aber nicht keuchend. Offenbar hatte David seine tägliche Laufrunde gerade hinter sich.

»Hi, Frühaufsteherin!«, rief er, als er Tamara bemerkte, und bog in ihre Richtung ab.

»Hi, Marathonmann!«, antwortete sie und rieb neben sich einen Sitzplatz für ihn trocken.

»Übertreib nicht. Halbmarathon«, verbesserte er sie und schaltete seine Pulsuhr ab. Dann stützte er einen Fuß auf die Kante der Sitzfläche und begann sein Stretching.

Sofort spürte Tamara die Hitze, die sein Körper ausstrahlte, und roch seinen frischen Schweiß. Normalerweise war ihre feine Nase schnell beleidigt und Schweiß gehörte zu den Gerüchen, vor denen sie sich am meisten ekelte, doch Davids konnte sie seltsamerweise gut leiden. Ein Hauch von Moschus lag darin. Es musste was dran sein an dem Sprichwort, dass man jemanden gut riechen kann, wenn man ihn mag.

»Schön, dich mal wieder alleine anzutreffen. In letzter Zeit hängst du ja nur noch mit la Diva ab.« Er setzte sich neben Tamara und schüttelte seine Beine aus.

Tamara glaubte, einen leisen Vorwurf zu hören, doch als sie ihn von der Seite ansah, wirkte er wie immer. »Ach, sie ist eigentlich ganz nett.«

»›Nett‹ ist die hübsche Schwester von ›langweilig‹.« Er drehte sich zu ihr um und schaute ihr prüfend in die Augen. »Also raus damit: Was treibt ihr zwei?«

»Nichts. Sie hat nur gerade ziemlichen Stress mit ihrem Freund und da lenke ich sie ein bisschen ab.« Tamara versuchte, seinem Blick standzuhalten, aber sie hörte, dass ihre Stimme einen Tick zu hoch klang.

Auch David schien es zu bemerken, denn seine Miene verfinsterte sich. Tamara wollte zu einer weiteren Erklärung ansetzen, da stand er auf und rieb sich die Arme. »Ich muss unter die Dusche, mir wird kalt. Wir sehen uns dann beim Frühstück.«

Mit schlechtem Gewissen schaute sie ihm hinterher. Verdammt, sie hatte ihn belogen und er hatte es bemerkt. Zum ersten Mal, seit sie sich kennengelernt hatten, war sie nicht ehrlich zu ihm. Was war schon dabei, ihm die Wahrheit zu sagen: Ich habe Visionen von einer jungen Frau, die im Mittelalter ermordet wurde, und wir wollen herausfinden, wer für ihren Tod verantwortlich war? Sie kannte David lange genug, um zu wissen, dass er das nicht als Spinnerei abtun würde. Ganz sicher würde er ihr sogar dabei helfen, das Rätsel zu lösen, vermutlich sogar besser und bereitwilliger als Josephine. Aber sie ahnte, dass dies eine Angelegenheit war, die nur sie und Jo betraf. Etwas hatte sie beide zur Kirche gezogen und nur ihnen hatte sich Friederike auf dem Bild zugewandt. Ganz so, als hätte sie auf sie gewartet.

Es war schon ein Riesenfehler gewesen, Kilian davon zu erzählen. Denn was hatte es gebracht? Nichts als neuen Streit zwischen ihm und Jo. Nein, Tamara würde sich hüten, auch noch David mit hineinzuziehen. Wenn das alles hinter ihnen lag, würde sie es ihm erklären. Aber vorerst musste sie ihn im Dunkeln lassen und damit leben, dass ein Geheimnis zwischen ihnen stand.

Der Frühstücksraum war noch fast leer, als Tamara sich am Büfett mit Tee und Müsli eindeckte. Nur Frau Slegert, Zuhal und die Jungs aus Davids Clique waren schon auf den Beinen. Tamara überlegte kurz, ob sie sich zu den Jungs setzen sollte, doch sicher würde David gleich frisch geduscht zu ihnen stoßen. Auf weitere vorwurfsvolle Blicke konnte sie gut verzichten, darum steuerte sie Frau Slegerts und Zuhals Tisch an.

»Ich habe mich mal erkundigt«, hörte sie Zuhal sagen.
»Die Blütezeit der Hexenverfolgung war nicht im finsteren
Mittelalter, sondern zu Beginn der sogenannten Neuzeit. Ist
das nicht irrsinnig? Die Menschen fingen gerade an, sich von
der Kirche zu lösen und ihre Welt wissenschaftlich zu erfassen.
Weil die Kirche sich davor fürchtete, schlug sie mit eisenhar-
ter Hand zurück und verbreitete Angst und Schrecken.« Sie
tauchte ein Croissant in ihren Kakao und biss herzhaft hinein.

»Woher weißt du das alles?«, fragte Frau Slegert beein-
druckt.

Zuhal verengte die Augen zu Schlitzen. »Wenn man das
Rechtssystem verstehen will, muss man sich mit seinen An-
fängen beschäftigen«, erklärte sie grimmig. »Das, was dieser
Bürgermeister erzählt hat, hat mich neugierig gemacht, und
darum bin ich ins Stadtarchiv gegangen. Dort habe ich mir
angesehen, wie diese Hexenprozesse abgelaufen sind.« Ihre
schwarzen Augen funkelten vor Empörung, als sie sich an
Tamara wandte. »Wusstest du, dass die peinlichen Verhöre
einem festgelegten Schema folgten? Und ich meine dabei nicht
nur die Art und Weise der Folter. Auch die Fragen, die man
den Opfern stellte, waren im *Hexenhammer* vorgegeben.«
Fassungslos schüttelte Zuhal den Kopf und widmete sich
ihrem Croissant. Es schien, als würde sie sich heute noch für
die Rechte der ermordeten Hexen einsetzen wollen. Tamara
konnte sich gut vorstellen, wie Zuhal in ein paar Jahren, in
eine schwarze Robe gehüllt, in einem Gerichtssaal stehen und
mit glühendem Eifer ihre Mandanten verteidigen würde.

Während Tamara an ihrem Tee nippte, dachte sie über
Zuhals Worte nach. Was sie über die Fragen erzählt hatte,
erinnerte sie an ihre Vision während der Geistreise. Auch Friederike hatten sie eine Reihe von Fragen gestellt. Fragen, die
zuerst allgemeiner Natur waren und dann immer präziser in
eine Richtung zielten. Ganz so, als folgten sie einem strengen

Ablauf. Wenn man auch Friederike nach den Vorgaben des *Hexenhammers* verhört hatte, würde das ihre Suche erleichtern.

»Weißt du, wann der *Hexenhammer* verfasst wurde?«, fragte Tamara Zuhal.

»Er wurde von Heinrich Kramer verfasst und 1487 in Speyer veröffentlicht«, antwortete Zuhal, als hätte sie die genauen Daten für eine Klassenarbeit auswendig gelernt. »Bis ins 17. Jahrhundert wurde er als Hilfsmittel zur Hexenverfolgung eingesetzt.«

Sie betete noch einige Details und Fakten herunter, doch Tamara hörte nur noch mit einem Ohr zu. Wenn sie richtig lag, konnten sie sich bei ihrer Suche nach Bero auf den Zeitraum zwischen Mitte des 15. und Ende des 17. Jahrhunderts beschränken. Außerdem behielt sie eine weitere Information im Hinterkopf: das Stadtarchiv. Sobald sie wussten, was oder wer Bero war, konnten sie dort nachforschen.

Tamara hatte ihr Frühstück fast beendet, als Josephine endlich aufkreuzte. Geistesabwesend füllte sie ihr Tablett und balancierte es mit der einen Hand zu Tamaras Tisch, während sie mit der anderen Hand Nachrichten in ihr Handy hackte. Sie trug ein apricotfarbenes Top und einen weißen Minirock, der gerade lang genug war, dass er nicht vulgär wirkte und ihre neu erworbene Sommerbräune perfekt unterstrich.

»Du bist aber braun geworden. Ich wollte heute auch mal an den See fahren. War es nett da?«, begrüßte Frau Slegert sie. Anscheinend hatte sie die dunklen Schatten unter Jos Augen nicht bemerkt.

Jo legte ihr Handy neben das Tablett, schüttelte sich ihre blonden Locken aus dem Gesicht und schaltete ihr Hollywood-Lächeln ein. »Es war einfach herrlich«, flötete sie. »Fast wie an der Côte d'Azur. Nur Svenja hat ein bisschen zu viel des Guten abbekommen. Sie sieht aus wie ein gut durchgegarter

Hummer und wird sich übermorgen sicher auch so schälen lassen. Sie bleibt heute den ganzen Tag auf ihrem Zimmer, so kann sie sich ja nicht der Öffentlichkeit präsentieren.«

Frau Slegert und Zuhal kicherten, während Tamara Jo von der Seite musterte. Mittlerweile kannte sie sie gut genug, um ihre Show zu durchschauen. Trotzdem fragte sie sich, wie oft sie in den Jahren, in denen sie in dieselbe Klasse gingen, auf Jos Glamourfassade hereingefallen war.

»Sie sollte die verbrannten Stellen mit Naturjoghurt bestreichen, das entspannt die Haut und lindert die Schmerzen«, empfahl Tamara.

»Danke, ich werde Michelle und Chloé Bescheid sagen. Sie wollen sich um sie kümmern und ihr Gesellschaft leisten«, antwortete Jo. »Und was macht ihr heute so?«

»Ich bin mit ein paar Jungs zum Tischtennis verabredet«, erklärte Zuhal und schaute auf ihre Armbanduhr. »Ups, ich muss los, sonst fangen sie ohne mich an.« Sie stand auf und trug ihr Tablett zum Geschirrwagen, wo sie beinahe mit David zusammenstieß.

Tamara fing seinen unergründlichen Blick auf und zwang sich, ihm standzuhalten. »Ich will ein bisschen bummeln und mir den Ort ansehen«, antwortete sie, bevor sie sich Jo wieder zuwandte. »Wenn du magst, kannst du ja mitkommen.«

»Meinetwegen.« Jo zuckte gleichgültig mit den Achseln, nippte an ihrem Orangensaft und griff nach ihrem Handy.

Erneut staunte Tamara über ihre schauspielerischen Fähigkeiten, immerhin wussten sie beide längst, welchen gemeinsamen Plan sie für den heutigen Tag gefasst hatten. Aber warum tat Jo so, als hätten sie beide kaum etwas miteinander zu schaffen? Um ihr Image zu schützen und nicht in freundschaftliche Nähe zur schrägen Tamara gerückt zu werden? Und war Tamara selbst nicht auch eine Schauspielerin? Spielte sie nicht gerade David etwas vor, um ihn nicht noch misstrauischer zu machen? Ein unangenehmes Ziehen breitete sich in Tamaras Bauch aus, wie meistens, wenn etwas in ihrer Umgebung nicht mit ihr im Einklang war, sie es aber nicht genau zuordnen konnte.

»Okay, ich bin fertig, dann warte ich draußen auf dich«, antwortete Tamara und stand auf. »Komm mit oder lass es, mir ist es egal.«

KAPITEL 8

FÄHRTEN-
SUCHE

David hat dich aber merkwürdig angeguckt«, bemerkte Jo, als sie kurz darauf zu Tamara in den Park kam. »Habt ihr Krach?«

Tamara, die an eine Eiche gelehnt auf Jo gewartet hatte, warf sich ihren Fledermausrucksack über und schlug den Weg zum Haupttor ein.

»Nicht direkt«, antwortete sie, »aber er denkt, ich hätte Geheimnisse vor ihm. Was ja auch stimmt. Ich hasse das, wir hatten noch nie Geheimnisse voreinander, aber ich will ihn da nicht auch noch mit hineinziehen.«

»Ihr kennt euch schon ewig, oder?«

»17 Jahre.«

Jo überlegte kurz. »Ihr seid 16«, stellte sie trocken fest.

»Unsere Mütter waren schon vor unserer Geburt befreundet.«

»Wie cool!« Jo schien ehrlich interessiert. »Und ihr seid nur Freunde, da war nie mehr?«

Es dauerte einen Moment, bis Tamara die Frage richtig verstand. »Nein!«, rief sie. Allein der Gedanke hatte etwas Unanständiges.

Jo schnalzte vielsagend mit der Zunge, ersparte Tamara aber weitere Kommentare.

Sie ließen das Gelände des Schullandheims hinter sich und machten sich auf den Weg zum Ortskern. Tamara war sich sicher, bei ihrer Ankunft in einem Fenster das Logo eines Internetcafés gesehen zu haben, aber Jo beschlichen beim Anblick der Fachwerkhäuschen, die sich von Efeu umrankt aneinanderschmiegten, leichte Zweifel. »Und du bist dir sicher, dass sie hier Internet haben?«, fragte sie. »Mir kommt es so vor, als hätten sie hier gerade erst Elektrizität eingeführt.«

»Na klar. Da vorne ist es.« Tamara deutete auf ein Schaufenster, das von einem Blumenladen zur Linken und einem Augenoptiker zur Rechten eingerahmt war und in großen Lettern »Hotspot! Chatten, Surfen, Downloaden und vieles mehr« versprach.

»Ob die hier schon DSL kennen?«, murmelte Jo und drückte skeptisch die Klinke herunter.

Ihre Befürchtungen zerstreuten sich augenblicklich, als sie das Internetcafé betraten. Der Boden des angenehm klimatisierten Raums war mit Ahornlaminat ausgelegt und die Wände waren weiß gestrichen. Eine Theke, auf der eine hypermoderne Kaffeemaschine thronte, teilte den Raum in zwei Bereiche. Der Vorraum erinnerte an ein Bistro mit seinen chromblitzenden Barhockern und den dazu passenden kleinen Zweiertischchen. Die Wände wurden von ein paar Keith-Haring-Postern und einem LCD-Bildschirm geschmückt, über den mit leise gedrehtem Ton VIVA flimmerte. Im hinteren Bereich reihten sich durch Milchglasscheiben voneinander getrennte PC-Plätze auf. Sie alle waren mit 19-Zoll-Flachbildschirmen ausgestattet, auf denen Windows-7-Bildschirmschoner waberten.

»Kann ich euch helfen?« Der schwarze Schopf einer jungen Frau mit einem Lippenpiercing tauchte plötzlich hinter der Kaffeemaschine auf. Sie war höchstens zwanzig und füllte eine Glasschale mit Zuckerbriefchen.

»Wir möchten ins Internet«, erklärte Jo. »Ein bisschen googeln, vielleicht was ausdrucken. Was kostet das?«

»Zwei Euro die Stunde, wir rechnen viertelstündlich ab. Pro Druck zehn Cent.«

Tamara überlegte, wie lange sie wohl brauchen würden und wie viel Kleingeld sie dabeihatte, doch Jo nickte bereits.

»Wohin dürfen wir uns setzen?«

»Sucht euch einen Platz aus, ich schalte ihn dann frei. Was zu trinken?«

»Zwei O-Saft, bitte«, übernahm Jo, ohne zu fragen, die Bestellung.

»Kommen sofort.« Die Frau nahm zwei Gläser aus dem Regal über der Theke, während Jo und Tamara den PC-Platz in der hintersten Ecke ansteuerten.

»Du, ich weiß nicht, ob ich genug Geld dabeihabe«, murmelte Tamara.

Jo wischte ihre Bedenken mit einer lässigen Geste fort, bevor sie sich an den Rechner setzte. »Dann wollen wir mal.« Wie eine Pianistin vor dem ersten Stück verschränkte Jo die Finger und bog sie durch, bevor sie den Browser öffnete.

Tamara zog sich einen Stuhl heran und beobachtete, wie Jo die Buchstaben B, E, R und O in die Suchmaschine eingab. Als Ergebnisse erschienen ein Einkaufszentrum, ein Betonwerk, ein Chauffeurdienst und ein paar andere Firmen, mit denen sie nichts anfangen konnten.

»Probier es mal mit der Bildersuche«, schlug Tamara vor.

Jo klickte auf »Bilder«, woraufhin Fotos von Hunden, Graffitis, einem Rapper und Fitnessgeräten erschienen. Je weiter sie nach unten scrollten, desto klarer wurde ihnen, dass sie auf dem Holzweg waren.

»Mist.«

Jo nippte an ihrem O-Saft, den die Bedienung inzwischen serviert hatte, und klickte nacheinander auf »Videos«, »News«, »Shopping«, »Books« und »Maps«, doch ohne Ergebnis.

Tamaras Hoffnung schwand. »Sollen wir es mal bei Wikipedia versuchen?«

Seufzend las Jo die Erklärungen zu »Bero«, es gab sechs magere Treffer, darunter waren ein Fluss in Angola, ein Einkaufszentrum und ein Näherungsschalter. Weder Tamara noch Jo hatten eine Ahnung, was zum Geier ein Näherungsschalter war, aber das spielte auch keine Rolle. Das, was sie suchten, stand ganz unten und sprang ihnen förmlich ins Gesicht.

»Na bitte! Und was machen wir jetzt?«, fragte Jo und schloss das Browser-Fenster.

»Jetzt gehen wir Bero suchen.« Tamara trank ihren Saft aus und stand auf. Alles in ihr kribbelte nun vor Tatendrang. Sie trug die leeren Gläser zur Theke, wartete, bis Jo bezahlt hatte, und ließ sich von der Angestellten den Weg zum Stadtarchiv erklären. Sie wussten jetzt, dass sie nach einem Mann suchten, und dank Zuhal hatte Tamara sogar eine Ahnung, in welchem Zeitraum er gelebt haben musste.

Das Stadtarchiv war nur zwei Straßen weiter in einem großen, ockerfarbenen Altbau untergebracht, vor dessen weiß lackierten Sprossenfenstern liebevoll bepflanzte Blumenkästen hingen.

»Ich glaube, wir sollten uns sputen«, sagte Jo, nachdem sie das Schild an der Eingangstür gelesen hatte. »Sie machen zwischen zwölf und eins Mittagspause.«

»Wir können ja wenigstens schon mal anfangen«, antwortete Tamara und langte nach der Klinke, doch ehe sie sie greifen konnte, öffnete sich die Tür und ein Mann kam heraus.

»Wo wollt ihr denn hin?«, fragte eine Stimme, wobei sich Tamara der Hals zuzog. Sie schaute auf und blickte geradewegs in das Gesicht des Bürgermeisters.

»Ach, nichts Besonderes, Herr Bürgermeister«, antwortete Jo mit einem koketten Lächeln. »Nur eine kleine Schulaufgabe im Archiv. Schicke Krawatte übrigens.«

Sie machte Anstalten, sich an dem Mann vorbeizuschlängeln, doch war er bei ihrem ersten Besuch noch anfällig für Komplimente gewesen, so hatte er sich das inzwischen abgewöhnt. Breitbeinig stellte er sich den Mädchen in den Weg. »Ich glaube, ich habe euch mit so vielen Informationen über Walnik versorgt, dass es für mehrere Schulaufsätze reichen dürfte. Die Zeit, die ich euch gewidmet habe, war mehr als ausreichend, fangt jetzt nicht auch noch an, die meiner Mitarbeiter zu verschwenden. Und jetzt raus mit euch und untersteht euch, noch mal einen Fuß hierein zu setzen.« Mit einer Armbewegung scheuchte er sie von der Tür weg. Dabei warf er Tamara einen Blick zu, unter dem sie sich wie ein aufgespießtes Insekt in einer Käfersammlung fühlte. Dann stieg er in eine dunkelblaue S-Klasse und brauste davon.

»Was hat der denn für Probleme?«, ächzte Jo.

Erst, als der Wagen außer Sichtweite war, löste sich Tamaras Anspannung. Unbehaglich rieb sie sich die Arme. »Keine Ahnung. Typisch Politiker.«

»Und was machen wir jetzt? Trotzdem reingehen?«

Alleine beim Gedanken daran schüttelte Tamara sich, als wäre jemand mit den Fingernägeln über eine Schultafel gefahren. »Vergiss es. Wir müssen uns etwas anderes einfallen lassen.«

Jo schaute missmutig in die Richtung, in die der Wagen verschwunden war. »Blöder Arsch. Gestern zieht er noch eine Schleimspur hinter sich her und jetzt macht er einen auf Big Business. Komm, wir verschwinden.« Sie packte Tamara am Arm und zog sie mit sich.

Sie gingen zum Marktplatz, wo sie sich im Schatten einer Stele auf einer Bank niederließen. Gedankenverloren ließ Tamara ihren Blick dem Lauf der Säule folgen, an deren unterem Ende Wasser aus bronzenen Krebsschwänzen floss. Oben wurde sie von einer merkwürdigen Skulptur aus verschlungenen Fabelwesen gekrönt. Tamara erkannte einen Hirsch und einen Greif. Außerdem glaubte sie, eine Frau mit einem Eselskörper in dem Gewirr auszumachen, die eine Hand vor ihr schmunzelndes Gesicht hielt und sich über sie lustig zu machen schien.

»Wir müssen da rein«, begann Tamara. »Das ist die einzige Möglichkeit, um … Sag mal, hörst du mir überhaupt zu?«

Jo hatte mal wieder nur Augen für ihr Handy, in das sie eifrig etwas eintippte.

»Hm?« Jo schaute kurz auf. »Ja klar. Unbedingt da rein. Moment.« Wieder flitzte ihr Daumen über die Tastatur. »So, erledigt.«

Das konnte doch nicht wahr sein. Während sich Tamara das Hirn zermarterte, wie sie sich Zutritt zu diesem blöden Archiv verschaffen konnten, hatte Jo nur ihren Kilian im Kopf.

»Also echt jetzt!«, giftete Tamara. »Entweder ziehst du hier mit oder …«

»Mach dich mal locker! Ich habe alles im Griff.« Jo steckte das Handy zurück in ihre Handtasche und lächelte kühl. »Ich habe Kilian geschrieben, dass er mich, wenn er etwas wiedergutmachen möchte, heute Mittag um eins hier an dieser Säule treffen soll.«

»Aha?« Tamara wusste nicht so recht, was das mit ihrem Problem zu tun hatte. Jo bedachte Tamara mit einem Blick, als hielte sie sie für ein bisschen unterbelichtet. »Wir schicken ganz einfach ihn ins Archiv.«

Nach dem Mittagessen machten sich die Mädchen gleich wieder auf den Weg zum Marktplatz. Vorsichtshalber hatte

Tamara diesmal mehr Geld eingepackt, denn sie wollte Jo auf keinen Fall auf der Tasche liegen. Als sie ankamen, hockte Kilian bereits, mit einer Flasche Powerade bewaffnet, auf der Lehne der Bank und hielt nach ihnen Ausschau. Eine Sporttasche stand zu seinen Füßen, aus der ein nasses Badelaken quoll.

Nachdem Jo ihn mit einem Kuss begrüßt und ihm ihr Anliegen erklärt hatte, verschluckte er sich fast an seinem Sportdrink. »Ich soll *was*?«

»Nur mal nachsehen. Es dauert auch bestimmt nicht lange.« Den Augenaufschlag, mit dem Jo Kilian bedachte, hatte sie gewiss vor dem Spiegel geübt, doch offenbar war er dagegen mittlerweile immun.

»Und warum geht ihr nicht selbst?«

Hilfesuchend schaute Tamara zu der Eselsfrau hinauf, die sich von der Spitze der Stele aus köstlich zu amüsieren schien. »Weil der Bürgermeister irgendetwas gegen uns hat«, erklärte sie. »Du würdest uns wirklich einen Riesengefallen tun.«

Kilian musterte Tamara eingehend und verzog widerwillig den Mund. »Und wonach soll ich suchen?«, fragte er gedehnt.

»Danke, du bist ein Schatz«, schnurrte Jo und strich über seine Brust. »Wir suchen nach einem Mann namens Bero.«

»Er muss zwischen 1487 und dem 17. Jahrhundert hier gelebt haben«, ergänzte Tamara. »Der Name war recht selten und normalerweise Personen in gehobenem Stand vorbehalten. Darum suchst du am besten nach einem Adeligen oder jemandem, der dem Klerus angehörte. Vielleicht im Zusammenhang mit einer jungen Frau namens Friederike.«

»Das ist ein Zeitraum von über zweihundert Jahren«, stellte Kilian fest. »Geht es nicht ein bisschen genauer?«

»Du schaffst das schon.« Jo gab ihm einen Klaps auf die Schulter, der Aufmunterung und Antrieb zugleich sein konnte.

»Ruf mich einfach an, wenn du was hast. Ansonsten treffen wir uns um fünf wieder hier. Dann macht das Archiv zu.« Sie drückte ihm einen hastigen Kuss auf die Lippen und wandte sich zum Gehen.

»Und was macht ihr in der Zwischenzeit?«, rief er ihnen hinterher.

»Recherche!«, rief Jo zurück und hakte Tamara unter, die Kilian gerade noch einen entschuldigenden Blick zuwerfen konnte, bevor er aus ihrem Sichtfeld verschwand.

»Hast du das ernst gemeint mit der Recherche?«, fragte Tamara, als sie bemerkte, dass Jo auf ein Eiscafé zusteuerte, das nur einen Steinwurf vom Ufer des Stadtsees entfernt lag.

»Ja klar«, antwortete Jo. »Aber warum nicht das Angenehme mit dem Nützlichen verbinden?« Sie wählte einen Tisch am Rande der Terrasse aus. Er lag im Schatten einiger Birken und außer Hörweite der anderen Gäste.

Tamara fragte sich, wie wohl die Recherche aussehen würde, die Jo vorschwebte. Insgeheim hatte sie den Verdacht, dass Jo Kilian belogen hatte und den Nachmittag mit gepflegtem Nichtstun verbringen würde, während er sich mit verstaubten Chroniken und historischen Akten herumschlug. Alleine schon, wie sie ihn bezirzt hatte! Tamara kannte Kilian ja erst kurz, aber sie war sich sicher, dass seine Gefühle für Jo trotz ihrer Streitereien echt waren. Von ihr benutzt zu werden, hatte er nicht verdient.

»Er ist ein guter Kerl«, stellte Tamara fest, nachdem sie bei der Kellnerin zwei Bananensplits bestellt hatten.

»Kilian?« Jo fischte einen Taschenspiegel aus ihrer Louis Vuitton und überprüfte ihr Make-up. »Natürlich ist er das.«

»Und ich glaube, dass er es wirklich ernst meint mit dir.«

Mit der Kuppe des kleinen Fingers strich Jo eine Augenbraue glatt, dann ließ sie den Spiegel zusammenschnappen. »Bist du jetzt unter die Paartherapeuten gegangen?«

»Das nicht, aber ich sehe hin und höre zu. Vielleicht solltest du das auch mal versuchen«, setzte Tamara so leise hinzu, dass Jo es nicht mitbekam.

Die Bedienung servierte die Eisbecher und nachdem Jo bereits die Rechnung im Internetcafé übernommen hatte, wollte Tamara ihr nichts schuldig bleiben. Ohne auf Jos Protest einzugehen, bezahlte sie für sie beide und legte noch ein kleines Trinkgeld drauf.

»Und jetzt?« Mit der Löffelspitze zog Tamara eine kleine Furche in das Bananeneis.

»Jetzt wird gearbeitet«, verkündete Jo und holte ihr Handy hervor. »Was hast du denn gedacht?«

»Darf ich abräumen?«, wiederholte die Kellnerin.

»Hm? Oh, ja gerne. Danke«, antwortete Jo und lächelte entschuldigend, als sie die halb aufgegessenen Bananensplits bemerkte, die in ihren Schalen zu schmierigen Pfützen geschmolzen waren.

»War etwas nicht in Ordnung mit dem Eis?«, hakte die Frau nach, als sie die Becher auf das Tablett hob.

»Doch, alles bestens, war unser Fehler«, erklärte Tamara und wandte sich wieder Jos Handy zu. »Können wir das nicht irgendwie vergrößern oder wenigstens schärfer machen?«, fragte sie, nachdem die Kellnerin mit einem Achselzucken gegangen war.

»Vielleicht können wir einen Ausschnitt davon machen.« Jo tippte auf den Bereich über Friederikes linker Schulter. »Das hier könnte ein Kaminsims sein. Wir müssen noch mal zum Internetcafé und ein Standbild davon ausdrucken. Vielleicht kann man es am Computer bearbeiten und etwas mehr Schärfe herausholen.«

»Kennst du dich denn mit so was aus?«

Jo lachte kurz auf. »Was denkst du, was ich mit meinen Profilbildern bei Facebook mache? Die sind alle bearbeitet. Ich muss die Welt nicht an jedem Pickel teilhaben lassen. Wozu gibt es Photoshop?«

Kurz darauf betraten sie zum zweiten Mal an diesem Tag das Internetcafé. Mittlerweile waren drei der PC-Plätze belegt und vier der Tischchen im Vorraum besetzt. Offenbar war das Hotspot! eine Art Treffpunkt für die Dorfjugend, denn alle Gäste waren in ihrem Alter und alle duzten die Kellnerin, die geschäftig zwischen den Tischen hin und her eilte. Der Fernseher, der am Vormittag noch dezent leise gedreht gewesen war, hämmerte nun das VIVA-Programm in voller Lautstärke in den Raum.

»Was vergessen?«, rief die Kellnerin über den Krach hinweg, als sie mit einem Tablett voll leerer Gläser an ihnen vorbeihastete.

»Wir müssen nur ein Handybild bearbeiten und ausdrucken«, rief Jo zurück.

»Nummer fünf ist frei. Ihr wisst ja, wie es geht«, antwortete die Frau mit einem Kopfnicken und verschwand hinter dem Tresen.

Tamara schaute sich mit Unbehagen um. Lärm und viele Menschen waren ihr schon immer unangenehm und die Aufmerksamkeit, die sie bei den Einheimischen erregten, steigerte dies noch. Taxierende Blicke folgten ihnen, begleitet von frechen Sprüchen, die Tamara nervös machten, Jo aber nur ein gelangweiltes Lächeln abrangen.

»Entspann dich«, raunte Jo Tamara zu. »Anscheinend bekommen die hier nicht allzu oft Frischfleisch zu sehen.«

Kaum hatten sie sich gesetzt und den Rechner hochgefahren, da bahnte sich auch schon einer der Jungs den Weg zu ihnen. Er warf einen kurzen Blick über die Schulter, erntete ein aufmunterndes Johlen seiner Freunde und blieb mit unsicherem Grinsen vor den Mädchen stehen. »Darf ich euch auf eine Cola einladen?«, brachte er schließlich heraus.

Tamara erwartete, dass Jo ihm eine Abfuhr verpassen würde, garniert mit ein paar verletzenden Bemerkungen, die ihn wie einen geprügelten Hund zu seinen Freunden zurückschleichen lassen würden.

Doch Jo wandte sich ihm zu, hob die Augenbrauen und schenkte ihm ihre volle Aufmerksamkeit. »Und wenn wir Ja sagen, was kommt dann?«, fragte sie neugierig.

Der Junge errötete leicht. Eigentlich sah er ganz nett aus. Die dunkelblonden Haare fielen ihm strubbelig in die Stirn, die haselnussbraunen Augen wirkten eher schüchtern als draufgängerisch. Tamara vermutete, dass seine Kumpels ihn vorgeschickt hatten, um sich auf seine Kosten zu amüsieren.

»Äh«, er drehte sich kurz zu seinen Freunden um, »wir wollten heute Abend raus zum See fahren, die Jungs und ich. Vielleicht habt ihr Lust mitzukommen?«

»See klingt gut«, antwortete Jo. Tamara glaubte, ihren Ohren nicht zu trauen. »Und dann?«

»Dann? Äh, weiß nicht. Vielleicht schwimmen gehen, ein bisschen Party machen?« Der Junge schien hin und her gerissen zwischen Glück und Schrecken über das leichte Spiel.

»Aha, Party machen.« Jo lächelte versonnen. »Wie heißt du eigentlich?«

»M-Markus.« Hektische rote Flecken zeigten sich auf seinem Gesicht, auf dem weder Bartwuchs noch Pickel die Glätte der Haut beeinträchtigten.

»Schau mal, Markus«, begann Jo sanft. »Du bist bestimmt ein netter Kerl. Aber ich glaube, meine Freundin und ich«,

Tamara spürte, wie Jos Hand über ihren Oberschenkel strich und beinahe in ihrem Schritt liegen blieb, »bleiben lieber unter uns.« Als Jo ihren Kopf zu Tamara neigte und ihr Ohrläppchen mit den Lippen berührte, wuchsen Markus' Augen auf Tellergröße an. Er schaffte es gerade noch, ihnen einen schönen Abend zu wünschen, bevor er zurück zu seinen Freunden flüchtete.

Kaum war er im Gewühl verschwunden, zog Jo ihre Hand weg und rückte von Tamara ab.

»Warum hast du das gemacht?«, fragte Tamara völlig verdattert.

Jo grinste. »Er war doch noch ein Küken und alle seine Freunde haben zugesehen. Sie haben doch nur drauf gewartet, dass wir ihn mit Haut und Haaren fressen, aber den Gefallen wollte ich ihnen nicht tun. Er sollte sein hübsches kleines Milchgesicht nicht verlieren, darum habe ich die Lesbennummer abgezogen.«

Eine Stunde später verließen die Mädchen das Café mit einem gestochen scharfen Ausdruck des Gemäldeausschnitts. Er zeigte einen mittelalterlichen Kaminsims mit einem Wappen. Die Details kamen ihnen so vertraut vor, dass sie sicher waren, diesen Sims erst kürzlich in natura gesehen zu haben. Die Frage war nur wo.

KAPITEL 9

SPUREN IM NEBEL

Jos Hoffnung schrumpfte mit jeder Stunde, die sie vergeblich auf Kilians Anruf warteten. Als sie ihn schließlich wie verabredet um fünf unter der Stele trafen, hatte sie das Kapitel »Friederike« schon beinahe abgehakt. »Und?«, fragte sie resigniert.

»Die Frau, die das Archiv leitet, ist total nett«, begann Kilian und setzte sich zwischen Tamara und Jo auf die Banklehne. Toll, auf diese Info hatten sie gewartet.

»Ach, was.« Jo lachte humorlos auf.

»Ja echt«, fuhr Kilian ungerührt fort. »Ich bin rein und hab sie nach den Unterlagen aus dieser Zeit gefragt. Sie hat gefragt, was genau ich suchen würde und warum, und ich hab ihr gesagt, dass ich für ein Geschichtsreferat etwas über den Einfluss des *Hexenhammers* auf die Hexenverfolgung herausfinden müsse.«

»Cleveres Kerlchen.« Jo musterte ihn anerkennend von der Seite. So viel Geistesgegenwart hatte sie ihm gar nicht zugetraut. »Und weiter?«

»Die Frau hat mir alles herausgesucht, was sie zu dem Thema hatte. Sie haben alles auf Mikrofilm gespeichert – von wegen staubige Bücher wälzen!« Er grinste. »Sie hat mir sogar einen Kaffee angeboten.«

»Schön für dich, hast du dir auch ihre Handynummer geben lassen?«

Offenbar hatte Kilian Jos schnippischen Unterton überhört.

»Ja klar doch«, lachte er. »Sie ist mindestens sechzig und benutzt dasselbe Parfüm wie meine Tante Irene.«

»Hast du irgendetwas Brauchbares herausgefunden?«, hakte Tamara nach.

»Ich bin die Unterlagen von hinten durchgegangen,« erzählte er und zog einen Notizblock aus der Gesäßtasche. »Von 1700 bis zum Jahr 1484 gab es genau drei Beros in dieser Gegend. Einer fiel im Dreißigjährigen Krieg im November 1625, der zweite starb noch als Kind an der Pest, das war 1604. Kandidat Nummer drei hieß mit vollem Namen Bero von Kreutzmarck und war 1520 bis 1552 Landvogt von Walnik. Wenn ihr mich fragt, ist das unser Kandidat.« Er klappte den Notizblock zu und schaute triumphierend in die Runde. »Bin ich gut oder bin ich gut?«

Das war es, was Jo so an ihm liebte: seine Zuverlässigkeit und seinen Enthusiasmus – und noch ein paar andere Dinge, die im Moment nichts zur Sache taten. »Du bist echt der Beste!« Jo warf sich ihm an den Hals und drückte ihm einen Kuss auf.

Zuerst schien er überrascht, doch dann küsste er sie zurück. Es fühlte sich beinahe so vertraut an, wie damals, als sie noch keine Probleme gehabt hatten. Jo schmeckte Milchkaffee und Zitronenplätzchen. Anscheinend hatte die Archivarin nicht nur mit Kaffee für Kilians leibliches Wohl gesorgt.

»Was meinst du mit ›unser Kandidat‹?«, riss Tamara die beiden aus ihren Gedanken.

Behutsam löste sich Kilian von Jo. Dabei sah er sie an, als würde er sie auf später vertrösten. Sofort überlief Jo ein wohliger Schauer.

»Das heißt, dass ich mit einsteige«, erklärte er. »Die Sucherei hat richtig Spaß gemacht. Dabei bin ich auf echt spannende Geschichten gestoßen. Ich wollte mir noch die Unterlagen zur

Familie Kreutzmarck geben lassen, aber dafür war keine Zeit mehr. Morgen gehe ich noch mal hin und suche weiter.«

Jo musste sich zügeln, um sich ihm nicht noch mal an den Hals zu werfen.

Erst, nachdem Tamara sie alleine gelassen hatte und zum Schullandheim aufgebrochen war, küsste sie ihn erneut stürmisch.

»Hoppla, womit habe ich das denn verdient?«, fragte Kilian, nachdem er wieder zu Atem gekommen war.

»Mit allem«, antwortete Jo. »Damit, dass du extra hierhergekommen bist, damit, dass du uns helfen willst«, sie lachte unsicher, »und damit, dass du es mit einer Zicke wie mir aushältst.«

Er strich ihr eine Strähne hinter das Ohr. »Solange du willst«, antwortete er und streichelte über ihre Wange. Seine Finger waren warm und trocken.

Sie hob ihm erneut die Lippen entgegen, doch als sie aus den Augenwinkeln eine ältere Dame bemerkte, die ihren Langhaardackel Gassi führte und sie unverhohlen mit Missfallen musterte, rückte sie mit einem Räuspern von Kilian ab.

»'N Abend!«, rief Kilian der Frau zu und winkte übertrieben freundlich.

Die Frau zuckte zusammen, als hätte man sie beim Spannen ertappt. Etwas Unverständliches vor sich hin murmelnd, zerrte sie ihren Hund, der sich gerade zu einer Sitzung unter der Stele hatte niederlassen wollen, weiter und verschwand hinter der nächsten Ecke.

»Vielleicht sollten wir woanders hingehen.« Kilians Atem streifte Jos Hals.

»Hm«, stimmte sie beinahe schnurrend zu.

In stummer Übereinkunft verschränkten sie ihre Hände miteinander, standen auf und schlugen eng umschlungen einen Feldweg zum nahe gelegenen See ein.

Sie mussten ein bisschen suchen, doch schließlich fanden sie eine kleine Bucht, die vom gegenüberliegenden Ufer nicht einzusehen war. Ein paar Pappeln warfen lange Schatten auf das Gras und boten zusätzlichen Schutz, doch bis auf ein paar vereinzelte Angler war der See ohnehin menschenleer.

Kilian zog das Badelaken aus seiner Sporttasche, ließ es mit einer schnellen Bewegung wie ein Segel aufbauschen und breitete es auf dem Gras aus.

»Warst du heute schwimmen?«, fragte Jo, als sie sich darauf ausstreckte. Das Laken fühlte sich noch feucht an und roch nach Chlor.

»Heute Vormittag«, bestätigte Kilian und zog sein T-Shirt über den Kopf. »Ein bisschen trainieren in Malchow. Da haben sie eine Schwimmhalle.«

»Hat sich gelohnt«, bemerkte Jo, die ihren Blick über seinen perfekt definierten Oberkörper wandern ließ. Er schimmerte golden im Licht der untergehenden Sonne. »Komm her zu mir.«

Mit einem spitzbübischen Lächeln auf dem Gesicht kam er der Aufforderung nach. »Sag mal, diese Friederike, von der ihr immer erzählt ...«

»Friederike hat jetzt mal Pause«, unterbrach sie ihn und legte ihm einen Finger auf die Lippen.

Er griff ihr Handgelenk und küsste ihre Fingerkuppe. »Einverstanden«, flüsterte er und nahm sich nacheinander die anderen Fingerspitzen vor. Ganz langsam arbeitete er sich über ihre Handfläche den Arm hinauf. Als er in ihrer Halsbeuge ankam, seufzte Jo. Sie legte eine Hand auf seinen Rücken und spürte die Bewegungen seiner Muskeln. Bloß nicht aufhören.

Und er hörte nicht auf. Mit sanften Küssen tastete er sich hinauf zu ihrem Mund, während er, auf einen Ellbogen gestützt, mit der freien Hand an ihrem Top nestelte. Jo fühlte,

wie sich die Hitze seines Körpers auf sie übertrug und sich ihre Brustwarzen aufrichteten.

Irgendwie hatten seine Finger einen Weg unter ihr Shirt gefunden. Quälend langsam ließ er sie nach oben wandern und als sie endlich ihre Brust erreicht hatten, schob er seine Zungenspitze in ihren Mund. Sofort hieß Jo sie willkommen. Behutsam strichen ihre Finger seinen Rücken hinunter, bis sie den Bund seiner Shorts berührten.

»Ich finde, du hast entschieden zu viel an«, murmelte sie aus dem Mundwinkel.

»Und du erst«, flüsterte er zurück.

Er hob den Kopf und schaute sich misstrauisch um, doch sie hatten ihren Platz gut gewählt, sie waren weder vom See noch vom Ufer aus zu sehen. »Lass uns schwimmen gehen.«

Im nächsten Moment war er auf den Beinen und watete mit ausgebreiteten Armen ins Wasser.

Jo streifte Top und Rock ab und folgte ihm. Das Wasser war so klar, dass sie jedes Steinchen am Grund sehen konnte. Vorsichtig wagte sie sich hinein und als es ihr bis zur Taille reichte, stellte sie sich auf die Zehenspitzen.

»Komm schon!«, lachte Kilian, packte sie an der Hand und zog sie mit einem Ruck herunter.

Die plötzliche Kälte verschlug Jo den Atem, sodass sie nicht einmal kreischen konnte. Doch als sie erst einmal vollständig im Wasser war, fühlte es sich angenehm warm an. Sie atmete auf.

»Siehst du? So ist es doch viel besser, oder?« Grinsend zog Kilian sie in die Arme.

»Viel besser«, antwortete Jo und küsste ihn. Ihre Finger strichen über seine Brust und verschränkten sich in seinem Nacken. Er hatte Gänsehaut, aber das lag sicher nicht am Wasser.

Er umfasste ihre Taille und zog sie so weit vom Ufer fort, dass sie den Boden unter den Füßen verlor. Haltsuchend klammerte sie sich mit den Beinen an ihn. Zu spät bemerkte sie, was das bei ihm auslöste. »Ups«, lachte sie und löste sich von ihm. »So war das nicht ...«

Ehe sie den Satz zu Ende bringen konnte, küsste er sie. Sanft erforschte er ihren Mund mit seiner Zunge und für einen Moment durchzuckte Jo der Gedanke, wie es wohl wäre, hier am Ufer des Sees zum ersten Mal mit ihm zu schlafen.

Kilian zog sie näher an sich, legte ihre Beine wieder um seine Hüften und schickte seine Hände auf Entdeckungsreise. Ein warmes Kribbeln breitete sich in Jo aus. Sie schob die Hand in seine Shorts und unterdrückte ein Kichern, als er wohlig seufzte. So standen sie noch eine ganze Weile einander liebkosend im Wasser, bis Kilian bemerkte, dass Jo fror.

»Wir gehen lieber raus«, schlug er vor. »Die Abendsonne wird uns aufwärmen.«

Kurz darauf lagen sie ausgestreckt auf dem Badelaken und sahen den Wolken zu, die wie rosa Segelschiffe über den Abendhimmel zogen. Jo hatte ihren Kopf auf Kilians Oberarm gebettet und fuhr gedankenverloren die Konturen seiner Bauchmuskeln nach.

»Hör mal, wegen unseres Streits«, begann sie, hielt aber sogleich inne, als sie spürte, dass er verkrampfte.

»Muss das jetzt sein?«

»Wir müssen das sowieso klären, dann können wir das genauso gut jetzt machen«, sagte sie und nahm ihre Hand von seiner Brust.

»Na toll.« Er setzte sich auf und langte nach seinem Shirt. »Du schaffst es immer wieder.«

»Was schaffe ich immer wieder?« Verwirrt schaute sie zu ihm auf. Was hatte sie denn jetzt schon wieder falsch gemacht?

»Merkst du das nicht?« Er streifte sich das Shirt über. »Immer, wenn es schön zwischen uns ist, machst du es mit deiner Fragerei kaputt.«

»Ich mache gar nichts kaputt!« Ihre Stimme klang selbst in ihren Ohren lauter als nötig. »Aber ich kann nicht so tun, als wäre da nichts.«

»Da ist nichts«, erwiderte er. »Wann kapierst du das endlich? Ich liebe *dich*. Nina und ich hatten eine schöne Zeit, aber es ist vorbei. Wir sind nur gute Freunde und Freunde sind füreinander da, wenn sie Probleme haben.«

Jo schnaufte verächtlich. »Die hat doch ständig Probleme. Und du rennst sofort hin, sobald sie mit den Fingern schnippt.«

»Sie hat halt Stress mit Dustin, verstehst du das nicht?« Er stopfte seine Füße in die Sneakers.

»Und du verstehst anscheinend nicht, dass wir auch Stress haben – und zwar ihretwegen.« Jo schaute sich nach ihren Klamotten um.

»*Du* machst Stress«, korrigierte er sie. »Bis eben lief doch alles super, oder?«

»Ach, und du meinst, so ein bisschen Rummachen löst alles in Wohlgefallen auf, was? Das ist ja mal wieder typisch. Hauptsache, deinem Schwanz geht es gut.« Verdammt, das hatte sie gar nicht sagen wollen. Der Spruch war deutlich unter der Gürtellinie, aber nun war er nicht mehr rückgängig zu machen. Sie stand auf und stieg in ihren Rock, ohne Kilian anzusehen.

»Als ob du nicht gerne die Beine breitgemacht hättest«, schoss er zurück.

Das hatte gesessen. Plötzlich kam Jo sich nackt und verletzlich vor. Tränen stiegen ihr in die Augen und ausgerechnet jetzt konnte sie ihr Top nicht finden.

»Hier.« Sichtlich geknickt hielt Kilian ihr das Kleidungsstück hin.

Hastig riss sie es ihm aus der Hand und zog es an.

»Warte. Ich bringe dich zur Herberge«, murmelte er betreten.

»Vergiss es, Arschloch«, zischte sie und ließ ihn stehen.

Tamara hatte Jo beim Abendessen vermisst. Sie vermutete, dass sie sich eine schöne Zeit mit Kilian machte. Aber als Jo wenig später in ihr Zimmer kam, sah sie alles andere als glücklich aus. Ihre Haare hingen ihr feucht ins Gesicht und ihre Mascara war offensichtlich nicht wasserfest. Dicke schwarze Linien zogen sich über Jos Wangen und erinnerten Tamara an den Hauptdarsteller aus *The Crow*.

»Was ist passiert?«

»Nichts«, schluchzte Jo und warf sich auf ihr Bett.

»Danach siehst du aber nicht aus.«

»Lass mich einfach in Ruhe, okay?«, kam es gedämpft aus Jos Kopfkissen.

Tamara betrachtete Jos bebende Schultern und reimte sich zusammen, dass sie und Kilian beim Lösen ihrer Beziehungskrise noch immer keinen Schritt weitergekommen waren. Was konnte sie für Jo tun? Wenn sie selbst traurig war, half ihr eine gute Tasse Tee immer am meisten. Sicher würde sie auch Jo nicht schaden. Vielleicht konnte sie in der Küche eine Kanne heißes Wasser und ein paar Teebeutel abstauben. Sie verließ leise das Zimmer und machte sich auf den Weg nach unten.

Der Speisesaal lag im Halbdunkel, nur die Flurbeleuchtung warf ein helles Rechteck in den Raum. Die Tische waren bereits für das Frühstück eingedeckt, die Warmhaltekübel auf dem Büfett auf Hochglanz poliert und mit Edelstahlhauben verschlossen.

»Hallo?«, rief Tamara. »Ist hier noch jemand?«

Sie durchquerte den Saal und drückte die Schwingtür zur Küche auf. Niemand da. Natürlich. Das Abendessen hatte vor zwei Stunden geendet, aber Teekochen würde sie auch alleine hinbekommen. Die Küche war zwar nicht gerade up to date, aber sauber und geräumig. Beim Anblick der Stuckarbeiten an der Decke und der weiß übermalten Schnitzereien an den Wänden vermutete Tamara, dass der Raum einst einem anderen Zweck gedient hatte. Vielleicht war er mal ein Salon gewesen.

Sie suchte nach einem Wasserkocher und entdeckte einen altmodischen Kocher über der Spüle. Ihre Oma hatte auch so einen. Sie füllte das Gerät bis zur ersten Markierung und drückte den Startknopf. Während das Wasser langsam zu sprudeln begann, machte sie sich auf die Suche nach einer Kanne. In einem Geschirrschrank neben der Kühleinheit wurde sie fündig. Sie nahm auch gleich zwei Tassen mit heraus. Sie würde alles morgen früh zurückbringen.

Nachdem sie die Kanne gefüllt und ein paar Teebeutel hineingetan hatte, stellte sie alles auf ein Tablett und stieß die Schwingtür mit der Hüfte auf. An einem der Tische fischte sie ein paar Zuckerwürfel aus dem Körbchen, dann trug sie alles hinauf.

Als sie zurück ins Zimmer kam, hatte Jo sich zwar ein wenig beruhigt, lag aber noch immer mit tränennassen Wangen auf dem Bett.

»Hier, trink, das wird dir guttun«, riet Tamara und reichte ihr eine Tasse Tee. »Möchtest du drüber reden?«

Jo schüttelte energisch den Kopf. »Weißt du zufällig, wo Svenja und die anderen sind?«

Klar wusste Tamara das. Jos Freundinnen hatten zwar beim Abendessen versucht, sich nichts anmerken zu lassen, dennoch war Tamara nicht entgangen, wie sie mit Noah, Phil und Jonas verschwörerische Blicke getauscht und alle paar Minuten tuschelnd die Köpfe zusammengesteckt hatten. Als Tamara nach dem Abendessen sechs Schemen auffällig unauffällig durch den Park huschen gesehen hatte, war alles klar. Die Clique hatte sich zu einem heimlichen nächtlichen Ausflug nach wer weiß wohin gemacht, um dort wer weiß was zu tun. Jo hatten sie bei ihrer Planung irgendwie vergessen, aber sollte Tamara ihr das in ihrer jetzigen Verfassung auf die Nase binden?

»Vergiss die Tussis einfach«, wich sie der Frage aus.

Jo schaute sie an, dann schien sie zu verstehen. Erneut traten ihr Tränen in die Augen.

»Komm, trink deinen Tee, dann wird's besser«, erinnerte Tamara sie, woraufhin Jo ergeben die Tasse an die Lippen hob.

»Wie soll es weitergehen?«, fragte Jo, nachdem sie ein paar Schlucke getrunken hatte.

»Keine Ahnung. Ich weiß ja nicht, was zwischen euch los war.«

Jo wedelte ungeduldig mit der Hand. »Das mit Kilian meine ich doch gar nicht. Der kann mich mal. Ich meine Friederike. Du hast doch auch gesagt, dass dir dieser Kaminsims mit dem Wappen darauf bekannt vorkommt. In der Kirche oder dem Kerker der Burg gibt es keinen Kamin und das Rathaus ist zu modern dafür. Dann kann er doch fast nur hier im Haus sein.« Jo nestelte an ihrer Handtasche und zog ein Taschentuch und ihren Klappspiegel heraus. Nachdem sie sich geschnäuzt hatte, prüfte sie ihr Make-up und wischte sich die Mascara-Spuren ab. »Und?«, fragte sie. »Wie sehe ich aus?«

Tamara betrachtete die noch immer rote Nase und die leicht verquollenen Augen, in denen Trotz und Trauer um die Vorherrschaft stritten. Der Trotz war ein wenig stärker, wie es schien.

»Super, wie immer«, antwortete Tamara und lächelte aufmunternd.

»Alles klar.« Jo trank ihren Tee aus und schwang die Beine aus dem Bett. »Dann schlage ich vor, wir sehen uns hier heute Nacht mal ein bisschen um.«

Jo tauschte das Top und den Minirock gegen ihr Sportzeug. In ihren schwarzen Hotpants, dem T-Shirt und den Gymnastikschläppchen sah sie beinahe wie die blonde Version von Lara Croft aus. Tamara fühlte sich in ihrem anthrazitfarbenen Hängerkleidchen und den Schnabelstiefeln eher wie eine Fledermaus, aber das war okay so, immerhin flattern Fledermäuse ebenso lautlos wie zielsicher durch die Dunkelheit.

Nachdem Frau Slegert ihre letzte Kontrollrunde gedreht hatte und ihre Schritte auf dem Flur verklungen waren, schnappten die Mädchen sich Tamaras Taschenlampe und die Vergrößerung des Fotos und schlichen hinaus auf den Flur.

»Wohin zuerst?«, wisperte Jo.

»Zum Kaminzimmer, ist doch logisch, oder?«, antwortete Tamara und zog eine Augenbraue hoch. Wo sonst würde man einen Kamin suchen?

Vorsichtig setzten sie sich in Bewegung. Bei jedem Schritt biss Tamara die Zähne zusammen, denn obwohl die Sohlen ihrer Schuhe kaum Geräusche auf dem abgelatschten Teppichläufer verursachten, knarrten die Dielen verräterisch unter ihrem Gewicht. In ihren Ohren klang es so, als würde sich eine komplette Nashornfamilie inklusive Schwippschwager ihren Weg durch den Flur bahnen. Erst, als sie die steinerne Treppe erreicht hatten, atmete Tamara erleichtert auf.

Mit einem Kopfnicken deutete Jo nach unten und ging voran. Ein Stockwerk tiefer schlugen sie den Weg nach links ein und folgten danach einer Abzweigung nach rechts, bis sie in den rückwärtigen Bereich des Gebäudes und zu einer eisenbeschlagenen Eichentür kamen. Die beiden Flügel waren nur angelehnt, wie Jo feststellte, als sie daran zog. Die Mädchen quetschten sich durch einen Spalt und schlossen die Tür wieder so weit, wie sie sie vorgefunden hatten.

Fahle Lichtstreifen fielen durch die Terrassenfenster und beschienen die schweren Ledersessel, die vor dem Kamin gruppiert waren. Die gekreuzten Schwerter und die Fackelhalter an den Wänden glänzten matt und ließen ahnen, wie bedeutend der einstige Herr dieses Hauses gewesen sein musste.

»Und hier habt ihr Chloés Geburtstag gefeiert?«, fragte Tamara.

Jo schaute sie verständnislos an, dann erhellte sich ihr Gesicht. »Ach ja«, fiel es ihr ein. »Du warst ja gar nicht« auf der Feier. Jetzt sieht es natürlich alles ganz anders aus. Auf der Party waren die Sessel weg und der Teppich war auch nicht da. Die Jungs hatten wunderschöne Deko angebracht, da oben zum Beispiel.«

Sie deutete auf den eisernen Kronleuchter, doch ehe sie fortfahren konnte, unterbrach Tamara sie: »Lass uns einfach anfangen, okay?«

Tamara hob die Taschenlampe und steuerte den Kamin an. Die Feueröffnung war pechschwarz und so hoch, dass man gebückt in ihr stehen konnte. Vermutlich hatte man darin einst ganze Wälder verheizt, um das Haus im Winter bewohnbar zu machen. Auch wenn das Schullandheim mittlerweile über eine moderne Zentralheizung verfügte, war der Kamin noch immer in Betrieb. So stand es zumindest in dem Flyer, den Herr Bierkamp vor der Buchung durch die Klasse hatte gehen lassen. Tamara wischte mit dem Zeigefinger über die Innenseite des Kamins und musterte die Rußspuren auf ihrer Fingerkuppe. Offensichtlich hatte der Flyer nicht gelogen. Sie putzte ihren Finger am Kleid ab, woraufhin Jo missbilligend die Nase kräuselte.

»Was schnüffelst du da im Dreck herum«, zischte sie. »Lass uns lieber den Sims anschauen.« Sie hielt die Fotokopie hoch und winkte Tamara heran. »Leuchte mal!«

Auf den ersten Blick erkannte Tamara, dass sie den falschen Kamin vor sich hatten. Der Rauchfang war viel zu steil und wenngleich die Schnitzereien auf dem Sims denen auf dem Bild ähnelten, fehlte doch ein entscheidendes Detail – das Wappen.

»Mist«, flüsterte Jo. »Dabei war ich mir ziemlich sicher.« Sie rollte das Bild zusammen und schob es sich in die Tasche. »Und jetzt?«

»Dieses Haus hat sicher noch mehr Kamine, wir müssen sie nur finden.« Tamara schwenkte den Lichtkegel auf den Fußboden.

»Und wo?«

»Möglicherweise in einem der Türmchen. Dort hatte man früher die Kemenaten. Komm mit.«

Das Haus verfügte über drei Türmchen und Tamara vermutete, dass man sie über die Seitentreppen erreichte, die das Hauptgebäude mit den hinteren Anbauten verbanden. Vielleicht schafften sie es, wenigstens eines von ihnen in dieser Nacht zu untersuchen.

Sie gingen zurück zur Tür und wollten sie gerade aufziehen, da wehte ein eisiger Lufthauch zwischen Tamara und Jo hindurch, pfiff durch den Türspalt und ließ die offenen Flügel ins Schloss schnappen. Sofort prickelten Tamaras Arme vor Gänsehaut.

»Was war das denn?«, keuchte Jo. Atemwölkchen stiegen von ihrem Mund auf. Sie zitterte am ganzen Körper.

»Friederike«, krächzte Tamara. Sie versuchte zu schlucken, brachte aber nicht genug Spucke zusammen.

Jo griff nach der Türklinke, ließ sie aber sofort wieder los. »Autsch!«, zischte sie und pustete auf ihre Handfläche. An der Klinke klebten ein paar Hautfetzen.

»Festgefroren«, presste Tamara hervor und zog Jo von der Tür weg.

»Was soll das?«, jammerte Jo. »Warum macht … oh nein!« Hektisch deutete sie auf den Boden, doch Tamara hatte es längst gesehen. Dicke Nebelwolken quollen durch den Türspalt. Sie schillerten, als ob sie elektrisch geladen wären, und bewegten sich auf ihre Füße zu. Schnell traten sie ein paar Schritte zurück, doch die weißen Schwaden folgten ihnen, wie von einer fremden Intelligenz gesteuert.

»Lass uns in Ruhe!«, wimmerte Jo und flüchtete auf einen der Sessel, doch der Nebel verfolgte sie dorthin. Der Panik nahe, kletterte sie über die Lehne und stolperte weiter.

Tamara wich zur Wandseite aus. Ein Strang löste sich aus den Nebelschwaden und folgte ihr. Sie machte einen Ausfallschritt und umrundete einen Fußschemel, doch der Nebel hatte sie durchschaut. Er schnitt ihr den Weg ab und trieb sie zur Balkontür. Auch Jo war inzwischen dorthin geflüchtet. Bleich wie Schulkreide stand sie da und zitterte am ganzen Körper.

»Sieh dir das an«, flüsterte Tamara und deutete auf den Nebel. Mittlerweile hatte er fast den ganzen Boden eingenommen, bis auf einen Halbkreis zu ihren Füßen. Jedes Mal, wenn Tamara einen Schritt zur Seite andeutete, quoll ein Nebeltentakel hervor und trieb sie zurück.

»Sie will, dass wir hier stehen bleiben. Aber warum?«

Da klickte es in ihrem Rücken und die Balkontür sprang auf. Ohne lange zu überlegen, nahm Tamara Jo bei der Hand und zog sie hinaus. Der Nebel folgte ihnen.

»Wohin jetzt?«, fragte Tamara. Jo hob ängstlich die Schultern, doch Tamara hatte nicht sie gefragt. »Wohin sollen wir jetzt gehen, Friederike?«, hakte sie nach.

Der Grusel, den sie eben noch empfunden hatte, war nun komplett von ihr abgefallen. Das mit dem Nebel war Friederike, die ihnen etwas zeigen wollte. Sie wollte ihnen nicht wehtun. Warum sollte sie das auch tun? Sie wollten ihr doch helfen!

Ein Strang löste sich aus der wabernden Masse und trieb die Mädchen behutsam zur Treppe, die hinunter in den Garten führte. Tamara und Jo stiegen die Stufen hinab, da strömte der Nebel links und rechts an ihnen vorbei und formte eine fluoreszierende Gasse, die um das Schullandheim herum bis zum Haupteingang reichte.

»Okay, wir sollen ganz herum und vorne wieder reingehen, aber warum?« Tamara hakte die zitternde Jo unter und durchschritt die Gasse, bis sie vor der schweren Eingangspforte standen. Mit einem Klacken sprang das Schloss auf und beide Türflügel öffneten sich. Hinter ihnen löste sich die Gasse auf und der Nebel formte sich wieder zu einer dicken Rolle, die die Mädchen hineindrängte.

Die Eingangshalle lag in Dunkelheit, alleine das Mondlicht, das durch die bunten Bleiglasfenster oberhalb der Treppe fiel, malte bizarre Farbmuster auf den steinernen Boden und die Ritterrüstungen, die wie schlafende Wächter dastanden. Kaum hatten sie die Halle betreten, bahnte sich die Nebelwalze ihren Weg nach links Richtung Speisesaal.

»Komm.« Tamara zog Jo mit sich. Die hatte längst allen Widerstand aufgegeben und folgte willenlos.

Sie hatten die Halle kaum zur Hälfte durchquert, da ließ sie ein Schrei zusammenfahren. »Ey, was ist das denn für eine Scheiße?«

Noch während sie sich zu Svenja und den anderen fünf Gestalten umdrehten, die da völlig verdattert in der Eingangstür standen, zerstob der Nebel und verflüchtigte sich. Nur ein winziger Rest blieb zurück. Er verharrte an einer der Rüstungen und erhellte für Sekundenbruchteile das Wappen auf dem Schild, bevor auch er sich auflöste wie nasse Zuckerwatte.

KAPITEL 10

FAST UNSICHTBAR

Diese miesen Schlampen«, schimpfte Jo und riss ihre Schranktür auf. »Treffen sich heimlich mit ein paar Leuten am See, machen sich einen schönen Abend, aber kommt auch nur eine von ihnen auf die Idee, dass ich vielleicht auch gerne mitkommen würde?«

Sie grapschte ihr Nachthemd und schlug die Tür mit einem lauten Knall zu. »Nein! Vielleicht hätte ich diesem Markus zusagen sollen. Was meinst du, wie doof die dann aus der Wäsche geguckt hätten, wenn ich mit ihm und seinen Kumpels da aufgekreuzt wäre!«

Tamara hörte Jo nur mit einem Ohr zu. Mit hinter dem Nacken gekreuzten Armen lag sie in ihrem Bett und schaute zur Unterseite von Jos Matratze hinauf. Es interessierte sie nicht, wen Svenja und die anderen da am See getroffen hatten. Was spielte das für eine Rolle? Friederike, oder vielmehr der Nebel, den sie gesandt hatte, wollte etwas von ihnen. Aber was?

»Was meinst du, warum der Nebel uns nicht wieder rausgelassen hat?«, fragte Tamara mitten in Jos Maulen hinein und drehte sich zu ihr um.

Jos Kopf tauchte aus dem Halsausschnitt ihres Nachthemds auf, sie rollte genervt mit den Augen. »Vielleicht wollte Friederike, dass wir Svenja und den anderen in die Arme laufen? Ach, keine Ahnung!« Sie strich ihr Nachthemd glatt und kletterte auf ihr Bett.

»Ich glaube, das mit Svenja und den anderen war nur Zufall«, antwortete Tamara. »Lass uns noch mal genau nachdenken. Über was haben wir in dem Kaminzimmer gesprochen?«

Sie hörte, wie Jo sich in eine bequeme Position wälzte.

»Eigentlich haben wir kaum gesprochen«, erinnerte Jo sich. »Du hast an der Innenseite vom Kamin rumgefummelt und dich schmutzig gemacht. Dann haben wir gemerkt, dass es der falsche Kamin ist, und dann ... keine Ahnung.«

»Dann haben wir darüber geredet, dass wir uns die Türmchen vornehmen wollen«, half Tamara ihr auf die Sprünge.

»Stimmt, danach ging der ganze Spuk los. Meinst du, sie wollte verhindern, dass wir uns die Türme ansehen? Aber warum? Will sie vielleicht etwas vor uns verbergen?«

»Dann hätte sie sicher wütend reagiert und uns nicht den Nebel geschickt. Sie hat uns ganz behutsam in eine andere Richtung gelenkt.«

Jo schnaufte verächtlich. »Von wegen ganz behutsam! Hast du dir mal meine Hand angesehen? Die sieht aus, als hätte sie jemand mit einem Hobel bearbeitet!«

»Sie wollte dir bestimmt nicht wehtun«, vermutete Tamara. »Ich glaube, sie wollte, dass wir uns etwas anderes ansehen und unsere Zeit nicht mit den Türmen vergeuden. Und wenn die anderen nicht aufgekreuzt wären, hätte sie es uns auch sicher gezeigt. Es muss irgendwo in der Nähe des Speisesaals sein.«

»Aber das war nicht alles. Hast du das Wappen auf dem Schild vergessen? Seit wir hier sind, müssen wir schon hundertmal an ihm vorbeigegangen sein. Darum kam es uns auch so bekannt vor. Damit hat sie uns gezeigt, dass wir mit unserer Vermutung richtig liegen. Der Kaminsims befindet sich hier im Haus. Und weißt du, was das bedeutet?« Jo neigte ihren Kopf über den Bettrand, sodass ihre Haare wie ein blonder Vorhang

herunterhingen. »Dies hier ist Friederikes Zuhause. Hier hat
sie gelebt. In diesen Mauern.«

Tamara schlief schlecht in dieser Nacht. Seltsam verworrene
Träume suchten sie heim, Träume, in denen sich die jüngsten
Ereignisse mit denen von vor knapp fünfhundert Jahren ver-
mischten. Sie sah sich selbst in einem tiefen Schacht um Hilfe
schreien. Sie sah Friederike, die hastig etwas zu verbergen versuchte, während draußen eisenbeschlagene Handschuhe gegen
die Haustür pochten. Und sie sah den Kamin. Immer wieder
den Kamin. Sie spürte eine starke Anziehungskraft, die von
ihm ausging, zugleich aber auch eine unendliche Verzweiflung
darüber, dass sie ihn nicht fand. Schau hin! Er ist direkt vor
deiner Nase! Ihr war, als ob Friederike allmählich die Geduld
verlor. Sie hatte etwas in dem Kamin versteckt, aber welchen
Kamin meinte sie?

Am nächsten Morgen wachte Tamara mit pochenden Kopfschmerzen auf, als hätte jemand ihren Kopf über Nacht in
einen Schraubstock gespannt. Ächzend schwang sie die Beine
aus dem Bett und zuckte zusammen, als sie nach ihrem Cape
griff. Ihr Nacken fühlte sich steinhart und so verspannt an,
dass sie sich kaum drehen konnte. Mühsam richtete sie sich
auf und betrachtete das volle Tablett, das sie am Abend mitgebracht hatte. Ein paar trübe Teepfützen befanden sich noch
in den Tassen, die matschigen Beutel sifften am Boden der
Kanne wie Schleimbrocken vor sich hin. Lecker. Vielleicht
sollte sie die Sachen sofort runter in die Küche tragen, bevor
ihr von dem Anblick schlecht wurde.

Sie schob die Füße in die Schnabelschuhe, legte sich ihr Cape um die Schultern und schlurfte mitsamt dem Tablett hinaus. Das Haus lag noch in tiefem Schlummer und so begegnete ihr auf ihrem Weg niemand, dem sie hätte erklären müssen, warum sie wie ein altes Kräuterweib am frühen Morgen durch die Flure schlich.

Als sie unten in der Eingangshalle ankam, fiel ihr Blick auf das Schildwappen, an dem der Nebel letzte Nacht hängen geblieben war. Tamara schauderte bei der Erinnerung, gleichzeitig fragte sie sich, wie sie das Wappen nur hatte übersehen können. Es war grün und golden und zeigte zwei gekreuzte Hellebarden auf der einen und ein dreiblättriges Kleeblatt auf der anderen Seite. Sie würde Jo bitten, das Wappen mit dem Handy zu fotografieren und es Kilian zu schicken, damit er bei seiner Recherche danach Ausschau halten konnte.

Aber würde Kilian ihnen überhaupt noch helfen? Auch wenn Jo gestern nicht darüber hatte reden wollen, war es offensichtlich, dass sie sich wieder gefetzt hatten. Ob sie ihre Beziehung jemals auf die Kette bekommen würden? Hoffentlich, denn die zwei hatten gute Chancen, miteinander glücklich zu werden. Allerdings mussten sie es erst einmal schaffen, ihre kleinen Eitelkeiten abzulegen und ehrlich miteinander zu sein.

Wobei Ehrlichkeit momentan auch nicht gerade Tamaras Stärke war. Oder war es etwa ehrlich, wie sie mit David umging? Sobald sie diese Geschichte hinter sich hatten, würde sie ihm alles erzählen. Keine seiner Fragen würde sie unbeantwortet lassen. Jetzt galt es aber erst einmal, diesen ollen Kamin zu finden. Wenn Svenja und die anderen doch nur zwei Minuten später auf der Bildfläche erschienen wären.

Sie trug das Tablett durch den menschenleeren Speisesaal und drückte die Tür zur Küche auf. »Hallo? Ist hier jemand?«

»Frühstück gibt es erst um acht«, antwortete eine resolute Stimme.

Tamara schob sich durch die Schwingtür und erkannte die Köchin, die in einer blütenweißen Schürze und mit geröteten Wangen hin und her eilte und Aufschnitt auf den Kühlplatten drapierte. Der Duft von frischen Brötchen und Kaffee lag in der Luft und irgendwo zischte ein Wasserkocher.

»Guten Morgen, ich weiß«, antwortete Tamara so freundlich, wie es ihr pochender Schädel zuließ. »Ich habe mir das gestern Abend ausgeliehen und möchte es bloß zurückbringen.« Sie hob das Tablett demonstrativ hoch.

»Ah, guten Morgen«, erinnerte die Frau sich plötzlich an ihre Kinderstube und deutete ein Lächeln an. »Stell es einfach irgendwohin.«

Tamara sah sich nach einem freien Platz um, doch überall stapelten sich Brotkörbe, Quarkschüsseln, Käseplatten, Eierkörbe, Milchkrüge und andere Frühstücksutensilien.

»Ich kann es auch gleich in den Geschirrspüler stellen«, bot Tamara an.

»Hinten rechts«, rief die Frau, ohne aufzuschauen.

Tamara fischte die feuchten Teebeutel aus der Kanne und warf sie in den Mülleimer. Dann steuerte sie den überdimensionalen Geschirrspüler an, der am anderen Ende des Raums passgenau in eine Nische eingelassen war. Das Edelstahlgehäuse glänzte im Neonlicht der Küche und wirkte seltsam futuristisch in der holzverzierten Wandvertiefung. Fast so, als gehöre es gar nicht dorthin. Welcher halb blinde Innenarchitekt sich das wohl ausgedacht hatte?

Tamara langte nach dem Griff, da fiel ihr Blick auf die Schnitzerei an der Oberkante der Nische. Im Laufe der Jahre musste sie immer wieder mit weißer Lackfarbe übermalt worden sein, denn der Lack hatte sich in dicken Schichten in den Vertiefungen abgesetzt und sie fast eingeebnet. Dennoch, geübte Augen erkannten noch immer die gekreuzten Hellebarden auf der einen und das Kleeblatt auf der anderen Seite. Der riesige Hightech-Edelstahlgeschirrspüler stand nicht in einer Wandvertiefung, sondern mitten in Friederikes Kamin.

»Ich hab ihn gefunden«, riss Tamaras Kreischen Jo aus dem Schlaf. »In der Küche. Ich habe ihn beim letzten Mal nicht gleich erkannt, weil ein Geschirrspüler drin steht. So ein riesiges Ding hast du noch nie …«

»Mensch, lass mich doch erst einmal wach werden«, unterbrach Jo Tamaras Redeschwall, der über sie hinwegschwappte. Sie rieb sich den Schlaf aus den Augen und setzte sich auf. »So, und nun noch mal von vorne, aber mit Luftholen zwischendurch. Was hast du gefunden?«

»Den Kamin«, erklärte Tamara so langsam, als ob sie mit einer Geistesgestörten redete. »Er steht unten in der Küche. Ein riesiger Geschirrspüler ist darin eingebaut.«

Plötzlich war Jo hellwach. »Laber nicht!«, platzte es aus ihr heraus. »Woher weißt du das? Ist dir Friederike wieder erschienen?«

»Das nicht«, antwortete Tamara und erzählte, wie sie zu ihrer Entdeckung gekommen war.

Jo schüttelte entgeistert den Kopf. Weiß lackiert und mit einer Spülmaschine darin – da hätten sie ja ewig nach dem Kamin suchen können. Jo hüpfte aus dem Bett und zog sich ihren Seidenkimono über. »Los, den schauen wir uns an.«

»Was? Jetzt?« Tamara tippte sich an die Stirn. »Was meinst du, was da unten für ein Betrieb herrscht? Während ich da war, sind noch drei Küchenhilfen gekommen. Die sind mitten im Frühstücksstress und treten sich gegenseitig auf die Füße. Was willst du denen erzählen? Dass wir den ganzen Betrieb aufhalten, nur um die innenarchitektonische Schönheit ihrer Küche zu bewundern?«

»Und was schlägst du vor?«

»Wir untersuchen ihn, sobald das Abendessen beendet ist und das Personal Feierabend hat. Dann haben wir die ganze Nacht Zeit.«

»Na toll.« Jo ließ sich auf den Stuhl fallen. »Und was machen wir bis dahin?«

Tamara öffnete den Schrank und nahm eine lilafarbene Bluse ohne Ärmel und eine wadenlange graue Pluderhose heraus, hielt sie vor sich und musterte sich im Spiegel. Von dieser Kombination tränten Jos Augen. Wo Tamara diese Klamotten nur immer ausgrub.

»Bis dahin schauen wir uns das Slawendorf Passentin an. Oder hast du den heutigen Ausflug vergessen?« Tamara nickte ihrem Spiegelbild zu, griff nach ihrem Waschzeug und ging hinaus.

Jo atmete erleichtert auf. Fast hatte sie befürchtet, Tamara könnte sie nach ihrer Meinung zu ihrem Outfit fragen, aber sie schien in dieser Hinsicht ziemlich selbstsicher zu sein. Völlig daneben, keine Frage, aber das immerhin mit Überzeugung.

Im Frühstücksraum war noch nicht viel los. Außer Herrn Bierkamp und Frau Slegert, die angeregt bei Müsli und Rührei über den bevorstehenden Ausflug nach Passentin plauderten, und ein paar Jungs, die sich mit nassen Haaren und eingehüllt in eine Axe-Duftwolke, die einem den Atem nahm, an der Theke drängelten, schienen Jo und Tamara die Einzigen zu sein, die schon auf waren. Sie bedienten sich am Büfett und zogen sich an einen der hinteren Tische zurück.

Für Jos Geschmack war das völlig okay. Sie hatte sowieso keine besondere Lust darauf, sich mit ihren sogenannten Freundinnen zu befassen, nachdem die gestern Nacht so

plötzlich auf der Bildfläche aufgetaucht waren. Sie waren so angeschickert gewesen, dass sich Svenja und Chloé gar nicht erst die Mühe gemacht hatten, schuldbewusst auszusehen. Stattdessen hatte Svenja ganz scheinheilig getan. »Ach, hier steckst du!«, hatte sie mit schwerer Zunge von sich gegeben. »Wir haben dich überall gesucht. Du hast echt was verpasst.«

Überall gesucht. Ja, sicher doch. Nur Michelle hatte den Anstand gehabt, Jo eine Entschuldigung zuzuraunen und einzugestehen, dass das kein guter Zug von ihnen gewesen war. Inzwischen hatte sich auch herumgesprochen, dass die Mädchen schon vor zwei Tagen herausgefunden hatten, wie man durch den alten Kohlenkeller ungesehen hinausschleichen konnte. Ihr nächtlicher Ausflug war also schon länger geplant gewesen, aber niemand hatte es für nötig befunden, Jo einzuweihen. Mit Michi würde Jo sich nach der Klassenfahrt mal unter vier Augen unterhalten, aber Svenja und Chloé waren für sie erledigt.

Und was war mit Jo und Kilian? War das zwischen ihnen auch erledigt? Wie hatte das nur so dermaßen schiefgehen können? Zuerst war doch alles in Ordnung gewesen. Der See, die Abendsonne, wie zärtlich er gewesen war. Wenn sie doch bloß die Klappe gehalten hätte. Im Nachhinein betrachtet, wollte sie sich am liebsten ohrfeigen für ihre Blödheit. Warum hatte sie den Moment nicht einfach mal genießen können? Warum musste sie alles zerquatschen? Das, was ihr auf der Seele gebrannt hatte, war doch längst erledigt gewesen. Weggewaschen im See, als sie sich so nahe waren wie nie zuvor. Vielleicht hätte es sogar passieren können. Alles wäre perfekt gewesen für ihr erstes Mal und sie hatte es kaputt gemacht.

Verdammt, er fehlte ihr, aber anrufen würde sie ihn ganz sicher nicht. Dafür hatte er sie zu sehr verletzt. Was dachte er eigentlich, wer sie war? Irgendeine dahergelaufene Schlampe, die vor lauter Geilheit das Denken vergisst? Okay, der

Spruch, den sie ihm reingewürgt hatte, war auch nicht gerade fair gewesen, aber musste er gleich so ausfallend werden? Ein Kloß dehnte sich in ihrem Hals aus und machte ihr das Atmen schwer. Keine Freundinnen mehr, vielleicht auch keinen Freund, die Familie weit weg. Die Einzige, die sich ehrlich für sie zu interessieren schien, war Tamara. Tamara, von der sie noch vor wenigen Tagen ohne Zögern gesagt hätte, dass sie diejenige war, die ihr von allen Leuten in der Klasse am weitesten am Arsch vorbeiging. Tamara hatte sofort gemerkt, was mit Jo los war, ihr Tee gebracht und keine unnötigen Fragen gestellt.

»Hey, du rührst dein Frühstück ja gar nicht an. Komm, wenigstens einen Joghurt, ja?«, riss Tamaras Stimme Jo aus ihren Gedanken.

Jo schaute auf und blickte in zwei braune Augen voller Mitgefühl. »Ich habe mich gestern mit Kilian gestritten. Ziemlich übel.« Und sie erzählte Tamara bis ins Detail alles, was sie sonst nicht einmal ihrer Mutter oder ihren Schwestern und erst recht nicht Svenja anvertraut hätte.

Tamara hörte aufmerksam zu, nickte von Zeit zu Zeit nachdenklich und stützte ihr Kinn auf ihre verschränkten Hände. »Ihr beide seid ein tolles Paar«, stellte sie fest, nachdem Jo ihre Geschichte beendet hatte. »Ihr seid total ineinander verliebt, aber obendrein auch ziemlich bescheuert. Ihr redet über alles Mögliche, darüber, wer wem was zuerst an den Kopf geknallt hat, was der andere falsch macht und so weiter. Wie wäre es, wenn ihr endlich mal damit anfangt, einander zu sagen, was euch am anderen gefällt?« Sie pflückte ein Stück von ihrem Toastbrot ab und steckte es sich in den Mund.

Jo suchte in Tamaras Augen nach einer Spur von Spott, doch da war keine. War es wirklich so simpel? Ehe sie den Gedanken vertiefen konnte, meldete ein Miauen aus ihrer Handtasche den neuen Eingang einer SMS. Hastig zog Jo ihr

Handy heraus und öffnete die Nachricht. Sie war von Kilian und lautete: »Gehe gleich ins Archiv. Cu l8er wg. Ergebnisse. Luv ya <3.«

Wortlos hielt Jo Tamara das Handy hin und beobachtete, wie sich ein Schmunzeln auf dem Gesicht ihrer Freundin ausbreitete.

»Luv ya«, sogar mit »<3«. Kein nüchternes »C ya«. Jos Finger flogen förmlich über das Display, als sie die Antwort tippte. Sie war nur kurz, dennoch legte sie ihr ganzes Herz hinein. »Luv ya 4ever <3.«

KAPITEL 11

CUTIE!

Wenig später bestiegen sie den Reisebus, der sie in das Freilichtmuseum nach Passentin brachte.

Jo knüpfte keine großen Erwartungen an das Ausflugsziel. Was sollte es da schon zu sehen geben, außer ein paar alten Häusern und stinkenden Viehställen?

Aber als sie zusammen mit ihren Mitschülern das Eingangstor zu einem hölzernen Wachturm durchschritt, fühlte sie sich um Hunderte von Jahren in die Vergangenheit versetzt. Ein grober Palisadenzaun umgab das Gelände, auf dem sich, von knorrigen Bäumen beschattet, ein liebevoll nachgebautes mittelalterliches Slawendorf um einen kleinen Teich gruppierte. Holzhäuser mit buckligen, fast bis auf den Boden reichenden Reetdächern säumten die krummen Wege bis zu einer Grasfläche, die den Dorfplatz markierte. Grobe, aus Baumstämmen zusammengezimmerte Sitzbänke luden zum Verweilen ein und wer wollte, konnte den Menschen bei ihren alltäglichen Arbeiten zuschauen. Aus dem Kamin eines großen, mit Holzschindeln gedeckten Pfostenbaus stieg Rauch auf und aus dem Innern erklangen die rhythmischen Hammerschläge einer Schmiede. Auf der anderen Seite schmiegte sich ein Blockhaus an einen üppig blühenden, von einem geflochtenen Weidenzaun umschlossenen Kräutergarten. Eine zeitgenössisch gekleidete Frau mit einem Körbchen voller Kamillenblüten erklärte einer Schulklasse die Verwendung der einzelnen Gewächse.

Jo überquerte den Dorfplatz und umrundete den Teich, bis ihr ein verlockender Duft in die Nase stieg. Irgendwo backte jemand Brot.

»Sollen wir mal nachsehen? Vielleicht dürfen wir etwas probieren«, schlug Tamara vor, die sich ihr wie selbstverständlich angeschlossen hatte.

Das brauchte sie Jo nicht zweimal zu sagen, denn wer konnte schon dem Aroma frisch gebackenen Brotes widerstehen? Noch dazu, nachdem er sein Frühstück kaum angerührt hatte?

Sie spazierten förmlich ihrer Nase nach und erreichten einen Pfahlbau mit einem kuppelförmigen Lehmofen. Ein junger Mann in ockerfarbenen Beinlingen, Leinenhemd und mit einer Bundhaube auf dem Kopf führte einer Gruppe von Grundschülern vor, wie man aus einem Teigklumpen Brötchen formte. Eine stämmige Frau in einem cremefarbenen Leinenkleid und mit weißer Schürze stieß schwungvoll den Brotschieber in den Ofen und zog fertig gebackene Laibe heraus.

»Seid willkommen in des Dorfes Backstube. Wünschet Ihr zu kosten?«, fragte sie und kippte die Ladung Brote in einen Korb.

Redete die Frau etwa mit ihnen? Jo schaute unsicher zu Tamara hinüber, die griff ohne Umschweife den Mittelalterslang auf. »Seid gegrüßt, werte Dame. In der Tat, uns gelüstet nach einem Bissen frischen Brotes.«

»So tretet näher, edle Maiden, und trefft Eure Wahl. Ein Stücklein für die gele Jungfer?« Die Frau hielt Jo eine knusprige Brotscheibe hin.

»Ähm, wie?« Jo spürte, wie sie bis zu den Haarwurzeln errötete.

»Ob du ein Stück von dem Dinkelbrot möchtest«, raunte Tamara ihr zu.

»Oh, ja klar. Gerne.« Jo nahm das dargebotene Brotstück und biss davon ab. Es war noch warm und schmeckte herrlich würzig.

Tamara probierte in der Zwischenzeit ein Stückchen Roggenbrot und stöhnte genießerisch auf. »Vortrefflich«, verkündete sie mit vollem Mund. »Was müsste ich berappen für einen kleinen Laib?«

Die Frau lächelte geschmeichelt. »Einen Silberling, ebenso für den Dinkellaib.«

Wieder stand Jo völlig auf dem Schlauch.

»Ein Euro für ein kleines Brot«, klärte Tamara sie flüsternd auf.

»Ich nehme eins hiervon«, antwortete Jo und hob ihren Brotrest demonstrativ hoch. Allmählich kam sie sich vor wie auf einem arabischen Markt – ohne Dolmetscher ging ja gar nichts.

»So ist's entschieden«, wandte Tamara sich an die Frau. »Ein Dinkel- und ein Roggenlaib obendrein, wenn's Euch beliebt.«

»Stets zu Diensten.« Die Frau verschnürte die Brote mit einer groben Kordel, sodass man sie an einer Schlaufe tragen konnte, und nahm das Geld entgegen.

»Gedeihliche Esslust«, wünschte sie den Mädchen und wandte sich wieder dem Ofen zu.

»Gehabt Euch wohl«, antwortete Tamara und zog Jo weiter.

»Gele Jungfer?« Jo schmunzelte. »Müsste ich jetzt beleidigt sein?«

Tamara lachte. »Quatsch, ›Jungfer‹ sagt man zu edlen Mädchen, und ›gel‹ bedeutet ›blond‹. Sie hat dich also ›blondes Mädchen‹ genannt.«

Sie schlenderten zu einer Bank im Schatten einer Scheune und setzten sich. Tamara wühlte in ihrem Beutel und förderte ein Klappmesser zutage. Damit säbelte sie geschickt ihr Brot in zwei Hälften und reichte Jo eine davon. »Hast du Kilian schon das Foto von dem Wappen geschickt?«, fragte sie und zog auch noch eine kleine Isolierkanne hervor, die sie öffnete und nach einem tiefen Schluck an Jo weiterreichte.

»Vorhin, gleich vor der Abfahrt«, antwortete Jo und trank. Herrlich, eiskalter Pfefferminztee, gesüßt mit etwas Honig. Wo Tamara den schon wieder herhatte, fragte sie gar nicht erst.

»Und?«, hakte Tamara kauend nach.

»Er wollte es der Frau im Archiv zeigen und sich melden, sobald er was hat.«

Tamara nickte. »Was macht eigentlich deine Hand?«

Jo musterte ihre rechte Handfläche. Am Ballen und den Fingerkuppen fehlte die oberste Hautschicht. Das wunde Fleisch darunter brannte. »Geht schon«, seufzte sie.

»Warte mal.« Wieder kramte Tamara in ihrer Tasche und holte zuerst ein ziemlich zotteliges lila Wollknäuel hervor, an dem eine halb fertige Socke mit vier Stricknadeln hing. Dann zog sie nacheinander ein Päckchen Tempos und zwei kleine Fläschchen heraus.

Allmählich staunte Jo über den hässlichen Fledermausbeutel. Offenbar war er ein Raumwunder, von innen größer als von außen. Mittlerweile würde sie sich nicht einmal mehr wundern, wenn Tamara auch noch eine Picknickdecke und einen Klappgrill samt Zubehör daraus hervorzaubern würde.

Tamara schraubte die beiden Fläschchen auf und träufelte etwas vom Inhalt des ersten auf ein Taschentuch. »Zeig mal.« Sie drehte Jos Hand behutsam um. »Vorsicht, es brennt jetzt ein bisschen«, warnte sie sie und tupfte die wunden Stellen ab.

Jo sog zischend die Luft ein. »Was ist das?«

»Nur ein bisschen Eichenrindenextrakt zum Desinfizieren. Das ist sehr wirkungsvoll.« Tamara nahm ein frisches Papiertuch und benetzte es mit dem Inhalt aus der zweiten Flasche.

»Und das ist Ringelblumenöl. Das hat meine Oma selbst gemacht. Es beschleunigt den Heilungsprozess und wirkt wahre Wunder. Erinnere mich daran, dass wir das nachher noch mal drauftun.«

Jo musterte ihre Handfläche, die noch immer schmerzte, aber wenigstens nicht mehr so spannte. »Woher weißt du das alles?«

»Von meiner Oma«, antwortete Tamara und räumte ihre mobile Apotheke und das Strickzeug wieder in den Rucksack. »Und sie weiß es von ihrer Mutter, die es wiederum von ihrer Tante gelernt hat. Bei uns zu Hause nutzen wir ganz oft das alte Wissen der Kräuterfrauen. Meine Oma sagt immer: ›Die Natur hält für alle Leiden ein Mittel bereit. Die meisten Menschen haben nur vergessen, wie man sie nutzt.‹ Egal, ob Zahnschmerzen, Wunden, Schlafstörungen, Monatsbeschwerden – meine Oma weiß immer, was hilft.«

»Alles kann man aber nicht damit kurieren«, widersprach Jo. »Willst du etwa Krebs oder Aids mit ein paar Quarkwickeln heilen?« Im ersten Moment bereute Jo ihre Worte. Immerhin hatte Tamara ihr geholfen.

Doch Tamara schien alles andere als verärgert zu sein. »Nee, heilen nicht«, antwortete sie und begann, ihre Zöpfe neu zu flechten. »Ich bin ja nicht weltfremd und meine Oma ist es auch nicht. Aber ich denke, dass die alternative Medizin die Schulmedizin unterstützen kann und dass man die Chemiekeule bestimmt weniger schwingen müsste, wenn man das alte Wissen stärker in die Therapie einbeziehen würde. Quarkwickel helfen übrigens bei Husten.«

Jo betrachtete Tamara von der Seite, sie schien in allem, was sie tat, in sich zu ruhen. Das, was Jo früher vielleicht mit Trägheit verwechselt hatte, war nichts anderes als Ausdruck ihrer Besonnenheit. »Du würdest sicher eine gute Ärztin abgeben«, bemerkte sie.

»Ganz sicher nicht!«, lachte Tamara. »Dazu habe ich viel zu viel Mitleid mit den Leuten. Wenn ich Patienten hätte, die vor Schmerzen weinen, würde ich gleich mitheulen.« Sie umwickelte die Zopfenden mit Lederbändern und warf sie sich über die Schultern. »Ich möchte später unbedingt Archäologie studieren. Das will ich, seit ich denken kann. Keltische Siedlungen ausgraben, ihre Kultur erforschen, das würde mir gefallen. Und du?«

Auf diese Frage war Jo nicht gefasst. Sie hatte sich zwar immer mal wieder für bestimmte Branchen interessiert, aber nichts davon hatte ihre Leidenschaft so entfacht, wie die Archäologie es bei Tamara getan hatte. Vor einiger Zeit hatte sie zum Beispiel diese Einrichtungssendungen im Fernsehen so toll gefunden, dass sie kurz überlegt hatte, ob Innenarchitektur ihr Ding war. Aber am Computer Bilder zu bearbeiten, Werbeprospekte zu entwerfen oder Handtaschen zu designen machte ihr ebenso viel Spaß.

»Irgendetwas Kreatives, vielleicht mit Mode oder so«, antwortete sie ausweichend.

»Du wärst sicher auch eine gute Detektivin«, bemerkte Tamara zu Jos Verblüffung und stand auf.

Detektivin – auf die Idee wäre Jo im Leben nicht gekommen, aber wenn sie genauer darüber nachdachte, warum nicht?

»Komm, lass uns weitergehen, hier gibt es sicher noch viel zu entdecken«, fuhr Tamara fort und hakte Jo unter.

Sie schlenderten weiter durch die Siedlung und sahen als Nächstes einer Weberin bei ihrer Arbeit zu. Bei einem Imker durften sie sogar etwas Honig kosten und zwei Häuser weiter dem Kerzenzieher zur Hand gehen. Beim Seifensieder am anderen Ende des Dorfes erstand Tamara ein Stück Lavendelseife für ihre Oma und eins mit Zitronengras für sich selbst, während Jo für Kilian eins mit Sandelholz kaufte.

Als Jo ihre Handtasche öffnete, um die Seife darin zu verstauen, klang ihr die *Sex and the City*-Melodie entgegen. Kilian. Sofort schoss ihr das Blut ins Gesicht. Seit ihrem Streit am See hatten sie nicht mehr miteinander gesprochen, von den SMS mal abgesehen. Sie musste sich eingestehen, dass sie seine Stimme vermisst hatte. Doch was, wenn er nun anders klang, vielleicht fremd oder distanziert?

»Hey, Schatz«, meldete sie sich bemüht fröhlich und entfernte sich ein paar Schritte von der Hütte des Seifensieders. »Alles klar bei dir?«

»Hey, Cutie! Du wirst nicht glauben, was ich herausgefunden habe!«, platzte es aus ihm heraus.

Jo schloss dankbar die Augen. Er hatte sie »Cutie« genannt. Das machte er nur, wenn er es kaum noch aushielt vor Sehnsucht. »Cutie« war ein gutes, ein sehr gutes Zeichen.

»Ich muss nachher noch mal hin und etwas nachprüfen, aber wenn das stimmt, was ich vermute, dann sind wir einer Riesensache auf der Spur.« Seine Stimme überschlug sich fast vor Aufregung.

»Um was geht es denn?« Jo winkte Tamara zu sich heran und hielt das Handy so, dass sie mithören konnte.

»Das kann ich am Telefon schlecht erklären, dazu muss ich dir ein paar Kopien zeigen. Von Geburts- und Sterbeurkunden und so. Ich ziehe mir jetzt erst mal einen Döner rein und dann gehe ich wieder ins Archiv. Heute Nachmittag melde ich mich wieder. Also bis nachher dann, Cutie.«

Tamara zog eine Augenbraue hoch und schaute Jo an. »Cutie?«, formten ihre Lippen lautlos.

Jo unterdrückte ein Kichern. »Ja, okay. Bis später dann. Ach, und Schatz?« Sie schirmte den Mund mit der Hand ab. »Ich find dich auch cute.« Sie küsste noch einmal in das Telefon, bevor sie das Gespräch beendete.

Tamara grinste, als hätte sie einen Bleistift quer im Mund.

»Was?«, fragte Jo und steckte das Handy weg.

»Nix, nix«, antwortete Tamara und zwang sich zu einer ernsteren Miene, was ihr gründlich misslang. »Alles bestens … Cutie.«

KAPITEL 12

SPINNEN-TANZ

Als der Bus sie am späten Nachmittag wieder ins Schullandheim brachte, war Tamara sehr zufrieden mit sich selbst. Neben den beiden Seifenstücken, von denen eins für ihre Oma bestimmt war, hatte sie auch ein kleines Elefantenamulett aus Karneol erstanden. Der Elefant war Davids Krafttier und der Karneol sein Kraftstein. Sie würde ihm den Anhänger schenken, wenn sie das Geheimnis um Friederike gelüftet hatten. Und bis dahin war es nicht mehr lange, wenn ihr Gefühl sie nicht trog. Kilian hatte am Telefon sehr aufgeregt geklungen und gesagt, sie seien einer großen Sache auf der Spur, wenn seine Vermutungen zutrafen.

Sicher hatte er Dokumente gefunden, die erklärten, warum Friederike damals der Ketzerei angeklagt und hingerichtet worden war.

Trotzdem spürte Tamara, dass es da noch etwas anderes gab, etwas, das nicht in den alten Dokumenten zu finden war und das Friederike ihnen zeigen wollte. Wenn sie erst den Kamin in der Küche untersucht hatten, würden sich die Puzzleteile zusammenfügen lassen. Doch dazu brauchten sie Kilians Informationen.

»Wie spät ist es?«, fragte sie Jo, als der Bus ächzend am Tor des Schullandheims anhielt.

»Viertel nach fünf«, antwortete Jo nach einem knappen Blick auf ihre mit Swarovski-Kristallen besetzte Armbanduhr.

»Dann hat das Archiv gerade zugemacht.«

Sie kletterten aus dem Bus und während die anderen den Weg zu ihrer Unterkunft einschlugen, blieben Tamara und Jo am Tor zum Parkgelände stehen. Sicher würde Kilian jeden Moment anrufen und sich mit ihnen treffen wollen, da war es sinnlos, noch mal aufs Zimmer zu gehen.

»Kommst du nicht mit?« David, der mit Phil und den anderen Jungs schon fast durchs Tor war, hatte sich zu Tamara umgedreht und schaute sie fragend an.

»Oh, äh, nein. Ja, doch. Nachher. Wir müssen nur noch was ...«

David unterbrach ihr Gestammel mit einem schiefen Grinsen. »Ja klar. Versteh schon«, sagte er und damit wandte er sich ab und schloss eiligen Schritts zu den Jungs auf.

Tamara biss sich auf die Unterlippe. So konnte das nicht weitergehen, je früher sie diese Sache hinter sich gebracht hatten, desto besser.

»Der kriegt sich schon wieder ein«, murmelte Jo und klopfte ihrer Freundin zaghaft auf die Schulter. »Sollen wir schon mal zum Archiv aufbrechen?«

Tamara schüttelte energisch den Kopf. »Lass uns lieber hier warten. Wenn der Bürgermeister Kilian schon im Archiv gesehen hat und ihn dann mit uns erwischt, weiß er sofort, woher der Wind weht.« Sie schaute David hinterher, der sich ohne einen weiteren Blick zurück von ihr entfernte. »Besser, wir treffen uns an einem neutralen Ort mit ihm. Im Eiscafé zum Beispiel.«

Nach einer Viertelstunde vergeblichen Wartens beschlossen sie, Kilian noch eine weitere Viertelstunde zuzugestehen. Vielleicht war seine Spur ja so heiß, dass er noch etwas Dringendes erledigen musste, bevor er sich bei ihnen meldete.

Als auch diese verstrichen war, versuchte Jo, ihn anzurufen, doch es ging nur die Mailbox an.

»Das hat nichts zu bedeuten«, beruhigte Tamara sie. »Du hast doch selbst gemerkt, wie mies das Handynetz hier ist. Versuch es einfach später noch mal.«

Die Turmuhr der Kirche schlug sechs, als Jo ihm nach weiteren vergeblichen Versuchen eine SMS schickte mit der Bitte, sich doch unbedingt bei ihr zu melden. Jo schaute mittlerweile im Minutentakt auf ihre Uhr. »Ob ihm was passiert ist?«

»Ach, wie denn? Das hier ist schließlich nicht Chicago. Jede Wette, dass er sich bald meldet«, machte Tamara ihr und insgeheim sich selbst Mut.

In dieser Gegend dürfte die Verbrechensrate bei null liegen. Es gab nicht einmal Graffitis an den Wänden, vermutlich galt ein Fahrraddiebstahl hier schon als Kapitalverbrechen. Was sollte Kilian also zugestoßen sein? Trotzdem machte sich ein ungutes Gefühl in Tamara breit.

Sie wollte gerade vorschlagen, nun doch zum Archiv zu gehen und nach ihm zu sehen, als Jos Handy miaute. Die Nachricht war von Kilian und lautete: »Hey! Muss noch was checken. Melde mich später. C ya.«

»Na bitte, alles bestens.« Tamara stellte überrascht fest, wie erleichtert sie war. »Komm, es gibt gleich Abendessen. Danach sehen wir uns den Kamin an, vielleicht ist Kilian bis dahin mit neuen Infos da.«

Obwohl das Abendessen längst beendet und das Büfett leer geräumt war, blieben die Tische dennoch voll besetzt. Wie auch Tamara und Jo hatten viele den Besuch des Slawendorfs zu einer kleinen Einkaufstour genutzt und sich mit Mitbringseln für die Daheimgebliebenen eingedeckt. Überall wurden selbst gezogene Kerzen, Schnitzereien, Keramiken und Lederwaren vorgeführt. Duftöle machten die Runde, ebenso wie verschiedene Schutzamulette, von denen keiner zu wissen schien, was sie wirklich bedeuteten. Svenja hatte ein silbernes Medaillon mit drei ineinander verschlungenen Hasen erstanden und erklärte Chloé und Michelle, wie glücklich sie darüber sei, wo sie Kaninchen doch so liebte. Ob sie ahnte, dass sie sich da gerade ein Fruchtbarkeitsamulett um den Hals band?

Tamara beugte sich zu Jo hinüber und raunte ihr die wahre Bedeutung des dreifachen Hasen zu.

Jo hatte Mühe, einen Lachanfall zu unterdrücken. »Dann wollen wir mal hoffen, dass bei Svenja in Zukunft nicht mehr ausbleibt als gute Noten in Vokabeltests«, kicherte sie. »Es heißt ja, Jonas würde gleich aufs Ganze gehen, wenn er eine neue Freundin am Start hat.«

»Ob ich es ihr sagen soll? So was sollte man sich nicht zum Spaß umhängen.« Tamara betrachtete skeptisch die silberne Scheibe, die an einem Lederbändchen knapp über Svenjas Busen baumelte.

Jo zuckte mit den Achseln. »Mach doch! Aber sie wird dich sicher nur auslachen. Außerdem muss man doch dran glauben, oder? Und Svenja glaubt ja an gar nichts, außer an sich selbst.«

»Du hast recht«, stimmte Tamara widerwillig zu. Dass jemand sich ein Amulett nur zu Dekorationszwecken um den Hals band, kam aus ihrer Sicht Blasphemie gleich. Würden sich die Leute auch einen Rosenkranz umhängen, nur weil er hübsch ist? Aber wie Jo schon gesagt hatte: Wenn man ohnehin nicht daran glaubte, funktionierte ein Amulett sowieso nicht.

Tamara riss ihren Blick von Svenja los und konzentrierte sich auf ein anderes Problem. »Wichtiger ist, dass wir langsam mal die Leute hier rausbekommen. Wenn wir Pech haben, hängen die noch bis Mitternacht hier rum.«

Jo nagte an ihrer Unterlippe, dann grinste sie. »Lass mich mal machen«, wisperte sie in Tamaras Ohr und huschte von den anderen unbemerkt hinaus.

Tamara schaute ihr verblüfft hinterher. Geistesblitze gehörten doch sonst nicht zu Jos Repertoire. Hoffentlich tat sie nichts Unüberlegtes. Tamara bereute schon, dass sie sie alleine hatte gehen lassen, da wurde es schlagartig dunkel im Saal.

»Oh nein, nicht schon wieder«, hörte sie Michelles Stimme aus all den anderen Unmutsbekundungen heraus.

»Stromrechnung nicht bezahlt, was?«, witzelte Phil.

»Okay, ihr kennt das Prozedere«, ergriff Herr Bierkamp das Wort. »Alle gehen auf ihre Zimmer. Langsam, bitte. Nicht, dass hier im Dunkeln noch jemand hinfällt.«

Unter allgemeinem Murren und Stühlerücken leuchteten überall Handydisplays als Behelfstaschenlampen auf. Wie bei einer Lichterprozession zogen alle geschlossen zur Tür hinaus in die Eingangshalle. Alle bis auf Tamara. Sie war im Gedränge unauffällig unter den Tisch gekrochen und wartete, bis das Getrappel auf der Treppe und das Murmeln verklungen waren.

Kurz darauf hörte sie leise Schritte näher kommen.

»Pssst, Tamara?«, wisperte Jo in den Saal.

»Hier unten.« Tamara spähte unter der Tischplatte hervor. Mittlerweile hatten sich ihre Augen an die Dunkelheit gewöhnt, sodass sie ohne Mühe Jos Schemen in der offenen Tür erkennen konnte. Sie krabbelte unter dem Tisch hervor und richtete sich auf. »Du hast den Strom abgeschaltet«, stellte sie fest. »Aber woher weißt du, wo der Sicherungskasten ist?«

»Auf der Geburtstagsparty habe ich gehört, wie jemand sagte, dass der Kasten am Hinterausgang, links neben der Garderobe hängt«, flüsterte Jo und zog die Tür hinter sich zu. »Ich bin mal gespannt, wie lange sie brauchen, bis sie ...«

Die Deckenlampen gingen so plötzlich wieder an, dass Tamara kurz die Augen zukneifen musste.

»Aha«, bemerkte Jo. »Das ging ja schnell.« Sie tastete nach dem Schalter und löschte das Licht.

»Das wird Ärger geben«, unkte Tamara.

»Ach Quatsch, das war doch nur ein harmloser Streich. Außerdem, wer weiß denn, dass ich es war?«

Sie betraten die Küche, die in dunklen Schatten lag. Der Kamin am hinteren Ende war nur als grober Umriss zu erkennen und der Geschirrspüler darin als glänzende Fläche. Wie sollten sie in der Dunkelheit etwas finden?

»Komm, hilf mir mal.« Schon eilte Jo zu einem der beiden Fenster und ließ den Rollladen herunter. Tamara nahm sich das andere Fenster vor und als auch dieser Laden heruntergelassen war, wagte Jo es, den Lichtschalter zu betätigen. Surrend sprangen die Neonröhren über ihren Köpfen an.

»Also los«, sagte Jo und ging zum Geschirrspüler.

Wie ihr Tamara bereits erzählt hatte, passte das Gerät perfekt in den Kaminschacht. Den Spalt zwischen dem Gehäuse und der Wand hatte man mit einer gut 15 Zentimeter breiten Chromblende verkleidet, sodass nicht die kleinste Lücke geblieben war. Es war zweifellos der gesuchte Kamin, aber wie sollten sie ihn untersuchen?

»Meinst du, man kann diese Blende irgendwie entfernen?«, überlegte Jo.

»Das fragst du mich?« Tamara lachte trocken auf.

»Ich dachte ja nur, weil du sonst auch immer für alles eine Lösung weißt …«, antwortete Jo achselzuckend.

Na toll. Jetzt, da sie beide Freundinnen geworden waren, hielt Jo Tamara anscheinend für eine Art Allroundgenie. Hoffentlich fiel die Enttäuschung nicht allzu herb aus, wenn sie irgendwann dahinterkam, dass sie weit davon entfernt war, ein Genie zu sein. Alternative Heilmethoden, okay, da kannte sie sich aus, aber Technik? Die Blende ließ sich garantiert nicht durch Handauflegen und Besprechen lösen.

»Schrauben sehe ich keine, aber sie muss doch irgendwie befestigt sein.« Jo trat näher heran und fuhr mit den Fingernägeln an der äußeren Kante entlang.

»Vorsicht, deine Nägel«, warnte Tamara sie und fing sich damit einen vernichtenden Blick ein.

»Hier ist eine ganz dünne Rille«, erklärte Jo. »Gib mir mal ein Messer.«

Tamara zog ein Ausbeinmesser aus dem Messerblock neben dem Herd und reichte es Jo.

»Ein größeres konntest du wohl nicht finden, was?«, grinste Jo, schob die Klinge in den Spalt und führte sie nach unten, bis sie stecken blieb. »Da ist was.« Jo ruckelte das Messer vorsichtig hin und her, da klackte es leise und die Blende sprang ein paar Zentimeter vor.

»Ah, so funktioniert das«, staunte Tamara. »Da sind Klammern drin.«

Jo arbeitete sich Stück für Stück weiter nach unten, bis sie vier weitere Klammern auf der linken Seite gelöst hatte. Nachdem Tamara nun wusste, wie es gemacht wurde, griff auch sie sich ein Messer und nahm sich die rechte Seite vor. Der Rest war ein Kinderspiel, sodass sie kurz darauf auch die übrigen Halterungen geöffnet hatten und die Blende abheben konnten.

»Ist ja ekelig«, ächzte Jo beim Anblick der staubverklebten Spinnweben, die sich im gesamten Spalt ausdehnten.

»Du stellst dich aber mädchenhaft an.« Kopfschüttelnd griff Tamara sich eins der Geschirrtücher, die über dem Griff des Backofens hingen, und wischte das Gespinst beiseite. Ob Jo sich dessen bewusst war, dass ihr schickes Seidenblüschen, das sie bei ihrer Ankunft vor einigen Tagen getragen hatte, letztlich aus nichts anderem bestand?

Ohne auf Jos angewiderten Gesichtsausdruck zu achten, fuhr Tamara mit der rechten Hand in den Spalt und befühlte die Innenseite des ehemaligen Kamins.

»Und?«

Tamara schüttelte den Kopf und schob den gesamten Arm bis zur Schulter hinein. Mit ihrer Handfläche ertastete sie die rußverschmierten Schamottsteine und mit den Fingerspitzen die Rückwand des Kamins. An einigen Stellen war der Mörtel herausgebröckelt, doch nirgendwo entdeckte sie eine Lücke oder sonst etwas Verdächtiges.

»Willst du ernsthaft nur zusehen?«, fragte sie Jo, als sie in die Hocke ging, um auch den unteren Bereich zu untersuchen.

»Aber da sind Spinnen drin«, protestierte Jo in einem Anflug von Panik. »Ganz fette.«

»Blödsinn! Die sind längst alle ausgewandert. Hast du nicht gesehen, wie alt die Netze … Ah!« Plötzlich stieß Tamara so tief mit dem Arm in den Spalt, dass ihr Kopf gegen den Geschirrspüler schlug. »Oh, mein Gott! Sie hat mich! Zieh mich raus, Jo! Zieh!«

Jo quiekte vor Entsetzen und vollführte ein paar komplizierte Tanzschritte, bevor sie Tamaras freien Arm packte und wie von Sinnen daran zerrte.

»Sie hat mich! Zieh doch!«

»Ich mach ja schon!«

Endlich schien Jo das Tauziehen um Tamara zu gewinnen. Mit einem Ruck fiel Tamara ihr entgegen, den rechten Unterarm fest mit der linken Hand umklammert. »Sie hat mir die Hand abgebissen! Oh nein, meine Hand!«

Schockiert starrte Jo auf Tamaras Unterarm, betrachtete die völlig unversehrte Hand und begriff endlich. »Du blödes Miststück!«, zischte sie und boxte Tamara gegen die vor Kichern bebende Schulter. »Mach das bloß nie wieder!«

Tamara lehnte sich mit dem Rücken an den Geschirrspüler und blickte in Jos noch immer schreckensbleiches Gesicht. Sie konnte sich kaum halten vor Lachen. Klar, es war fies, sogar sehr fies. Weiß der Teufel, was sie da geritten hatte, aber

Jos Anblick war es allemal wert gewesen. »S-Sorry, aber ich k-konnte echt nicht anders«, prustete sie.

»Miststück!«, wiederholte Jo, doch inzwischen konnte auch sie sich das Kichern nicht verkneifen. »Das hat mich gerade zehn Jahre meines Lebens gekostet. Wenn ich mit dreißig graue Haare habe, dann ist das nur deine Schuld.«

»Wozu gibt es Henna?«, fragte Tamara und stemmte sich hoch. »Los, machen wir weiter, und nein, da sind wirklich keine Spinnen drin. Nur Ratten«, setzte sie glucksend hinzu, als Jo widerwillig ihren Arm auf der anderen Seite in den Spalt schob.

»Das war anscheinend ein Griff ins Klo«, stellte Tamara zehn Minuten später fest.

»Im wahrsten Sinne des Wortes«, ergänzte Jo und betrachtete missmutig ihre Arme, die ebenso wie Tamaras bis zu den Schultern dreckbeschmiert waren. Sogar die Ärmel ihres Shirts hatten etwas abbekommen und klebten vor Ruß und Fettresten, die es im Laufe der Jahre irgendwie hinter den Geschirrspüler geschafft hatten.

»Ich fürchte, die Flecken bekommst du nie wieder raus«, bemerkte Tamara.

»Als ob ich das noch mal anziehen würde! Das Ding taugt nur noch für den Müll.« Jo zupfte ein Fettbröckchen von ihrem ehemals sonnengelben Shirt und betrachtete es angewidert, bevor sie es achtlos fortschnippte.

»Was das wohl mal war?«, überlegte Tamara. »Vielleicht hundert Jahre altes Frittenfett mit Küchenschabenkacke?«

Jo tat, als müsse sie würgen. »Das will ich gar nicht wissen.«

Nachdem sie sich am Spülbecken die Hände gewaschen hatten – Jo so ausgiebig, als wolle sie sich auf eine Herz-OP vorbereiten –, widmeten sie sich wieder dem Kamin.

»Was auch immer Friederike versteckt hat, es ist nicht im Inneren des Kamins«, fasste Tamara zusammen. »Aber wo sonst?«

»Vielleicht irgendwo am Sims. Hier zum Beispiel.« Jo tippte an die weiß überlackierte Schnitzerei am Kaminvorsprung. »Aber dann sind wir echt angeschmiert. Das Ding ist schon so oft überlackiert worden, wie sollen wir da was finden?«

Tamara trat näher heran und musterte jeden einzelnen Schnörkel der Schnitzerei. Jo hatte recht, der Lack war an einigen Stellen schon so dick, das er die feinen Strukturen im Holz eingeebnet hatte. Aber dennoch. Irgendwo hier hatte Friederike etwas hinterlassen. Tamara schloss die Augen und konzentrierte sich auf Friederike. Sie würde ihr bestimmt den Weg weisen. Dann ließ sie ihre Hände Zentimeter für Zentimeter über den Kaminsims wandern. Sie ertastete die glatte Oberfläche, hier und da eine Nase, weil der Lack heruntergelaufen war, kleine Bläschen in den Vertiefungen, wo sich zu viel Farbe gesammelt hatte. Ihre Finger folgten geschnitzten Weinranken und Reben, bis sie die gekreuzten Hellebarden und das dreiblättrige Kleeblatt fanden. Friederikes Familienwappen. Tamara befühlte die Kante des Wappens von allen Seiten. Es hatte in etwa die Größe eines Pizzatellers. Sie ertastete einen feinen Riss, der das Emblem umrundete, und trommelte schließlich mit den Fingerknöcheln leicht dagegen.

»Hörst du das?«, wisperte sie und öffnete die Augen. Sie klopfte gegen die Weinranken und dann noch mal gegen das Wappen.

Jos Augen weiteten sich. »Ein Hohlraum?«

»Ein Hohlraum«, bestätigte Tamara und tätschelte das Wappen. »Genau hier.«

»Aber wie kommen wir da heran?«

Tamara bedeutete Jo, beiseite zu gehen, damit mehr Licht auf das Wappen fiel, und schaute seitlich auf die Umrandung.

Tatsächlich, da war eine dünne Rille, mit dem bloßen Auge kaum zu sehen. Haarfein führte sie einmal ganz um das Abzeichen herum.

»Weißt du, wie solche Risse im Lack entstehen?«, fragte Tamara. »Das passiert, wenn das Holz unterschiedlich arbeitet. Das Wappen und der Balken sind nicht aus einem Stück.« Sie griff das Ausbeinmesser und kratzte an der Wappenkante entlang.

»Bist du bescheuert?«, keuchte Jo. »Du kannst das doch nicht kaputt machen.«

Tamara setzte das Messer an und begann, die Klinge unter das Emblem zu schieben. Es knirschte leise, als einige Farbsplitter abplatzten und hinabrieselten. Hoffentlich ging nicht allzu viel entzwei. Die Lackschäden würden sie später mit Zahnpasta wieder auffüllen und wenn sie Glück hatten, würde bis zu ihrer Abreise niemand die Bescherung bemerken. Tamara zwängte die Klinge tiefer hinein und hebelte den Spalt immer weiter auf, bis sie darunter das blanke Holz und die Verzapfung erkennen konnte. Tamara griff sich einen Löffel aus der Besteckschublade und schob ihn in die Öffnung.

»Hier, halt das fest«, forderte sie Jo auf und machte sich daran, auch die gegenüberliegende Seite des Wappens zu lösen. Jetzt, da sie schon einen Anfang hatte, ging es viel leichter. Ein paar beherzte Drehungen des Handgelenks und schon fiel ihr das Wappen in die Hände.

Es war überraschend schwer, vermutlich war es aus massiver Eiche. Sie stellte es achtlos zur Seite, denn das, was hinter dem Schild verborgen war, beanspruchte ihre volle Aufmerksamkeit. »Krass«, hauchte Tamara beim Anblick des Hohlraums, der nun zum Vorschein gekommen war. Er erinnerte in seiner Form an einen Briefkasten und schien recht tief zu sein.

»Also ich fasse da auf keinen Fall rein«, stellte Jo klar und verschränkte die Arme vor der Brust. »Wer weiß, vielleicht steckt da eine Falle drin. Etwas, das einem die Finger abhackt. Oder irgendein Gift. Am Ende geht es uns so wie den Archäologen, die damals diesen Tut Dingsda ausgegraben haben. Die wurden alle, einer nach dem anderen, von einem Fluch heimgesucht.«

Tamara tippte sich an die Stirn. »So ein Stuss. Fluch. Die haben harmlose Pilzsporen eingeatmet und nur weil sie vorher gesundheitlich angeschlagen waren, haben sie davon Lungenentzündung bekommen. Außerdem ist das hier kein Pharaonengrab. Leuchte mal mit deinem Handy hierein, vielleicht kann ich ja etwas erkennen.«

Jo zog ihr Handy hervor. »Noch immer nichts von Kilian«, stellte sie bei einem kurzen Blick auf das Display fest, dann hielt sie das Licht an die Öffnung.

Tamara stellte sich auf die Zehenspitzen, um in den Spalt hineinschauen zu können. Zuerst erkannte sie nichts, doch dann entdeckte sie ein paar goldene Fasern, die an der Rückseite des Schachts schimmerten. Vorsichtig schob sie ihre Hand hinein.

Der Schacht machte nach wenigen Zentimetern einen scharfen Knick nach unten. Tamara musste sich ziemlich verrenken, um ihm in die Tiefe zu folgen. Dann ertasteten ihre Finger etwas Weiches. Die Oberfläche fühlte sich faserig an, fast wie Leinen. Und sie bemerkte darin etwas Hartes, Eckiges. Ein Bündel. Sie fasste es und zog es nach oben. Sie musste es ein bisschen hin und her drehen, um es über den Knick hinwegziehen zu können, doch dann hatte sie es endlich geschafft. Es war ein Päckchen, eingewickelt in ein Brokattuch. Mittlerweile waren die Farben verblichen, die Goldfäden an den Kanten ausgefranst und angelaufen, doch Tamara ahnte, dass dieses Stück Stoff einst sehr kostbar gewesen war.

»Wickeln wir es aus«, forderte Jo sie auf und griff nach dem Bündel.

Doch Tamara zog es ihr weg. »Langsam! Das ist viele Hundert Jahre alt und es hat Friederike gehört. Wir wollen es doch nicht kaputt machen.«

Behutsam drehte sie das Bündel um und schlug erst die linke, dann die rechte Seite des Brokats auf. Kleine Staubwölkchen stiegen hoch und kitzelten Tamaras Nase. Es roch muffig und ein bisschen ranzig. Sie schlug die beiden übrigen Stofflagen um und erblickte den ledernen Einband eines Buches. Auf dem Deckel war das Familienwappen mit den Hellebarden und dem Kleeblatt eingeprägt, darunter die verschnörkelten Initialen »F V H«. Fein ziselierte silberne Beschläge verstärkten die Kanten des Buches. Des Tagebuches, verbesserte Tamara sich in Gedanken, denn dass sie Friederikes höchst persönliche Notizen in Händen hielt, war offensichtlich. Ein wahres Schmuckstück, auch jetzt noch, nach all den Jahrhunderten.

Jo fand als Erste ihre Sprache wieder. »Schlag es auf«, hauchte sie und krallte sich in Tamaras Oberarm.

Behutsam klappte Tamara den Deckel auf. Beinahe befürchtete sie, das Buch würde durch die bloße Berührung ihrer Finger Schaden nehmen, doch es ließ sich so leicht öffnen, als ob es nur auf diesen Moment gewartet hatte.

Zuerst fiel ihr ein Wasserzeichen in Form eines Widders auf. Vermutlich das Logo der Papiermühle, die einst die Seiten dieses Buches hergestellt hatte. Tamara blätterte weiter und entdeckte die ersten drei Zeilen in Friederikes Handschrift. In gleichmäßigen Linien zogen sie sich über das vergilbte Papier. Hier und da hatte sich die schwarze Tinte bräunlich verfärbt und winzige Löcher in die Seiten geätzt, doch ansonsten war der Text in einem erstaunlich guten Zustand.

»Kannst du das lesen?«, fragte Jo.

Tamara starrte angestrengt auf das Papier. Zuerst schienen die seltsamen Schlingen und Zacken, die sich da ausbreiteten, keinerlei Ähnlichkeit mit dem ihr vertrauten Alphabet zu haben. Doch dann verschwammen die Linien und formierten sich neu. »Hast du das gesehen?«, keuchte sie.

»Nein, was denn?«

Tamara kniff die Augen zusammen und betrachtete die Buchseite erneut. Das konnte doch nicht möglich sein! »Das da.« Mit zitternden Fingern tippte sie auf die Zeilen, die sich vor wenigen Sekunden noch geweigert hatten, ihren Sinn zu offenbaren. Nun formten sie eine andere Handschrift, immer noch ein wenig fremdartig, doch durchaus lesbar.

»Sorry, für mich sieht das aus wie Kyrillisch oder so. Ich kann das jedenfalls nicht entziffern.«

Sogar durch den Brokatstoff hindurch spürte Tamara, wie sich das Buch abkühlte. Innerhalb kürzester Zeit bildeten sich glitzernde Eiskristalle auf dem Papier. Hastig schlug sie das Buch zu und wickelte es wieder in das Tuch. »Hier ist der falsche Ort. Wir nehmen es mit rauf in unser Zimmer«, erklärte sie und legte das Päckchen auf den Sims. »Hilfst du mir mal?«

Mit ein paar Faustschlägen befestigten sie das Wappen wieder an seinem Platz. Ebenso machten sie es mit der Blende des Geschirrspülers, doch irgendwie erwies sich das Wiederanbringen als wesentlich schwieriger als das Entfernen.

»Wir sind geliefert«, stellte Jo beim Betrachten ihres Werkes fest.

Die Blende des Geschirrspülers hatte ein paar Kratzer abbekommen, doch die konnte man nur erkennen, wenn man genau darauf achtete. Das Wappen war das eindeutig größere Problem. Nicht nur, dass ihnen der abgesplitterte Lack am Rand förmlich ins Auge sprang. Es hatte sich auch nicht vollständig wieder in seine Verzapfung fügen wollen und stand nun an einer Seite einen halben Zentimeter hervor. Sie würden schon einen ganzen Eimer Zahnpasta benötigen, um das zu überdecken.

»Hier muss doch irgendwas zu finden sein.« Tamara öffnete auf Verdacht ein paar Küchenschränke, fand aber nur Dosenravioli, Pakete mit Kartoffelpüree, ein paar Gläser Marmelade und jede Menge Geschirr.

Jo hatte sich derweil den Kühlschrank vorgenommen und hob ein Päckchen Frischkäse hoch. »Wie wäre es hiermit?«

»Hast du sie nicht alle? Das wird doch ranzig!« Tamara öffnete den Besenschrank. Zwischen Schrubbern, Spülmittelflaschen, Glasreinigern und einem Beutel mit Topfschwämmen fand sie eine große, blau-weiße Tube. Sie schraubte die Spitze ab und quetschte eine zähe, glänzend weiße Masse heraus. »Ich hab was«, rief sie und hielt sich sogleich die Hand vor den Mund. Das fehlte noch, dass sie erwischt wurden. Es war sowieso schon ein Wunder, dass sie noch niemand bemerkt hatte bei dem Radau, den sie veranstalteten.

»Cool, und was ist das?« Jo nahm ihr die Tube aus der Hand und las die Aufschrift vor. »›Universal-Polierpaste. Reinigt alle Metalle wie Kupfer, Messing, Edelstahl. Der ideale Helfer für den Haushalt.‹«

Sie machten sich gemeinsam ans Werk und es stellte sich heraus, dass die Tubenaufschrift nicht zu viel versprochen hatte. Die Paste füllte die Lücke perfekt und verbarg die Lackschäden ohne sichtbaren Farbunterschied. Sogar die feinen Kratzspuren, die sie auf dem Edelstahlrahmen hinterlassen hatten, ließen sich damit wegpolieren.

Jo wischte die letzten Fingerabdrücke fort, da hörte Tamara ein Geräusch im Speisesaal, als ob Stuhlbeine über den Linoleumboden kratzten.

»Versteck dich!« Lautlos hastete Tamara zum Lichtschalter und legte ihn um. Keine Sekunde zu früh, denn sie konnte sich gerade noch hinter die Tür flüchten, als diese geöffnet wurde. Der Strahl einer Taschenlampe tastete sich in die Küche.

»Hallo?«, rief Frau Slegert halblaut. »Ist hier jemand?«

Tamara hielt den Atem an. Hoffentlich hatte Jo noch rechtzeitig ein Versteck gefunden. Aus den Augenwinkeln beobachtete sie den Lichtstrahl, der über den Boden und die Arbeitstische immer tiefer in den Raum wanderte. Wenn die Slegert bloß nicht auf die Idee kam, das Licht ... verdammt! Sie hatte den Gedanken kaum zu Ende gedacht, da sprang die Neonbeleuchtung an. Tamara biss sich auf die Fingerknöchel, um nicht laut aufzustöhnen. Bleib in der Tür stehen, flehte sie stumm, bleib einfach hier stehen, guck kurz und dann geh wieder.

Frau Slegert schien jedoch andere Pläne zu haben. Mit leisen Schritten betrat sie die Küche und ging bis zur Mitte des Raumes. Sie trug ein pinkfarbenes Hello-Kitty-Nachthemd und *Simpsons*-Hausschuhe und Tamara fragte sich, ob die junge Lehrerin möglicherweise wegen ihrer Vorliebe für Comic-Nachtwäsche noch Single war.

»Hallo?«, wiederholte die Frau unsicher und sah sich nach allen Seiten um.

Wo Jo bloß steckte? Hoffentlich hatte sie die Tube weggeräumt. Tamara warf einen vorsichtigen Blick zum Tisch beim Geschirrspüler. Ja, die Tube war verschwunden. Zum Glück. Erleichtert wollte sie aufatmen, da bemerkte sie etwas anderes – das Tagebuch! Es lag noch immer auf dem Kaminsims. Entsetzt schlug Tamara die Hände vor den Mund. Das hätte sie jedoch lieber sein gelassen, denn offenbar waren ein paar Staubreste aus dem Brokat an ihren Handflächen hängen geblieben. Sofort kribbelte es in ihrer Nase.

Nein.

Nicht niesen!

Tamara hielt krampfhaft die Luft an. Tränen traten ihr in die Augen, die Nase füllte sich mit Rotz.

Nicht niesen!

Unter dem Tränenschleier fixierte sie das Tagebuch. Es lag da, wie auf dem Präsentierteller. Jeden Augenblick würde die Slegert es entdecken. Tamaras Herz hämmerte wie eine Totentrommel. Dass die Lehrerin es nicht hörte, grenzte an ein Wunder.

Geh doch, so geh doch endlich, flehte sie stumm und drückte ihre Nasenflügel mit den Fingern zusammen. Sternchen tanzten vor ihren Augen auf. Gleich würde sie umkippen oder ersticken. Sie überlegte schon, welche Ausrede sie ihrer Lehrerin auftischen würde, da ging plötzlich das Licht aus und die Tür, hinter der Tamara gerade tausend Tode starb, schloss sich. Japsend lehnte sie sich gegen die Wand und rutschte ganz langsam daran hinunter. So plötzlich, wie Frau Slegert verschwunden war, hatte sich auch Tamaras Niesreiz verflüchtigt.

»Na endlich, ich dachte, die haut gar nicht mehr ab.« Die Tür des Besenschranks öffnete sich und eine reichlich angesäuerte Jo schaute zwischen den Schrubbern und Putzlumpen hervor. »Jetzt schnapp dir endlich das verdammte Buch und dann nichts wie weg hier.«

KAPITEL 13

MANO FICO

Tamara riss ein Streichholz an und entzündete den roten Kerzenstumpen, den sie auch schon bei ihrer Geistreise verwendet hatte. Dann hielt sie die Spitze eines Räucherstäbchens an die Flamme und blies es gleich wieder aus. Ein würziger, frischer Duft erfüllte das Zimmer und erinnerte Jo an das Badeöl, das ihre Mutter hin und wieder verwendete. Nicht unangenehm.

»Was ist das?«, fragte sie Tamara, die das glimmende Stäbchen auf einem handgetöpferten Halter in Form eines Lilienblatts befestigte.

»Rosmarin. Das erfrischt die Sinne. Ich dachte, das könnten wir jetzt gut gebrauchen.« Sie nahm das Buch und machte es sich damit auf ihrem Bett gemütlich. »Komm zu mir, dann muss ich nicht so laut lesen.«

Achselzuckend nahm Jo ein Kissen von ihrer Matratze und kroch damit ans Fußende von Tamaras Bett. Nachdem sie es sich gemütlich gemacht hatte, schlug Tamara das Tagebuch auf.

Sogleich spürte Jo eine feuchte Kälte von dem Buch aufsteigen, genau wie gestern, als der Türgriff des Kaminzimmers vereist war.

»Was ist?«

»Die Schrift. Sie verändert sich wieder«, erklärte Tamara und zog sich die Zipfel ihres Umhangs über die Finger.

Jo nickte. Friederike war also wieder am Werk. »Und? Kannst du es lesen?«

Tamara räusperte sich und begann: »›Dieses Buch birgt die geheimsten Gedanken der Erbherzogin Friederike von Heinen.‹«

»Friederike von Heinen«, wiederholte Jo. »Zumindest kennen wir nun ihren vollen Namen.«

»Und ihren Titel. Sie war die Tochter eines Herzogs«, setzte Tamara hinzu und schlug die Seite um. »Mal sehen, was sie uns zu berichten hat.« Sie nippte an der Isolierkanne, in der noch ein Rest Pfefferminztee vom Ausflug war, und las weiter:

15. April Anno Domini 1524

Heute war ein Tag, an dem ich jubilieren wollte! Endlich hatte der Winter ein Einsehen und überließ dem Frühling das Feld. Die Sonne lachte hell und klar vom Himmel auf mich herab und ich durfte zum ersten Mal ein Mieder tragen, denn seit heute zähle ich 15 Lenze. Vater hatte zur Feier des Tages zwei Schweine, ein Schaf und zehn Kapaune schlachten lassen und der alte Michel brachte sogar einen Rehbock und fünf Hasen aus dem Wald mit.

Das war ein Fest! Oheim Einar und Base Luise aus Malchow waren zusammen mit ihrer Kinderschar da, ebenso die Verwandten aus dem fernen Plauen. Seltsam, die fremden Kinder Vettern und Basen zu nennen. Leider konnten die Großeltern nicht kommen, für sie war die lange Reise zu beschwerlich. Dennoch, ein Freudentag! So viele Geschenke! Ich vermag nicht, sie alle aufzuzählen. Dieses Büchlein, ein Geschenk meiner lieben Frau Mutter, soll einen besonderen Platz einnehmen. Darin will ich von nun an meine Gedanken festhalten. Es soll mein Tagebuch sein.

Das erste Geheimnis, welches ich ihm im Scheine meines Nachtlichts anvertrauen möchte, hat einen Namen. Er lautet Gernot. Gernot – ein einfaches Wort nur, doch es bringt etwas in mir zum Klingen! Seine kastanienbraunen Augen, das pechschwarze Haar und sogar ein Bart wächst ihm bereits. Ich hörte, wie Vater mit Gernots Vater, dem Kurfürsten zu Lauenberg, sprach. In einem Jahr darf Gernot um mich freien. Mir schwirrt der Kopf bei dem Gedanken, schon bald Gernots Frau, die Gemahlin des Kurprinzen, zu sein.

Eine stattliche Mitgift habe ich beisammen und da meinen Eltern kein Sohn geschenkt ward, wird mein zukünftiger Gemahl obendrein dereinst sowohl meines Vaters Adelstitel erhalten, als auch dessen Platz im Stadtrat einnehmen. Gernot indes sagt, ihm sei dies einerlei. Er begehre alleine mich, selbst wenn ich die niedrigste Magd und sonder jedweden Besitzes wär.

Helene sagte, alle jungen Herren seien gleich. Ein hübsches Gesicht und wohlgeformte Schenkel ließen jeden mit den Lenden denken, doch sie kicherte dabei. Schamlose Helene! Dauernd sagt sie Dinge, die mich erröten lassen. Dennoch werde ich sie vermissen, meine liebe, herzensgute, freche Amme.

»Das liest sich, als sei da für sie noch alles Friede-Freude-Eierkuchen«, bemerkte Jo. »Kein Wort über ihr Gesicht und erst recht nichts von diesem Bero. Ob sie und Gernot noch zusammengekommen sind?«

Tamara ließ die Buchseiten an ihrem Daumen vorbeilaufen. »Es ist etwa dreiviertel voll. Wenn sie jeden Tag reingeschrieben hat, dann wird es knapp mit der Hochzeit.«

»Blätter mal weiter vor. Am Anfang scheint ja noch nicht viel los zu sein.«

Tamara überblätterte die ersten zehn Seiten und begann erneut zu lesen:

30. April Anno Domini 1524

Heute will Gernot mich besuchen. Zum Tanz in den Mai! Ich bin schon ganz aufgeregt. Vielleicht können wir uns beim Reigen unter der Dorflinde davonstehlen und vielleicht schenke ich ihm sogar einen Kuss.

Mein schönstes Kleid will ich tragen, aber hoffentlich stiert mich dieser Bero von Kreutzmarck nicht wieder so unverschämt an, wie er es bereits auf meinem Geburtstag getan hat.

»Aha!«, rief Jo aus. »Ätzmolch Bero betritt die Bühne. Bin mal gespannt ... ja, gut, bin ja schon still.« Als sie Tamaras tadelnden Blick bemerkte, verstummte sie mit einer Ich-zieh-den-Reißverschluss-vor-meinem-Mund-zu-Geste.

»Okay, also wo war ich?« Tamara suchte nach der richtigen Zeile. »Hier. Weiter geht's.«

Seinen kleinen Schweinsaugen entgeht nichts und ich spüre seine begehrlichen Blicke wie kalte Finger auf meinem Busen. Dabei könnte er mein Großvater sein. Helene sagt zwar, er sei erst vierzig, doch er sieht wie ein alter Eber aus mit seinem Hängebauch und den struppigen Borsten, die sein rotes Gesicht verunzieren. Und er riecht auch wie einer. Das erzählte ich Helene, doch sie tadelte mich und sagte, ich solle ein wenig mehr Achtung zeigen vor dem Landvogt meines Vaters. Pah! Es ist ja auch nicht ihre Hand, um die der Eber angehalten hat, sondern die meine! Gottlob hat Vater ihn sogleich darüber in Kenntnis gesetzt, dass ich bereits versprochen bin.

Dies wiederum lässt mein Herz auffliegen wie einen jungen Sperling. So ist es also bereits beschlossene Sache. Gernot und ich werden heiraten.

Tamara blätterte wieder ein paar Seiten vor und las dabei flüchtig ein paar Zeilen.

»Hier steht, wie sie und Gernot beim Tanz in den Mai rumgemacht haben. Liebes Lottchen, die sind ja damals zur Sache gegangen. Von wegen ›einen Kuss schenken‹.« Sie überflog die Passage, grinste und blätterte weiter, bis sie bei einem anderen Eintrag hängen blieb.

Heute ist Johannistag, doch wenngleich sich alle auf das Fest freuen, so mag ich nicht daran teilnehmen. Helene findet, meine Haltung sei Kinderei, doch ich will mich so nicht der Öffentlichkeit zeigen. Ein Furunkel verunstaltet meine linke Wange. Gewiss wird es bald verblassen, doch derzeit prangt es wie ein Schandmal auf meinem Antlitz.

Gernot ist natürlich enttäuscht, zu gerne hätte er mir zum Feste den Hof gemacht, doch wenn er wüsste, wie ich derzeit aussehe, wäre er glücklich, meiner nicht angesichtig werden zu müssen.

Darüber hinaus ist nun schon wieder dieser Bero vorstellig geworden. Vater hat ihn freundlich, aber bestimmt an das anstehende Verlöbnis von Gernot und mir erinnert, doch Bero von Kreutzmarck scheint nicht die Sorte Mann zu sein, die sich mit einem Nein begnügt. Als er sich verabschiedete, kündigte er an, Vater schon bald mit überzeugenderen Argumenten umzustimmen.

»Was das wohl für Argumente sind?«, überlegte Tamara.

»Ob er ihm Geld geboten hat?«

»Wohl kaum. Er war Landvogt. Immerhin. Aber eine Verbindung mit dem Sohn eines Kurfürsten dürfte für Friederikes Familie wesentlich lukrativer gewesen sein.«

»Lies einfach weiter.«

»Oh, da ist aber eine ziemlich große Lücke«, rief Jo. »Fast zwei Monate!«

»Entweder war sie zu beschäftigt zum Schreiben oder es gab Probleme. Warten wir es ab.«

Der Herr hat mich genesen lassen und wenngleich ich noch schwach bin, so reicht meine Kraft zumindest für meinen ersten sonntäglichen

Kirchgang seit vielen Wochen. Ein Dankgebet soll ich sprechen, doch will ich wirklich dafür dankbar sein? Vater und Mutter werden nicht müde zu betonen, wie glücklich sie sind, mich noch lebendig bei sich zu haben. Sie geben ihr Möglichstes, mir das Gefühl zu geben, ich sei noch immer dieselbe.

Jedoch bin ich es nicht. Ich sehe es an jedem Tag, den der liebe Gott werden lässt. Ich sehe es in den Augen der anderen, wenn sie mich voller Mitleid betrachten. Dazu benötige ich keinen Spiegel. Das Mal in meinem Gesicht, welches ich anfänglich für ein harmloses Furunkel gehalten hatte, war ein Vorbote der Gicht. Sie hat in meinem Körper gewütet und es ist nur den kundigen Ärzten zu verdanken, die Vater von nah und fern hat holen lassen, dass mir das Leben geblieben ist. Das Leben. Jedoch nichts weiter. Darüber hinaus nahm sie mir alles, was mir lieb und teuer war.

Gernot hat die Verlobung absagen lassen und ich kann es ihm nicht verdenken. Wer möchte schon mit einer Missgestalt wie mir das Bett teilen?

»Der Arsch!«, unterbrach Tamara sich selbst. »Erst tut er so, als sei sie seine große Liebe, und nun kneift er.«

Jo dachte an das junge Mädchen auf dem Gemälde. Es war nicht schwer, sich vorzustellen, wie schön es vor seiner Krankheit gewesen war. Gernot musste sich sofort verliebt haben, aber in dem Alter zählt die Optik nun mal mehr als die inneren Werte, da waren die Jungs damals nicht wesentlich anders als die von heute. Und hatte sie, Josephine, dieses Spiel nicht immer bereitwillig akzeptiert und mitgespielt? War es für sie nicht auch wichtig, gut auszusehen und den Jungs was zu bieten? Jeden Abend stand sie vor ihrem gut gefüllten Kleiderschrank und plante bis ins Detail das Outfit für den Tag. Alleine schon, wie viel Geld sie ins Kosmetikstudio, zur Maniküre oder in den Friseursalon schleppte. Oder ins Fitnessstudio, dabei hasste sie Sport. Es war für sie einfach undenkbar, ungepflegt herumzulaufen oder sich gehen zu lassen, und sie war bisher fest davon überzeugt gewesen, dass sie das nur für sich und ihr persönliches Wohlbefinden tat. Aber in Wirklichkeit tat sie es auch, um den hippsten Jungs ins Auge zu stechen. Aber was war daran so falsch? Ihr eigenes Beuteschema war ja ähnlich. Niemals hätte sie einen von den Nerds mit Pottschnitt und abgekauten Fingernägeln interessant gefunden. War das verwerflich, dass man jemanden suchte, der gut aussah?

Aber wie war es, wenn jemand, den man liebte, plötzlich entstellt wurde, durch einen Unfall oder eine Krankheit? Würde sie Kilian auch dann noch lieben, wenn ihm von heute auf morgen überall Beulen im Gesicht wachsen und es grotesk deformieren würden? Sie konnte es nicht mit Bestimmtheit sagen.

»Die Entscheidung ist ihm sicher nicht leichtgefallen«, antwortete Jo. »Und dann das Gerede der Leute. Auch wenn es blöd klingt: Das darf man nicht unterschätzen.«

Tamara sah aus, als wollte sie widersprechen, doch dann nickte sie. »Vermutlich hast du recht. Außerdem war er von adeliger Herkunft, da war es wichtig, dass er gesunde Erben zeugte. Er konnte gar nicht mit ihr zusammenbleiben.«

»Ja, für die Zucht war sie sicher nicht gut geeignet«, schnaufte Jo verächtlich. Aus diesem Blickwinkel hatte sie die Sache noch gar nicht betrachtet. »Mach weiter.«

10. September Anno Domini 1524

Meine körperlichen Kräfte sind so weit wieder erstarkt, dass ich es heute wagte, Helene ins Dorf zu begleiten. Nur rasch zum Tuchhändler, um neues Leinen zu erstehen. Mein Gesicht hatte ich vorsorglich mit einer übergroßen Haube verhüllt, doch vergebens. Eine Windbö riss sie mir vom Haupt und so konnte jede Magd, jeder gemeine Landsknecht

auf dem Markt meine Ungestalt begaffen. Welch grässliche Beschimp-
fungen musste ich erdulden. Gottlob warf Helene sogleich ihren Mantel
über mich und führte mich fort. Noch lange gellten mir die Schreie in
den Ohren. Was geschieht nur mit mir? Was soll aus mir werden?

15. September Anno Domini 1524

Vater hat alle Spiegel aus dem Haus verbannt. Ebenso die Ärzte.
›Quacksalber‹, hat er sie gerufen und sie davongejagt. Stattdessen
holte er im Schutze der Nacht heilkundige Frauen, die mich in Augen-
schein nehmen sollten. Seine Verzweiflung muss ohnegleichen sein,
wenn er solches wagt. Jeder weiß, dass viele Kräuterweiber mit dem
Teufel im Bunde stehen, und jeder, der sich mit ihnen abgibt, gerät
ebenfalls in seinen Dunstkreis. Was, wenn jemand davon erfährt?

Sie verabreichten mir einen Trank aus dem Sud der Herbstzeitlosen,
doch vergebens, nichts lindert mein Ungemach. Die Schwellungen, die
meine linke Gesichtshälfte befallen haben, wachsen zu meinem Ver-
druss immer weiter. Inzwischen ist es mir unmöglich, das Auge zu
öffnen.

Tamara ließ das Buch sinken und schaute schweigend ins
Leere. Auch Jo fielen keine passenden Worte ein. All das lag
nun rund fünfhundert Jahre zurück. Niemand aus dieser Zeit
lebte mehr. Alle Beteiligten waren längst zu Staub zerfallen
und bestenfalls noch eine Fußnote in den Chroniken der Stadt-
geschichte. Aber hier, in Friederikes Elternhaus, diesen Worten
zu lauschen, machte die Zeit transparent wie einen dünnen
Vorhang. Hautnah erlebten sie Friederikes Leiden mit.

Tränen traten Jo in die Augen, sie wischte sie verstohlen
fort. »Komm, bringen wir es hinter uns«, forderte sie Tamara
auf.

Die nahm das Buch wieder hoch und schlug die nächste
Seite auf.

Ich darf das Haus nicht mehr verlassen. Ein Verbot zu meinem Schutz, wie Mutter sagt. Darüber hinaus schläft nun Helene in meiner Kemenate, ganz so, als sei ich noch ein Kindelein, das des Schutzes vor Nachtalben bedarf.

Ob die gestrige Ratssitzung der Grund ist? Ich schwöre bei der Jungfrau Maria, ich wollte Vater nicht belauschen, doch seine Stimme schallte wie Donner durchs Haus. Nie habe ich ihn dermaßen aufgewühlt und erzürnt erlebt wie nach seiner Heimkunft aus dem Rat, ist er doch ansonsten ein Vorbild an Besonnenheit. Etwas bereitet ihm Missbehagen, etwas, das mit mir verknüpft ist.

Heute weckte mich in aller Frühe ein Tumult vor dem Haus. Ich spähte aus dem Fenster und erblickte zwei der Lakaien meines Vaters, die etwas vom Türstock entfernten. Ein Pentagramm, gebunden aus Haselnussruten. Und wer hat es dort angebracht? Ich fragte Helene, doch sie schüttelte nur den Kopf und wagte nicht, mir in die Augen zu schauen.

»Was hat das zu bedeuten? Ein Pentagramm aus Haselnussruten?«, fragte Jo.

»Das Pentagramm ist ein Schutzsymbol. Es soll Flüche und bösen Zauber fernhalten. Die Zweige des Haselnussstrauches verstärken diese Schutzwirkung noch«, erklärte Tamara. »Es fängt also an.«

»Was fängt an?«

Tamara seufzte. »Sie haben Friederikes Aussehen als Zeichen für Hexerei ausgemacht. Es wird nicht mehr lange dauern und sie bezichtigen sie selbst der Hexerei. Du hast doch neulich den Bürgermeister gehört. Die Leute damals waren extrem abergläubisch. Man musste nur anders aussehen und schon geriet

man in Verdacht, eine Hexe zu sein. Wenn dann noch jemand einen Groll gegen einen hegte, hatte man keine Chance mehr.«

»Ob dieser Bero dahintersteckt?« Jo verzog zweifelnd das Gesicht. »Aber warum? Klar, er wollte Friederike anfangs haben, aber da war sie ja auch noch schön. Mit dem entstellten Gesicht wollte er sie sicher nicht mehr heiraten.«

»Ja, das ist tatsächlich merkwürdig«, gab Tamara zu. »Ich lese einfach mal weiter, vielleicht erfahren wir es noch.«

All dies bereitet mir Furcht. Es ist etwas im Gange, aber ich weiß nicht was. Und als wäre dies nicht genug der Pein, so erfuhr ich heute von einem Verlöbnis zwischen Amalie zu Dessau, der ältesten Tochter des Herzogs zu Dessau, und dem Sohn des Kurfürsten zu Lauenberg, des Kurprinzen Gernot zu Lauenberg. Mögen sie glücklich miteinander werden. Derweil zerspringt mir das Herz.

23. Oktober Anno Domini 1524

Heute fand man Helene beim Abort. Ihre Lippe war geschwollen, die Nase blutig, doch ansonsten war sie, gottlob, heile. Sie kann nicht sagen, wer diese Freveltat begangen hat. Aber die Botschaft der drei vermummten Gestalten, die sie beim morgendlichen Austritt überfielen, war eindeutig: ›Liefere uns die Zaubersche aus oder wir zerschlagen dir bald mehr als nur das Antlitz.‹

›Die Zaubersche‹, das soll ich sein. Mir wird angst und bange. Vater lässt nun den Hof Tag und Nacht bewachen. Wir Frauen dürfen auch nicht mehr ohne Geleit ins Dorf.

30. Oktober Anno Domini 1524

Zwei der Mägde und drei Knechte sind verschwunden, mitsamt ihrer Habe. Es macht den Anschein, als hätten sie ihr Heil in der Flucht gesucht. Vermutlich wollen sie nicht mehr unter einem Dach mit einer

Zauberschen leben. Außerdem entließ Mutter heute eine weitere Magd.
Sie hat sie beobachtet, wie sie hinter meinem Rücken die Faust zur
mano fico formte. Nun sind uns nur noch die treue Helene und der
alte Guntram geblieben.

»*Mano fico?*«, fragte Jo. »Was ist das? So was wie der Stin-kefinger?«

»So ähnlich«, erklärte Tamara. »Nur schlimmer. Es geht so.« Sie ballte die Hand zur Faust und schob den Daumen zwischen Zeige- und Mittelfinger.

»Kenn ich. Das heißt ›Fick dich!‹, oder? Ich wusste gar nicht, dass man das schon im Mittelalter kannte.«

Tamara schüttelte den Kopf. »Kannte man auch nicht. Damals wehrte man so den bösen Blick ab. Eine eindeutige Geste, dass man jemanden für eine Hexe hielt. Kein Wunder, dass Friederikes Mutter sie sofort rausgeschmissen hat.«

»Es geht also dem Ende entgegen«, stellte Jo fest. »Hat sie noch viel schreiben können?«

Tamara blätterte vor und schüttelte den Kopf. »Es sind nur noch ein paar Seiten.«

»Na, dann los.« Jo zog die Beine an und umschlang die Knie mit den Armen. Hoffentlich kam Friederikes Ende wenigstens schnell.

2. November Anno Domini 1524

Heute ist die monatliche Ratssitzung. Vater will die Sitzung wie stets
leiten und die Geschehnisse der letzten Wochen zur Sprache bringen.
Mutter fürchtet sich und bittet ihn, nicht hinzugehen. Zu groß ist
ihre Sorge, dass uns hier derweil Leid geschieht, sind wir ohne ihn
doch völlig schutzlos. Vater jedoch ist fest entschlossen. Er sagt,
die einzige Möglichkeit, dem Treiben Einhalt zu gebieten, sei ein
Beschluss des Rats, weitere Anfeindungen gegen meine Person unter

Strafe zu stellen. Er will seine ganze Autorität als Ratsvorsitzender in die Waagschale werfen, um diesen Beschluss zu erwirken. All die Jahre haben die Ratsherren sein Urteil geschätzt und ihn für sein besonnenes Handeln geachtet. Stets sind sie seinem Wort gefolgt, darum will ich frohen Mutes sein, dass der Albtraum bald ein Ende findet.

3. November Anno Domini 1524

Während ich dies schreibe, stürzt die Welt um mich herum zusammen. Vater wurde seines Amtes enthoben und aus dem Rat gejagt, in welchem nun Bero von Kreutzmarck den Vorsitz hat. Dieser Widerling hat es endlich geschafft und weiß jetzt alle Ratsherren hinter sich, darunter langjährige Weggefährten meines Vaters und sogar ein paar Herren, die Vater ihr Leben verdanken. Vater ist außer sich vor Empörung, vermutet er darin einen Akt der Bestechung.

Natürlich wurde Vaters Anliegen, der Bedrohungen gegen mich Einhalt zu gebieten, abgeschmettert. Und als sei dies nicht genug des Elends, so hat Bero von Kreutzmarck angeordnet, mich der peinlichen Befragung zu unterziehen. All dies sei im Sinne der Wahrheitsfindung, wie er betonte. Sollte sich meine Unschuld erweisen, so würde er höchstpersönlich für meine Sicherheit sorgen. Da ich ja laut Aussage meines Vaters die Unschuld in Person sei, hätte ich ja nichts zu befürchten. Es ist infam! Ich bin mir der Methoden, welcher er sich bei der Wahrheitsfindung bedienen wird, nur allzu gewiss.

Nun packt Mutter meine notwendigsten Habseligkeiten zusammen. Morgen, in aller Frühe, will sie mit mir nach Malchow reisen. Bei Oheim Einar und Base Luise will sie mich verbergen, bis Vater hier dem gesunden Menschenverstand zu seinem Recht verholfen hat. Ich bete zu Gott, dass ich bald wieder heimkehren darf.«

»Das war es. Mehr steht hier nicht.« Tamara klappte das Buch zu und wickelte es wieder in den Brokat.

»Dann hat sie die Flucht nicht mehr antreten können«, murmelte Jo betreten. »In der Nacht müssen sie sie geholt haben.«

»Es war also Bero, der sie zuerst heiraten wollte und dann dafür gesorgt hat, dass sie als Hexe hingerichtet wurde. Aber warum? Woher der plötzliche Sinneswandel?« Behutsam schob Tamara das Buch in ihren Fledermausbeutel.

Jo grübelte über Beros Beweggründe nach. War es vielleicht Rache gewesen? Immerhin hatte Friederike ihm einen Korb gegeben. Aber irgendetwas passte nicht ins Bild. Ein Detail in Friederikes Schilderungen störte sie, doch ehe sie genauer darüber nachdenken konnte, miaute ihr Handy.

KAPITEL 14

AUF DIE ROLLE GENOMMEN

Tamara zuckte erschrocken zusammen, doch dann erinnerte sie sich daran, dass Jos Handy mit dem Geräusch einer Katze Nachrichten von Kilian anmeldete.

»Endlich.« Jo zog ihr Telefon aus der Tasche. »Ich dachte schon, er hätte uns vergessen.« Sie las seine SMS und zog die Stirn kraus. »Der spinnt doch. Hat der mal auf die Uhr gesehen?« Damit hielt sie Tamara das Handy hin, auf dem stand: »Habe wichtige Neuigkeiten. Kommt bitte sofort in die Kirche, da erkläre ich alles. Gruß, Kilian.«

Jo warf einen Blick aus dem Fenster, hinter dem sich längst die Nacht über das Städtchen gesenkt hatte. »Als ob ich um diese Uhrzeit noch durchs Dorf schleiche. Da muss er wohl bis morgen warten.« Sie machte Anstalten, eine Antwort zu tippen, doch Tamara hielt sie zurück.

»Er würde uns sicher nicht bitten, wenn es nicht wirklich dringend wäre. Es ist fast Mitternacht, er weiß doch auch, dass wir längst nicht mehr raus dürfen. Außerdem, wenn er schreibt, dass wir sofort kommen sollen, dann ist er bestimmt schon dort.« Tamara stieß Jo mit dem Ellbogen an. »Komm schon, du willst doch auch nicht, dass er ganz alleine in dieser gruseligen Kirche rumhängt.«

Jo verdrehte genervt die Augen. »Ja sicher. Es könnten ja Zombies aus der Gruft kriechen und ihm in den Hintern beißen. Gib es doch zu, du bist doch nur heiß drauf, endlich zu erfahren, was wirklich zwischen Friederike und Bero war.«

Tamara fühlte sich ein bisschen ertappt, aber das machte nichts. Jetzt, da sie so tief in Friederikes Leidensgeschichte eingetaucht waren, konnte sie es tatsächlich kaum abwarten, endlich die ganze Wahrheit herauszufinden. Jetzt einfach schlafen zu gehen und die Sache erst morgen weiterzuverfolgen kam ihr vor, als würden sie das sprichwörtliche Messer in der Sau stecken lassen.

»Und wenn schon. Du etwa nicht?« Tamara zwinkerte Jo zu.

Diese hielt dem Blick einen Moment stand, verzog dann aber resignierend den Mund. »Na, meinetwegen«, antwortete sie gedehnt und erhob sich. »Und wie kommen wir ungesehen raus und wieder rein? Die Vordertür ist doch sicher abgeschlossen.«

»Hast du nicht erzählt, dass Svenja und die anderen neulich durch den alten Kohlenkeller ausgebüxt sind? Wer weiß? Vielleicht ist diese miese Nummer am Ende doch noch zu was gut gewesen?«

Ausgerüstet mit einer Taschenlampe und Tamaras Rucksack mitsamt dem Tagebuch, schlichen sie sich hinunter in die Eingangshalle. Der Zugang zum Keller lag im rückwärtigen Teil des Gebäudes, nahe den Sicherungskästen. Tamara war zwar noch nie hier gewesen, dennoch fand sie ohne Umwege die schmale Tür, hinter der sich die Treppe in den Keller verbarg. Die Tür war lediglich durch einen alten Riegel gesichert, der sich mühelos aufschieben ließ. Einen Lichtschalter suchten die beiden vergebens und so tasteten sie sich im Schein der Taschenlampe über die ausgetretenen Steinstufen nach unten.

Der Boden des Kellers bestand aus festgestampftem Lehm, der durch die Beanspruchung der Jahrhunderte im Lampenlicht wie poliertes Holz schimmerte. Über den Mädchen spannte sich ein Gewölbe aus grobem Backstein, das an einigen Stellen zu niedrig war, um darunter aufrecht zu stehen. Wie groß der Keller tatsächlich war, konnten sie nicht ausmachen. Doch Tamara ahnte, dass sich dieses Gewölbelabyrinth mit seinen Stützpfeilern über die gesamte Grundfläche des Hauses erstreckte. Ein paar Gänge zweigten sich in tiefere Bereiche ab und verschmolzen mit der Dunkelheit. Offensichtlich diente der Keller mit seinen unübersichtlichen Nischen mittlerweile als Abstellfläche, denn nebst einigen ausrangierten Möbelstücken fanden sich hier ein altes Ofenrohr, mehrere rostige Fahrräder mit platten Reifen, eine Stehlampe ohne Schirm und ein ausgestopfter Dachs, dem ein Auge fehlte.

»Wohin?«, fragte Tamara.

Jo deutete mit der Taschenlampe auf ein leeres Feigenlikörfläschchen, das neben einem alten Bollerwagen auf dem Boden lag. »Folgen wir einfach Svenjas Brotkrumen«, antwortete sie und ging voran.

Der Weg zum Kohlenkeller war nicht allzu schwer zu finden. Im hinteren Bereich des Gewölbes hatte sich eine dicke Staubschicht auf dem Boden gebildet. Frische Fußspuren wiesen ihnen den Weg. Die Mädchen passierten einen Durchgang und durchquerten den einstigen Weinkeller des Hauses. Noch immer säumten hölzerne Regale die Wände, doch die paar Steingutflaschen, die noch darin lagen, waren längst leer und mit Spinnweben samt ihren mumifizierten Erbauern bedeckt.

Dahinter betraten sie einen weiteren Gang, der schließlich in ein Gewölbe mündete, dessen Boden und Wände fettig und schwarz von Kohlenstaub glänzten. Eine Rampe am Ende des Raums führte hinauf zu einer mit Brettern vernagelten Luke, durch die man einst die Kohlen in den Keller befördert hatte. Neben der Rampe entdeckte Tamara eine stählerne Brandschutztür, in die ein Fensterchen aus geriffeltem Glas eingelassen war.

»Willkommen in der modernen Welt«, verkündete Jo beim Anblick der unpassend neuzeitlichen Tür und drückte die Klinke herunter. Sie musste sich mit der Schulter gegen die Schließautomatik wehren, um sie zu öffnen. Erst als sie beide hindurchgegangen waren und die Tür hinter ihnen ins Schloss fiel, bemerkten sie, dass sich auf der anderen Seite statt einer Klinke lediglich ein Knauf befand.

»So ein Mist«, ächzte Jo. »Und wie sollen wir nachher wieder ungesehen hineinkommen?«

»Jedenfalls wissen wir jetzt, warum Svenja und die anderen neulich bei ihrer Rückkehr die Vordertür genommen haben. Ätzend, wir sind genauso doof wie die. Komm jetzt.«

Sie kletterten die Treppenstufen hinauf und fanden sich an der Ostseite des Schullandheims wieder, ganz in der Nähe der Stelle, an der Tamara vor Kurzem David beim Joggen getroffen hatte.

Immer wieder lugte der abnehmende Mond zwischen Wolkenfetzen hervor und tauchte alles in silbriges Licht, sodass sie nicht wagten, über den Kiesweg den Park zu verlassen. Stattdessen schlichen sie im Schutze der Rhododendronbüsche um das Gebäude herum und gelangten zum Eisentor an der Straße.

Laternen säumten die Fahrbahn und malten Lichtinseln auf den Bürgersteig, von denen sie sich fernhielten. Wie Diebe in der Nacht huschten sie lautlos von einer Häuserecke zur nächsten, duckten sie sich hinter Hecken und bahnten sich so ihren Weg hinauf zur Kirche, die sich im Mondschein wie ein Scherenschnitt abzeichnete.

Ein kaltes Prickeln kroch Tamaras Nacken herauf. Wenn dieser Ort noch vor Kurzem förmlich nach ihr gerufen hatte, so schien er sie nun anzuknurren. Fort mit dir! Dreh dich um und lauf! Die windschiefen Grabsteine, die den Weg zum Hauptportal flankierten, erinnerten sie an faule Zähne. Tamara zwang sich, einen Fuß vor den anderen zu setzen, bis sie am unteren Ende der Eingangstreppe standen. Ihr Blick wanderte hinauf zur Kirche, die wie ein riesiger Zerberus vor ihnen hockte.

»Was ist?«, fragte Jo.

»Nichts«, flüsterte Tamara. »Ich habe nur das Gefühl, dass wir ...«, sie schüttelte den Kopf. Das war doch Unsinn. Kilian hatte dringende Neuigkeiten für sie, sie konnten ihn doch nicht hängen lassen. »Vergiss es. Lass uns einfach reingehen.« Sie hakte Jo unter und zog sie die Stufen hinauf.

Die Tür war nur angelehnt. Als sie sie aufdrückten, empfing sie mattes Kerzenlicht, das aus dem Altarraum zu kommen schien.

»Kilian? Bist du da?«, rief Jo halblaut und zog die Tür hinter ihnen ins Schloss.

Am liebsten hätte Tamara sie aufgehalten. Durch die geschlossene Tür verspürte sie nun ein beinahe klaustrophobisches Gefühl. Doch so war es weniger verdächtig, was sie hier taten. Das fehlte noch, dass jemand Zeuge ihres nächtlichen Treibens wurde.

»Kilian?«, wisperte Jo erneut und betrat das Kirchenschiff.

Bevor Tamara ihr folgte, nestelte sie ihre Taschenlampe aus ihrem Rucksack hervor und schaltete sie ein. Der schmale Lichtkegel spendete ihr ein wenig Zuversicht, dennoch konnte sie ihre Beklommenheit nicht vollends abschütteln. Wie einen Blindenstock ließ sie den Strahl der Lampe vor sich hin und her gleiten, bis sie schließlich vor dem mit kostbarem Damast ausgelegten Altar und unter dem Gemälde des Gekreuzigten stehen blieben. Nur eine einzige Kerze stand auf dem vierarmigen Leuchter und warf ihr gelbes Licht auf einen Zettel. Offenbar hatte Kilian ihn in aller Eile aus einem Notizblock gerissen und eine Nachricht darauf gekritzelt. Sie bestand nur aus einem Wort und lautete: »KELLER.«

»Will er jetzt ein Suchspiel mit uns veranstalten?« Jo schnalzte mit der Zunge. »Ausgerechnet im Keller will er uns treffen. Dramatischer geht es wohl nicht.«

Sie stopfte sich den Zettel in die Hosentasche und drehte sich zum Beichtstuhl um. Er stand noch immer so da, wie sie ihn bei ihrem letzten Besuch zurückgelassen hatten, nur mit dem Unterschied, dass der Sessel, der normalerweise im Innern des Kastens stand, nun umgekippt danebenlag. Tamara fiel zudem auf, dass der Samtvorhang an zwei Haken aus der Schiene gerissen war und herunterhing. Offensichtlich hatte Kilian es ziemlich eilig gehabt. Wenn er bloß nichts kaputt gemacht hatte. Vandalismus in einer Kirche, das würden sie nur schwerlich erklären können.

Tamara schob den Vorhang beiseite, hinter dem die Luke zum Treppenabgang bereits offenstand. »Nach dir.« Sie drückte Jo die Taschenlampe in die Hand und machte eine einladende Geste.

»Na toll.« Jo zog die Nase kraus, ergriff die Lampe und bückte sich in den Schacht.

Tamara beobachtete, wie ihre Freundin nach unten verschwand. Einen Herzschlag lang überlegte sie, sich einfach umzudrehen und davonzugehen. Was, wenn dort unten wieder etwas Gruseliges auf sie wartete? Wenn Blut aus den Mauerfugen lief oder sie von Friederikes Geist heimgesucht wurde?

Hör doch auf, ermahnte sie sich selbst. Friederike hat dir noch nie etwas Böses getan und die Botschaft aus Blut hat uns immerhin auf eine Fährte gebracht. Es gibt also nichts, wovor du dich fürchten musst.

Sie atmete tief durch und folgte Jo hinunter in die Katakomben der Kirche. Blieb lediglich die Frage, warum zum Teufel ihre Hände nicht aufhören wollten zu zittern.

Anders als bei ihrem letzten Besuch empfing sie keine Eiseskälte, als sie im Gewölbe ankamen, dennoch fröstelte es Tamara. Ob die Kälte von den feuchten Backsteinmauern kam oder aus ihrem Inneren, konnte sie nicht genau sagen. Sie zog ihren Umhang enger und drängte sich instinktiv an Jo, deren Arme ebenfalls von Gänsehaut überzogen waren.

»Tor eins, zwei oder drei?«, fragte Jo und beleuchtete nacheinander die drei Tunneleingänge. »Letztes Mal haben wir den hier genommen«, bemerkte sie und ließ den Lichtstrahl im mittleren Gang verharren. »Sollen wir diesmal wieder ...«

Das Geräusch einer zufallenden Tür ließ die Mädchen zusammenfahren.

»Kilian?«, rief Jo und leuchtete in den linken Tunnel, aus dem das Geräusch gekommen war. »Bist du da drinnen?«

Wieder schepperte es hölzern.

»Also der hier«, beschloss Jo und zog Tamara mit sich.

Tamara machte sich bereits auf den Anblick weiterer Mumien gefasst, doch anscheinend hatte dieser Teil des Kirchengewölbes einst einem anderen Zweck gedient. Statt weiterer Bestattungsnischen säumten hier Regalreihen die Wände. Aber was sie beinhalteten, war nicht weniger schaurig: Totenköpfe. Wie Honigmelonen in der Auslage eines Obsthändlers, fein säuberlich gestapelt und mit nach vorne gerichteten Gesichtern, schimmerten sie zu Hunderten im Taschenlampenlicht. Fasziniert musterte Tamara die bleichen Schädel, in deren hohlen Augen sich hier und da Spinnen eingerichtet hatten. Je weiter sie in den Tunnel vordrangen, desto besser schienen die Totenköpfe erhalten zu sein. Waren sie anfangs noch so verrottet, dass Tamara sie auf den ersten Blick für kugelförmige Steine gehalten hatte, so erkannte sie bei den späteren mehr und mehr Details. Nahezu alle hatten irgendwelche Zahlen und Symbole auf der Stirn und wiesen Beschädigungen auf. Vermutlich verursacht durch Steine, die im Laufe der Jahre herabgefallen waren.

Doch dann erkannte Tamara ein Muster in der Zerstörung. Erschrocken blieb sie stehen. »Sie haben ihnen die Gesichter zerschlagen«, stammelte sie und deutete auf einen Schädel, dessen Jochbeine und Schneidezähne nach innen gedrückt waren. »Allen.« Sie streckte die Hand aus und wischte dem Totenkopf behutsam den Staub von der Stirn. Zum Vorschein kamen die Zahl 1467 und ein gedrehtes Pentagramm, der Drudenfuß.

Ihre Hand zuckte zurück, als hätte sie sich verbrannt. Hastig streckte Tamara den Zeigefinger und den kleinen Finger zur *mano cornuta* aus. »Das sind Hexen«, hauchte sie. »Alles Hexen, die ermordet wurden.« Tränen füllten ihre Augen. »So viele. Hingerichtet, nur weil sie anders waren, mehr wussten und von ihren Mitmenschen verraten wurden.« Sie wischte auch den nächsten Schädel ab und entdeckte ebenfalls die Zahl 1467 und den Drudenfuß. Der nächste wies die 1468 auf, ebenso der folgende. »Sie haben sie datiert. Katalogisiert wie Trophäen und mit dem Symbol Satans markiert. Vermutlich hat man die Schädel aus der Asche gescharrt, nachdem man die Frauen auf dem Scheiterhaufen verbrannt hatte. Hier aufgereiht, damit man sie bannen konnte. Als ob sie auch nach ihrem Tod noch eine Gefahr darstellten.«

Tamaras Blick fiel auf ein paar Totenköpfe, die deutlich kleiner waren und noch einzelne Milchzähne aufwiesen. Angeekelt wandte sie sich ab. Sogar vor Kindern hatte der Vernichtungsfeldzug nicht haltgemacht. Ob der Kerl, der sie neulich durch den Hexenkerker geführt und dabei wie ein Jahrmarktsbudenbesitzer geklungen hatte, jemals hier unten gewesen war?

»Komm, lass uns weitergehen«, flüsterte Jo und zog sie behutsam fort.

Dankbar hakte Tamara sich bei ihrer Freundin unter und richtete den Blick auf den hellen Lichtfleck zu ihren Füßen. Nur nicht hinsehen! Sie wurde das Gefühl nicht los, dass die Schädel der armen Frauen und Mädchen ihr hinterherflüsterten.

Endlich gelangten sie in einen weiteren Gang, von dem kleine, mit schweren Eichentüren verschlossene Kammern nach rechts abzweigten.

»In diesem Gang waren wir doch schon mal«, entfuhr es Jo. »Nur dass wir diesmal von der anderen Seite kommen.« Sie richtete die Lampe nach vorne, wo sich ihr Schein verlor. »Siehst du, von dort geht es zur Gruft.«

»Und wo ist Kilian?«

Genau aufs Stichwort schwang einige Meter vor ihnen eine der Eichentüren auf. Ein schwacher Lichtschein, begleitet von einem unterdrückten Stöhnen, fiel in den Gang, bevor die Tür gleich darauf wieder zuschlug.

»Kilian, du Arsch!«, rief Jo so laut, dass Tamara neben ihr zusammenzuckte. »Jetzt kapiere ich es. Er war es, er hat uns die ganze Zeit auf die Rolle genommen«, zischte Jo. »Wie konnte ich nur so bescheuert sein? Das hätte ich mir auch gleich denken können. Schließlich hat er uns von Anfang an kein Wort geglaubt.« Wutschnaubend stampfte Jo mit dem Fuß auf. »Na, dem werde ich jetzt was erzählen.« Sie lief zur Tür und zerrte sie auf. »Wenn du denkst, dass …«

Der Rest ihrer Ansprache blieb ihr im Hals stecken.

KAPITEL 15

HASENKÖPFE UND WEINREBEN

Jos Augen folgten dem Lichtkegel. Der Anblick ließ sie schlagartig verstummen. Ihre Gedanken wirbelten haltlos in ihrem Kopf umher und fanden nichts, auf das sie sich konzentrieren konnten. Das ergab keinen Sinn. Sie versuchte, die Details zu einem stimmigen Bild zusammenzufügen. Warum lag eine Taschenlampe in der Ecke und warf ihr Licht an die Kerkerwand? Warum war Kilian plötzlich so groß und weshalb hielt er seine Arme über den Kopf? Dann erkannte sie den dreckigen Stofflumpen, der in seinem Mund steckte, die Schramme an seiner Schläfe, die Eisenschellen an seinen Handgelenken und die blutigen Rinnsale, die sich von dort ihren Weg hinunter zu seinen Ellbogen bahnten. Er war nicht über Nacht gewachsen, er baumelte an einer Kette von der Kerkerdecke, wobei die Spitzen seiner Air Max über den Lehmboden scharrten.

»Kilian!« Mit einem Satz war sie bei ihm und zog ihm den Knebel aus dem Mund. »Was ist passiert?«

»Gott sei Dank«, stöhnte er. »Ich dachte, ich muss hier verrecken.«

Seine Handgelenke! Die schartigen Eisenringe schnitten tief in sein Fleisch. Sieh nicht hin, ermahnte Jo sich. Hilf ihm! Sie versuchte, ihn hochzustemmen, um seine Arme zu entlasten, doch er war viel zu schwer. Er schrie, als sie wegrutschte und er zurück in die Handschellen fiel. Scheiße, so tat sie ihm nur noch mehr weh.

»Tamara!«, rief sie über ihre Schulter. »Es ist Kilian. Er ist angekettet. Du musst mir helfen!«

Kilians Augen weiteten sich. »Ist sie etwa auch hier?«, keuchte er.

»Ja, keine Sorge, gemeinsam schaffen wir es«, redete Jo auf ihn ein und reckte sich, um seine aufgesprungenen Lippen zu küssen, aber sie erreichte nur seine Kinnspitze. Wie lange er hier wohl schon hing? Lieber nicht drüber nachdenken.

»Aber sie muss weg hier!«, japste Kilian. »Raus, in Sicherheit. Sonst kriegt er sie!«

Aber Jo hörte ihm nicht richtig zu. Wo blieb Tamara nur? »Komm endlich, ich schaffe es nicht alleine!«, rief sie erneut. Verdammt, Tamara war doch sonst nicht so ängstlich.

»Er hat sie. Er hat sie sich geholt.«

Was redete Kilian da nur? »Alles ist gut, beruhige dich.« Er fantasierte, kein Wunder nach dem, was er durchgemacht hatte.

Jo strich über seine Wange und trat in den Gang hinaus. »Verdammt, Tamara, ich könnte hier echt deine Hilfe gebrauchen!« Jo leuchtete zu der Stelle, an der ihre Freundin eben noch gestanden hatte. Nichts. Sie drehte sich herum und richtete den Strahl in die andere Richtung. Auch hier keine Spur von Tamara.

Einen Moment lang dachte sie, Tamara hätte die Nerven verloren und wäre Hals über Kopf davongerannt, dann bemerkte sie ein kleines Bündel, das wie achtlos weggeworfen im Schatten einer Türnische lag.

Der Fledermausrucksack.

Jos Kehle zog sich zu. Die Ahnung, dass hier Ungeheuerliches im Gange war, begann, mit spitzen, kalten Zähnen an ihrem Innerem zu nagen. »Tamara!«, schrie sie in den Tunnel hinein, doch es antwortete nur der Hall ihrer eigenen Stimme.

»Sie ist weg«, keuchte sie, als sie zu Kilian in den Kerker stürzte.

Kurz hielt er dabei inne, sich durch Hin-und-her-Schwingen zu befreien, und starrte sie fassungslos an, bevor er umso energischer an den Ketten rüttelte. »Verdammt«, presste er hervor. »Er hat sie! Er wird sie umbringen, wie er es schon einmal gemacht hat!«

»Von wem redest du die ganze Zeit? Wer ist *er*?« Jo sah sich in der engen Zelle um. Sie musste doch irgendetwas tun können! Ihr Blick fiel auf ein paar Backsteine, die sich vor etlichen Jahren aus den Mauern gelöst hatten und nun halb zerbröckelt in der Ecke lagen. Hastig hob sie sie auf und stapelte sie unter Kilians Füßen, sodass er wenigstens ein bisschen besser stehen konnte.

»Bero«, knurrte er. »Dieses Dreckschwein.«

Um ein Haar hätte Jo hysterisch gelacht. So musste es sich anfühlen, wenn sich der Verstand verabschiedete. »Bero ist tot«, erklärte sie mit Nachdruck. »Seit vielen Hundert Jahren schon.«

»Ist er nicht«, beharrte Kilian. »Er schleicht hier herum und will Tamara.« Er umklammerte die Kette und rüttelte daran. Ein paar Mörtelbrocken rieselten herab, doch ansonsten blieb das Eisen wie einbetoniert in der Decke.

»Aber warum?« Jo schnaufte. »Das ist doch absurd.«

»Erzähle ich dir gleich. Zuerst muss ich endlich von diesem Ding hier loskommen.« Erneut zerrte er vergeblich an der Kette.

Echte Wertarbeit, musste Jo widerwillig feststellen. Die im Mittelalter hatten gewusst, wie man Verliese für die Ewigkeit baute. Mit den bloßen Händen würde sie Kilian nie befreien können. Sie brauchte Werkzeug. Etwas Stabiles. Hier musste es doch irgendetwas geben, das sie als Hebel benutzen konnte. Die Eisenspieße! Bei ihrem letzten Besuch hatte sie in einer der anderen Zellen ähnliche Ketten von der Decke hängen sehen und da waren auch Eisenspieße gewesen. »Ich bin gleich wieder da.« Jo drückte Kilian einen hastigen Kuss auf die Brust.

»Sei bloß vorsichtig«, rief er ihr hinterher, da griff sie sich auch schon die Lampe und stürzte hinaus in den Gang.

Wo lang? Auf jeden Fall Richtung Gruft, also nach rechts. Und was, wenn Bero hier herumlungerte und nur darauf wartete, sie zu schnappen? Dann hätte er es längst getan, versuchte Jo, sich selbst Mut zu machen. Dennoch hielt sie sich in der Mitte des Gewölbes, damit sie ihn früh genug sehen konnte, falls er aus einer der Zellen auf sie zusprang. Pfefferspray, das wäre jetzt genau das Richtige. Falls sie jemals heil hier herauskommen würde, würde sie sich sofort Pfefferspray kaufen. Aber half das überhaupt gegen Geister? Sie schüttelte den Kopf. Es gab keine Geister. Außer den von Friederike.

Ein irres Kichern machte sich in Jos Kehle breit und bahnte sich seinen Weg nach oben. Es gibt keine Geister, außer Friederike – wie sich das anhörte! Du gehörst eindeutig in die Klapse. Zusammen mit deinem Pfefferspray. Deinem Pfefferspray, das keine Geister abwehrt. Sie biss sich auf die Innenseite ihrer Wangen, um nicht laut loszuprusten. Wenn sie jetzt die Nerven verlor, würde sie Tamara nie wiedersehen.

An der ersten Kerkertür hielt Jo an. Sie hing schief in den Angeln und ließ sich nicht aufdrücken. Also weiter. Die nächste Tür auf der anderen Seite stand einen Spaltbreit offen. Wie in einem Polizeifilm trat Jo dagegen. Knirschend schwang die Tür auf und im selben Moment stellte sich Jo rücklings daneben, die Taschenlampe fest umklammert. Sie zählte stumm bis drei, ein kurzer Blick.

Leer.

Die nächste Zelle besaß gar keine Tür mehr, ebenso die folgende, doch endlich fand Jo das Gesuchte. Auf dem Boden, bedeckt von Staub, lagen drei eiserne Spieße. Einer davon wies

mehrere kleine, aber teuflische Widerhaken auf. Die Enden der beiden anderen waren zu schmalen Klingen geschmiedet. Ein eisiger Schauer ließ Jos Kopfhaut prickeln, als sie ahnte, welche Schmerzen man einem Menschen damit zufügen konnte, wenn man nur über ausreichend Fantasie und Bosheit verfügte.

Angeekelt griff sie sich die beiden Klingenspieße und machte, dass sie wegkam. Unterwegs sammelte sie noch ein paar Backsteine auf und trug alles zurück in Kilians Verlies.

»Super«, ächzte er, nachdem sie ihm die Steine unter die Füße geschoben hatte. »Versuch, ob du beide Stangen in eins der Kettenglieder stecken kannst, und dann biegst du sie, so weit du kannst, auseinander.«

Jo tat, wie ihr geheißen, doch die Kettenglieder waren zu schmal, um beide Stangen hineinschieben zu können.

»Teste, ob du sie direkt in die Schellen bekommst«, forderte Kilian sie auf.

»Und wenn ich dir wehtu?«

»Egal, wir müssen hier raus und Tamara finden, sonst bringt er sie um.«

Jo probierte, die Stangen an Kilians Handgelenken vorbei in die Schellen zu schieben. Er biss die Zähne zusammen und sog zischend die Luft ein. Und endlich klappte es.

Kilian umklammerte die Kette und zog sich daran hoch. »Und nun biege die Stangen auseinander.«

Jo suchte Kilians Blick, er nickte ihr aufmunternd zu und schloss die Augen. Mit aller Kraft zwang Jo die Stangen auseinander. Es quietschte, sie spürte einen Widerstand. Als etwas nachgab, betete sie, dass es nicht Kilians Fleisch war.

Als er vor Schmerzen wimmerte, wollte sie kurz aufhören, doch er zischte: »Mach weiter!«

Endlich gab es einen Ruck und Kilian fiel vor ihr auf die Knie. Sofort war Jo bei ihm und strich ihm die Haare aus dem

Gesicht. »Bist du okay? Draußen liegt Tamaras Tasche. Sie hat immer Verbandszeug dabei. Soll ich es schnell holen?«

»Keine Zeit«, ächzte Kilian und stand schwankend auf. »Wir müssen hinterher.«

»Sollen wir nicht lieber Hilfe holen?«

»Und was willst du denen erzählen?« Er lachte spöttisch. »Außerdem: Bis die hier sind, ist es längst zu spät.«

»Ich verstehe das alles immer noch nicht«, jammerte Jo. »Wie kann ein Geist jemanden entführen?«

Kilian raufte sich hilflos die Haare. »Du kapierst es nicht. Bero ist kein Geist, weil er nie gestorben ist!« Er rieb sich seine blutigen Handgelenke und bewegte probeweise die Finger. Zum Glück schien nichts gebrochen zu sein. »Komm jetzt, wir müssen sie finden.« Er bewaffnete sich mit einem der Spieße und trat hinaus in den Gang.

Jo stemmte sich hoch, griff nach der Taschenlampe und mit einigem Widerwillen nach dem anderen Spieß und folgte ihm.

»Wo lang?«, fragte er.

Jo hängte sich Tamaras Fledermaustasche um und spähte Richtung Gruft in die Dunkelheit. »Da lang«, bestimmte sie, klemmte sich die Lampe an ihren Hosenbund und setzte sich in Bewegung. »Wie kommst du darauf, dass er kein Geist ist?«, fragte sie, während sie geduckt an den Verliesen vorbeischlichen.

»Frag mich nicht wieso, aber er ist nie gestorben. Er hat über die Jahrhunderte hinweg immer mal wieder seinen Tod inszeniert, um gleich darauf als ein verschollener Erbe aufzutreten«, wisperte Kilian. »Ich habe mir Beros Familienchronik angesehen und bin immer wieder auf ein und dieselbe Sache gestoßen. Nie hatte er leibliche Nachkommen, sondern nur irgendwelche Mündel, die genau dann aus der Versenkung auftauchten, wenn es ans Erben ging. Und es waren immer Männer, so um die vierzig Jahre alt. Dann habe ich mir mal

die Besitzurkunden genauer angesehen. Die Unterschrift war immer gleich. Der Erbe setzte zum Beispiel das K im Nachnamen immer wie ein Kreuz. Immer, über Jahrhunderte hinweg! Die Unterschriften auf den vielen Besitzurkunden stammen aus ein und derselben Hand.«

Sie gelangten zu der Kreuzung, von der aus ein Gang nach rechts zur Gruft und somit zum Ausgang führte. Was mochte in der anderen Richtung auf sie warten? Seufzend schlug Jo den Weg nach links ein. »Aber wie hat er das geheimhalten können? Haben die Menschen ihn nicht erkannt?«

»Seine vermeintlich letzten Lebensjahre hat er immer sehr zurückgezogen verbracht und sich nicht mehr in der Öffentlichkeit sehen lassen. Die Menschen, die sich an sein Aussehen erinnern konnten, waren ja ebenfalls alt und gingen kaum noch aus dem Haus. Dann vielleicht noch eine Perücke, ein Bart und eine tief ins Gesicht gezogene Kapuze. Wer hätte ihn erkennen sollen?«

»Und all das hast du in dem Archiv herausgefunden?«

»Die Archivarin hat mir dabei geholfen. Ich Idiot dachte, sie sei nett. Und dann hat mir jemand eins über den Schädel gegeben. Aber es kommt noch schlimmer.«

»Was kann denn noch schlimmer sein?«

Die Gewölbewände rückten näher zusammen und der Boden unter ihren Füßen neigte sich, kaum merklich zwar, doch stetig. Wohin es auch ging, es lag tief unter der Erde. Jo wurde das Gefühl nicht los, in ihr eigenes Grab hinabzusteigen.

»Beros eigene Nachfolgeschaft reicht bis in die heutige Zeit. Er lebt noch immer in Walnik.« Kilian griff nach Jos Hand und drückte sie.

Jos Kopf fühlte sich an, als wäre er mit Watte gefüllt. Noch immer verstand sie den Zusammenhang nicht. »Wieso Tamara?«

»Weil er sie für Friederike hält, die Einzige, die sein Geheimnis kennt. Er muss sie aus dem Weg schaffen.«

Ehe Tamara sie davon abhalten konnte, ging Jo auf die Kerkertür zu. *Laufe davon, rette dich*, hauchte Tamara eine eisige Stimme ins Ohr. Friederikes Stimme. So deutlich, als stünde sie direkt neben ihr.

Schon zerrte Jo die Kerkertür auf. »Wenn du denkst, dass ...«

Lauf!

Bildfetzen jagten durch Tamaras Kopf. Kerkerwände. Fackelschein, ein Lichtreflex, das Aufblitzen eines Rings, Hasenköpfe und Weinreben, am kleinen Finger einer Faust, ehe sie ihr Gesicht zerschmettert.

Lauf!!!

Ein Arbeitszimmer. Fotografien an den Wänden. Eine Hand reicht ihr ein Glas Wasser. Ein Sonnenstrahl verfängt sich an einem Siegelring.

Tamaras Knie gaben nach. Atemlos griff sie sich an die Kehle. Er. Die ganze Zeit. Bevor sie einen Ruf der Warnung ausstoßen konnte, legte sich eine Hand grob auf ihren Mund.

»Kein Laut oder deine Freunde sind des Todes«, raunte er.

Sie spürte den schweren Siegelring an ihrem Gesicht, den Ring mit den Hasenköpfen und Weinreben. Sein Bart kratzte an ihrer Wange. Ihre Glieder versteiften sich vor Angst. Mit Mühe brachte sie ein Nicken zustande.

»Tamara, es ist Kilian! Er ist angekettet. Du musst mir helfen!« Jo klang panisch. Nur wenige Schritte von Tamara entfernt und für sie trotzdem unerreichbar.

Tränen steigen Tamara in die Augen. Sie wollte sie zurückdrängen, doch keine Chance. Unaufhaltsam zogen sie heiße Spuren auf ihren Wangen.

»Jede falsche Träne ist Spucke im Antlitz Gottes, weißt du das nicht?« Seine Stimme, spöttisch und anmaßend. Wie konnte sie die nur vergessen haben?

Er packte ihren Arm und bog ihn so weit nach hinten, dass sie vor Schmerz wimmerte.

»Sei leise oder ich drehe ihn dir aus dem Gelenk wie einen Hühnerknochen.«

Sie biss sich auf die Unterlippe, bis sie Blut schmeckte, um jeden Laut zu unterdrücken.

Endlich lockerte er seinen Griff. »Los, da lang.«

Er zerrte sie mit sich, tiefer hinein in die völlige Dunkelheit. Schon nach wenigen Metern hatte sie jeden Orientierungssinn verloren, er hingegen bewegte sich in den finsteren Gewölben mit schlafwandlerischer Sicherheit. Bald bog er links ab. Am Hall seiner Schritte erkannte Tamara, dass der Gang enger war als der vorige. Außerdem neigte sich der Boden. Wohin brachte er sie bloß?

»Du dachtest wohl, du könntest ein Spielchen mit mir treiben, was, Friederike?«, zischte er. »Dachtest, ich würde dich nicht erkennen. Aber ich erkenne dich, egal, wie du dich maskierst, egal, wie viele Jahre vergangen sind. Glaubst du, du könntest hier aufkreuzen und fortnehmen, was mir gehört?« Er quetschte ihre Wangen kräftig, sodass sie von außen gegen ihre Zähne drückten.

Durch Tamaras Kopf jagten die Gedanken. Er hielt sie anscheinend für Friederike. Das war doch Irrsinn! Sie war nicht Friederike, sie war Tamara. Oder doch nicht?

Erkenne dich selbst, du bist ich, wisperte es in ihrem Kopf.

Nein, das konnte nicht sein. Sie war noch nie in ihrem Leben hier gewesen.

Nicht in diesem.

Das Schullandheim. War es ihr nicht von der ersten Sekunde an vertraut vorgekommen?

Erinnere dich!

Nein! Ich bin Tamara, die Tochter von Lambert und Charlotte Weißenbach. Mein Stiefvater heißt Anton, meine Oma Erna. Ich habe zwei Brüder, eine Halbschwester und eine Stiefschwester. Sie heißen Levin, Timor, Phoebe und, oh nein, wie heißt meine Stiefschwester? Tamara wand sich in den Armen ihres Entführers. Warum wollte ihr der Name ihrer Stiefschwester nicht einfallen? Sie hatte flammend rote Haare und Sommersprossen und spielte Klarinette.

Du bist ich!

Leonie! Meine Stiefschwester heißt Leonie, genannt Leo, wegen ihrer roten Löwenmähne. Ich bin Tamara, die Tochter von Lambert und Charlotte Weißenbach …

Wie an einem Mantra klammerte sich Tamara an den Namen ihrer Familienmitglieder fest. Sie waren ihre Verbindung zum Hier und Jetzt. Wenn sie sie verlor, würde sie für immer in den Strudel der Vergangenheit geraten.

Bero schleifte sie immer tiefer in den Gang hinunter, bog mal nach links, mal nach rechts ab, bis Tamara jegliches Zeitgefühl verlor. Ob es schon Morgen war? Und was war mit Kilian und Jo? Ging es ihnen gut? Jo hatte gerufen, dass er angekettet sei. Hoffentlich hatte sie ihn befreien können und Hilfe geholt. Aber wer sollte ihr hier unten helfen? Bis die Polizei geschnallt hatte, was ablief, war es längst zu spät.

Sie bogen in einen weiteren Tunnel ab und endlich zeigte sich in der Ferne ein flackernder Schimmer. Was auch immer es war, Tamara heftete ihren Blick daran. Alles war besser als diese zähe Dunkelheit, die ihr gegen die Augen zu drücken schien, sodass sie bereits befürchtet hatte, blind geworden zu sein.

Allmählich kam der Schimmer näher und verwandelte sich in rötliche Zungen, die an den Gewölbewänden leckten. Ein Feuerschein. Ein letztes Mal bog Bero ab und blieb unvermittelt stehen. Vor ihnen weitete sich der Tunnel zu einem kreisrunden, von Fackeln erhellten Gewölbe. Schatten bildeten einen Reigen rund um einen Schacht, der wie ein schwarzer Schlund senkrecht in die Tiefe führte. Darüber ragte eine hölzerne Winde mit einem Seil.

Tamara schreckte zurück. Nein, nicht das.

Beros Handfläche erstickte ihren Schrei.

Nicht dieser Ort. Wie von Sinnen trat Tamara nach Bero, wand sich in seinen Händen. Sofort drehte er ihren Arm nach hinten. Sterne sprühten vor ihren Augen auf. Sie schrie vor Schmerz und spürte seine Lippen nah an ihrem Ohr.

»Jetzt bringe ich zu Ende, was ich vor fast fünfhundert Jahren begonnen habe. Diesmal schmorst du für immer in der Hölle, Friederike von Heinen.«

Ich bin nicht Friederike, klammerte sich Tamara an ihrem Verstand fest. Ich bin Tamara. Die Tochter von Lambert und Charlotte Weißenbach. Dann versank sie in der Vergangenheit.

»Meinst du, wir sind noch auf dem richtigen Weg?« Kilian spähte den Tunnel hinunter. »Das geht ja immer weiter runter.«

Damit sprach er genau das an, was Jo bereits die ganze Zeit zu verdrängen versuchte. Was, wenn sie genau in die falsche Richtung liefen? Vielleicht war Bero mit Tamara nach draußen gegangen, um sie in das Hexenverlies der Burg zu schleppen. Wenn Jo darüber nachdachte, erschien es ihr sogar viel logischer, dass er sie dorthin brachte.

Jo verlangsamte ihre Schritte und blieb schließlich stehen. »Keine Ahnung«, gab sie zu. »Ich habe von überhaupt nichts mehr eine Ahnung.« Sie lehnte sich gegen die Tunnelwand und strich sich eine Strähne aus dem Gesicht. »Was machen wir hier überhaupt?«

Kilian trat vor sie und hob ihr Kinn an. »Wir müssen Tamara finden. Denk gut nach. Sollen wir weiter hier runterlaufen oder zur Burg gehen?«

»Ich weiß es nicht.«

»Denk nach!«

»Ich versuch's ja.« Jo unterdrückte ein Schluchzen und schloss die Augen. Heulen brachte sie hier auch nicht weiter. *Bitte, Tamara, ich bin zwar nicht gut in so was, aber wenn du hier irgendwo steckst, dann gib mir ein Zeichen. Du kannst das doch,* flehte sie in Gedanken.

Atemlos horchte Jo in sich hinein, doch außer der feuchten, alten Mauer in ihrem Rücken, ihrem rasenden Herzschlag und dem Gewicht dieses fürchterlichen Spießes in ihrer Hand fühlte sie gar nichts.

Verdammt, was stand sie hier einfach nur so herum? Sie musste etwas tun und zwar auf der Stelle! Raus, Hilfe holen, auch wenn sie womöglich viel zu spät kommen würde. Sie öffnete die Augen, da spürte sie, wie ihre Haare steif vor Frost wurden.

Weiter! Tiefer hinein! Beeile dich!

Keuchend stieß Jo den Atem aus. Weiße Wölkchen formten sich vor ihrem Mund. »Friederike? Bist du das?«

Du hast nicht mehr viel Zeit.

Jo riss die Augen auf. »Dort entlang.« Sie packte Kilian am Arm und zog ihn weiter, tiefer hinab in den Tunnel. Als ein Quergang ihren Weg kreuzte, spürte sie, wie eine schmale Hand ihren Unterarm umschloss. Sofort wurden Jos Finger taub, als ob das Leben aus ihnen hinausgesogen würde. Am liebsten hätte sie sich aus Friederikes Griff gewunden, doch stattdessen ließ Jo sich ohne Zögern nach rechts, an der nächsten Kreuzung nach links und immer weiter von ihr führen.

Bero stieß Tamara so grob gegen die Wand, dass sie mit dem Kopf gegen die Steine prallte und benommen hinfiel. Zitternd betastete sie ihre Stirn und betrachtete ungläubig die roten Spuren auf ihren Fingerkuppen.

»Lassen Sie mich doch gehen, ich bin keine Hexe.«

»Närrin!«, rief er. »Glaubst du wirklich, ich sei so töricht, mich von dem abergläubischen Geschwätz der Leute anstecken zu lassen?« Er griff nach der Winde und kurbelte das Seil so weit runter, dass er es greifen konnte. »Das war ich schon damals nicht, wieso sollte ich es heute sein? Kräuter mischen, Salben kochen, ein verunstaltetes Gesicht, das soll Hexerei sein? Das Geschwafel von Zauberschen, die dem Satan anheimfallen, war doch nichts weiter als Humbug, mit dem die Pfaffen ihre Schäflein unter der Knute halten wollten.« Er lachte und knotete mit geübten Griffen das Seilende zu einer Schlinge. »All ihr jämmerlichen Kriecher mit eurer Gottesfurcht. Buckelt vor einem Hirngespinst, das euch Erlösung im Jenseits verspricht, wenn ihr euch im Diesseits von ihm knechten lasst.« Er tippte sich an die Stirn. »Aber ich verrate dir etwas, Friederike. Ich habe mich niemals knechten lassen, nie mein Haupt vor diesem Scharlatan gebeugt, den ihr Gott nennt. Und warum? Weil wirkliche Macht weit mehr erfordert, als ein paar Psalme zu murmeln und mit dem Rosenkranz zu fuchteln. Sieh mich an!« Er breitete die Arme aus und warf den Kopf in den Nacken. »Den wahren Hexenmeister haben sie nie entlarvt. Den einzigen Herrscher über Leben und Tod. Dabei war ich stets in ihrer Mitte und habe ihre Geschicke gelenkt. Ich habe sämtliche Freiheiten, nehme mir, was ich will, und zwar im Diesseits. Dagegen kann euer Zimmermann aus Nazareth nichts ausrichten.«

»Dafür werden Sie in der Hölle schmoren.« Tamara duckte sich in der Erwartung einer Bestrafung, doch er beugte sich nur zu ihr herunter und betrachtete sie mit der Neugier, mit der Kinder ein Insekt mustern, bevor sie ihm die Flügel ausreißen.

»Du einfältiges Balg«, sagte er beinahe sanft. »Hast du es noch immer nicht begriffen? Wunderst du dich denn gar nicht, dass ich noch immer hier bin, um dich zurück ins Jenseits zu befördern? Es gibt keine Hölle für mich, ich bin unsterblich.«

Erschüttert starrte sie ihn an und erkannte etwas in seinen Augen, das er anfangs hinter seiner Maske der Rechtschaffenheit verborgen hatte. Nun aber, nach all den Jahren und so kurz vor dem Ziel, loderte der Wahnsinn unübersehbar.

»Wenn Sie nie an Hexerei geglaubt haben, wieso dann das alles?«, brachte sie um Beherrschung ringend hervor. »Warum ich?«

Er verzog das Gesicht vor Abscheu. »Weil dein Vater damals die Hand nach der Macht ausstreckte. Nicht nur in seiner Eigenschaft als Herzog oder als Vorsitzender des Rates, sondern vor allem in seiner freundschaftlichen Nähe zum Kurfürsten und somit zum Kaiser. Das musste ich unterbinden. Zuerst versuchte ich es im Guten, indem ich um dich freite. Als dein Gemahl hätte ich früher oder später alle Titel und Privilegien deines Vaters geerbt.«

Sie schluckte trocken. »Vermutlich früher, wie ich Sie einschätze.«

Er gluckste, als hätte sie einen Witz gemacht, den nur er verstand. »Vermutlich«, bestätigte er. »Oder: Ganz sicher. Aber du musstest dich ja zieren. Als ob ich nicht gut genug gewesen wäre für dich. Und dann verguckst du dich auch noch

in diesen Hanswurst von Kurprinzen. Gernot.« Er spie den Namen aus, als hätte er etwas Ekelerregendes im Mund, das er loswerden müsste.»Ich sah meine Chancen schon schwinden, da kam mir deine Krankheit zugute.«

Reflexartig zuckte ihre Hand zu ihrer linken Gesichtshälfte. Die Haut fühlte sich ebenmäßig und unversehrt an. Dankbar atmete sie auf.

»Nichts war leichter, als den Leuten einzureden, es sei ein Hexenmal.« Er lächelte versonnen.»So schaffte ich dich aus dem Weg wie einen lästigen Kiesel. Danach waren deine Eltern dran, denn wenn die Tochter eine Hexe war, so die Schlussfolgerung der Menschen, dann mussten die Eltern mit dem Teufel im Bunde sein. Sie fuhren durch das Feuer des Scheiterhaufens in die Hölle.«

»Sie sind ein Monster«, wisperte sie fast tonlos. Es war mehr eine Feststellung als eine Anklage.

Ihre Mutter, warmherzig und freundlich zu jedermann. Ihr Vater, so klug und besonnen. Unter unsäglichen Qualen hatten sie ihr Leben herausgeschrien, während ihnen die Flammen das Fleisch von den Knochen gefressen hatten. Bero hatte sie mit einem einzigen Handstreich weggewischt. Ein tiefer Schluchzer entfuhr Tamaras Kehle, geboren aus der Trauer, die durch Friederikes Seele in ihr widerhallte.

»Ich dachte, du würdest dort auf sie warten.« Sein Finger schnellte vor und wies drohend auf sie. »Kannst du dir mein Entsetzen vorstellen, als ich dich zusammen mit deinen Freunden in meinem Arbeitszimmer sitzen sah?«

»Ich bin nicht Friederike«, widersprach Tamara matt. Aber stimmte das auch?

»Ganz offensichtlich hatte ich dich unterschätzt«, ignorierte er ihren Einwand. »Ich weiß nicht, warum du dich so beharrlich an dein armseliges Leben klammerst, aber sei es, wie es ist. Solange du am Leben bist, ist meine Existenz in

Gefahr, darum werde ich dein Dasein beenden, jetzt und auf der Stelle.«

Damit warf er Tamara die Schlinge über, zog sie zusammen und drehte die Kurbel. Hart schnürte Tamara das Seil die Arme gegen den Leib und schnitt ihr ins Fleisch. Sie versuchte, auf die Füße zu kommen und dagegenzuhalten, doch die schwarze Öffnung kroch näher und näher.

»Nein!«

Bero zog sie auf die Knie, auf die Füße und im nächsten Moment hing sie frei über dem Loch.

»Gute Reise in die Hölle, meine Liebe!«

Sie schrie aus Leibeskräften, doch damit schien sie ihn nur zu amüsieren. Das Letzte, was sie von ihm sah, war sein höhnisches Grinsen, ehe er sie in die Schwärze hinabließ.

»Hast du das gehört?« Kilian blieb so plötzlich stehen, dass Jo gegen ihn lief.

»Nein, was …«

»Leise.« Er legte ihr seinen Finger auf die Lippen und dann hörte sie es auch.

Tamara. Unverkennbar. Ihre Schreie drangen aus weiter Ferne zu ihnen, so gellend, wie Jo noch nie zuvor einen Menschen hatte schreien hören.

»Er bringt sie um«, hauchte sie, starr vor Entsetzen.

»Los!« Kilian umklammerte Jos Hand noch fester und setzte sich wieder in Bewegung. Erst trabte er, aber dann, als Tamaras panische Schreie von den Wänden widerhallten, rannte er so schnell, dass Jo Mühe hatte, an seiner Seite zu bleiben. Wenn sie nun in diesem Gewölbelabyrinth falsch abbogen?

Als hätte sie Jos Gedanken gelesen, verstärkte Friederike den Griff ihrer toten Finger. *Vertrau mir.*

Jo überließ Friederike komplett die Führung und nach einigen Abzweigungen bemerkte sie, dass Tamaras Schreie allmählich lauter wurden und weniger verzerrt klangen. Sie kamen näher.

Halt durch, flehte Jo stumm, da brachen die Schreie abrupt ab. Jo trat der kalte Schweiß aus den Poren. Was würden sie vorfinden, wenn sie Tamara erreicht hatten? Die Folterinstrumente aus dem Hexenkeller schossen Jo mit brutaler Klarheit ins Gedächtnis. Tamara mit zerrissenen Gelenken auf der Streckbank, mit abgezogener Haut am Folterkreuz festgekettet, aufgespießt von den Dornen der Eisernen Jungfrau.

Plötzlich tauchte ein flackernder Lichtschein vor ihnen auf. Feuer! Ein weiteres Bild schob sich Jo unbarmherzig in den Sinn: Tamara mit Brandwunden übersät an glühenden Haken aufgehängt.

»Nein!« Jo ließ Kilians Hand los, schüttelte Friederikes kalten Griff ab und stürmte, den rostigen Spieß wie einen Degen vorgestreckt, dem Flammenschein entgegen. Nur beiläufig nahm sie Kilian zur Kenntnis, der sie bereits nach wenigen Metern eingeholt hatte. Er rief ihr irgendetwas zu, doch sie schenkte ihm keine Beachtung. Eine weitere Abzweigung. Da!

Geblendet taumelte Jo zurück. Hitze breitete sich auf ihren Wangen aus. Sie beschirmte mit der freien Hand die Augen und sah sich blinzelnd um. Zuerst erkannte sie nur Feuer. Nein, Fackeln. Ein runder Raum, erhellt von Fackeln. Aber wo war Tamara?

»Sieh mal!« Kilian deutete auf ein merkwürdiges Gestell, das mitten im Raum über einem brunnenartigen Schacht hing. Eine Winde, nur ohne Seil.

»T-Tamara?« Mit zitternden Beinen machte Jo einen Schritt auf den Schacht zu. »Bist du da unten?« Sie hielt sich an der Winde fest und wagte einen Blick in die Tiefe. Schon nach wenigen Metern verlor sich der Schacht im Schwarz.

»Tamara?«

Kilian hob die Taschenlampe und ließ den trüben Lichtfleck an der Innenwand des Lochs nach unten wandern. Glatte
Backsteine, Meter um Meter, bis irgendwann Schrammen im
Lichtkegel auftauchten. Zuerst maß Jo ihnen keine Bedeutung
bei, bis ihr ein Muster darin auffiel. Die Schrammen verliefen
parallel. Immer zu fünft und sie führten stets senkrecht nach
unten.

»Oh, mein Gott.« Sie presste den Handrücken gegen den
Mund und wandte sich ab.

»Was ist?«

Jo schüttelte den Kopf. »Die Kratzer da.« Sie schluckte
gegen den aufsteigenden Gallegeschmack an. »Die sind von
Fingernägeln.«

Kilian wich hastig ein paar Schritte zurück. Sein Gesicht
hatte eine ungesunde Blässe angenommen. Jo fürchtete schon,
er würde zusammenklappen, da wischte er sich mit der Hand
durchs Gesicht, trat erneut an den Rand des Schachts und
leuchtete hinunter.

»Ich sehe sie!«, rief er.

Endlich wagte Jo einen Blick auf den Grund des Schachts.
In rund zehn Metern Tiefe lag, zusammengerollt wie ein Fötus,
Tamara. Ein Seil lag auf ihr, eins der Enden fest um ihren Leib
geschnürt. Sie rührte sich nicht und eine quälende Sekunde
lang war Jo überzeugt, auf eine Leiche hinabzuschauen.

»Gott sei Dank, sie atmet«, entfuhr es Kilian und da bemerkte auch Jo eine schwache Bewegung des Körpers. »Aber
wie sollen wir sie da nur rausbekommen?«

Jo schaute hinauf zu der Winde, an der nur noch ein arm-
langer Rest des Seils baumelte. Bero, dieser Dreckskerl, musste
es abgeschnitten haben. Einer Eingebung folgend, nahm sie
den Fledermausrucksack von der Schulter und kippte den
Inhalt auf den Boden. Hoffentlich hatte Tamara es dabei.

Zwischen dem Bündel mit Friederikes Tagebuch, etlichen Fläschchen mit Tinkturen und Salben, ihrer Thermosflasche, einem Nageletui und diversen Emaildöschen mit unbekanntem Inhalt kullerte auch das Strickzeug mit der halbfertigen Socke heraus. Kurzerhand nahm sie das lila Wollknäuel und hielt es Kilian unter die Nase. »Meinst du, damit funktioniert es?«

Er griff das Garn, wickelte es um seine beiden Handrücken und zog daran. Der struppige Chenillefaden gab ein schnurrendes Geräusch von sich, als ob man an der Sehne eines Bogens zupfte, hielt aber stand.

»Könnte klappen«, sagte Kilian und beugte sich über den Schacht. »Aber zuerst müssen wir sie irgendwie aufwecken.«

Jo kniete nieder und formte mit den Handflächen einen Trichter vor ihrem Mund und machte Anstalten, in den Schacht hineinzurufen. Aber Kilian hielt sie zurück.

»Bist du bescheuert? Was, wenn Bero noch in der Nähe ist? Willst du, dass er uns hört?«

»Aber wie sollen wir es sonst anstellen?«

Kilian schaute auf den Haufen mit Tamaras Habseligkeiten und nahm eins der Fläschchen.

»Aber das ist Eichenrindenextrakt«, protestierte Jo, woraufhin sie sich einen vernichtenden Blick einfing. Es folgte ein zweiter, als sie ihn bat, damit nicht auf Tamaras Kopf zu zielen.

Das Fläschchen prallte von Tamaras Hüfte ab und zerschellte auf dem Schachtboden. Mit leisem Bedauern lauschte Jo dem Klirren des Glases und rieb sich ihre Handfläche, die mittlerweile fast verheilt war.

Tamara rührte sich nicht.

Dem Fläschchen mit Eichenrindenextrakt folgten das mit Ringelblumenöl und zwei der Emaildöschen, doch ohne Erfolg. Schließlich griff Kilian zur Isolierflasche.

»Willst du sie umbringen?«, entfuhr es Jo, woraufhin Kilian tadelnd mit der Zunge schnalzte und den Verschluss der Flasche öffnete.

Mit dem Strahl des Tees zielte er genau auf Tamaras Gesicht, und endlich erwachte sie. Widerwillig hob Tamara die Hand und schirmte ihr Gesicht gegen den Strahl ab.

»Sie mieses Schwein«, murmelte sie und versuchte, dem Tee auszuweichen.

Siedend heiß fiel Jo ein, dass Tamara die Flüssigkeit ganz sicher nicht für Tee hielt, sondern für eine weitere Gemeinheit Beros.

»Tamara, wir sind es«, beeilte sie sich, halblaut zu rufen. »Alles wird gut, wir holen dich da raus.«

Verwirrt hob Tamara das Gesicht und blinzelte ihnen entgegen. Eine blutige Schramme verunstaltete ihre Stirn, doch ansonsten schien sie unversehrt. »Jo? Kilian?«

»Ja! Geht es dir gut?«

Sie sahen, wie Tamara ihren Körper untersuchte. Als sie ihr linkes Knie berührte, schnappte sie nach Luft.

»Ich habe mir das Knie aufgeschlagen. Bero hat das Seil abgeschnitten, ehe ich am Boden angekommen bin.« Sie hob erneut den Kopf. »Er ist hier. Bero«, flüsterte sie beklommen. »Ich weiß nicht wieso, aber er …«

»Wissen wir«, unterbrach Kilian sie. »Ich habe schon Bekanntschaft mit ihm gemacht.« Er hielt das Strickzeug fest und warf das Knäuel zu Tamara hinunter. »Schaffst du es, das eine Seilende daran festzuknoten?«

»Bestimmt.« Sie tat, wie ihr geheißen, und winkte ihnen zu. »Fertig. Zieh hoch!«

Behutsam raffte Kilian den Faden auf, aber etwas mehr als einen Meter unter ihnen war Schluss.

»Gib mehr Seil«, wisperte er hinunter.

»Geht nicht, mehr habe ich nicht!«

Jo biss sich auf die Unterlippe. »Das reicht nicht. Und jetzt?«

Kilian legte sich auf den Bauch und ließ sich, so weit es ging, mit dem Oberkörper in den Schacht hinunter. »Setz dich auf meine Beine«, forderte er Jo auf und griff nach dem Seilende. »Mist, es fehlt vielleicht noch eine Armlänge. Tamara, versuch mal, ob du ein Stück an der Innenwand hochklettern kannst.«

Jo hörte, wie Tamaras Schuhe über die steinerne Wand schabten, vernahm ihre leisen Flüche und Schmerzenslaute und beobachtete, wie Kilian Zentimeter um Zentimeter des Strickgarns einholte.

»Noch ein bisschen, du hast es gleich geschafft«, redete er auf Tamara ein, bis er schließlich das Seilende greifen konnte. »Bin dran«, keuchte Kilian.

Jo verlagerte ihr Gewicht nach hinten und stemmte sich mit aller Kraft auf Kilians Unterschenkel. Dass sie sich mal über jedes einzelne ihrer weiblichen Pfunde freuen würde, hatte sie nicht gedacht. Sie beobachtete, wie Kilian sich anspannte und zu ziehen begann.

Zuerst schien Tamara ihm noch helfen zu können, doch dann ging plötzlich ein Ruck durch Kilian und er wurde ein Stück nach vorne gerissen.

Tamara kreischte auf.

»Hab dich«, presste Kilian hervor, sammelte sich und fuhr fort.

Jo blieb nichts anderes übrig, als voller Bewunderung dem Spiel seiner Muskeln zuzusehen. Nun war Tamara bei Weitem kein Schwergewicht, dennoch musste es ihm enorm viel abverlangen, sie ganz alleine und nur mit der Kraft seiner Arme heraufzuziehen.

Als schließlich das Seilende mit dem Strickgarn daran unter seiner Achsel auftauchte, zog Jo es mit dem Fuß heran und packte es, sobald es in ihre Reichweite gelangte. Mit vereinten Kräften dauerte es nicht mehr lange, bis zuerst Tamaras Hände und kurz darauf ihr zerschrammtes Gesicht am Schachtrand erschienen. Ein letzter, beherzter Ruck und schon lag sie wie ein aus dem Wasser gezogener Fisch neben ihnen.

»Alles okay mit dir?« Jo schob ihre Hände unter Tamaras Arme und half ihr, sich aufzusetzen.

Bis auf die Schramme an ihrem Kopf und dem blutigen Knie schien Tamara körperlich unversehrt zu sein, doch aus ihren Augen sprach das blanke Entsetzen.

»Wir müssen weg hier, ehe er zurückkommt«, drängte Tamara und stand schwankend auf.

»Er ist bestimmt schon über alle Berge«, versuchte Kilian, sie zu beruhigen. »Warum sollte er zurückkommen?«

»Weil er es gesagt hat«, flüsterte Tamara. »Er sagte, er wäre bald wieder da und diesmal würde er es endgültig zu Ende bringen.«

»Was hat er bloß vor?« Jo bückte sich nach ihrem Eisenspieß, doch die Stelle, an der sie ihn abgelegt hatte, war leer. Verwirrt schaute sie sich um, da zerriss eine schneidende Stimme die Stille.

»Suchst du vielleicht den hier?«

KAPITEL 16

NUR EIN FLEDERMAUS-RUCKSACK

M ir scheint, ich habe dich und deine Freunde unterschätzt, Friederike.« Mit einer schnellen Bewegung richtete er die Spitze des Spießes auf Kilians Kehle und beförderte dessen Eisenstab mit einem Fußtritt in die Tiefe. Laut scheppernd prallte die Waffe auf ihrem Weg hinab gegen die Schachtwand.

»*Sie* sind Bero?« Jo glaubte, ihren Augen nicht zu trauen.

»*Sie* sind Bero?«, äffte der Bürgermeister Jos Ausruf nach. »Für dich: Freiherr von Kreutzmarck, du unverschämtes Gör.«

Er hielt einen großen, flachen Gegenstand über eine der Fackeln, wartete, bis er Feuer gefangen hatte, und warf ihn hinunter in das Loch. Erst im letzten Augenblick identifizierte Jo ihn als das verschwundene Gemälde. Das war es also, was er benötigte, um Friederikes Schicksal endgültig zu besiegeln.

»Steh auf!«, fuhr er Kilian an und dirigierte ihn zu den Mädchen.

Kilian griff nach Jos Hand und drückte sie sanft.

»Wie rührend.« Bero verzog spöttisch das Gesicht. »Und jetzt seid ihr dran.«

»Wie bitte?« Tamara schnappte entsetzt nach Luft.

»Du hast mich schon verstanden.« Er deutete auf Kilian. »Du zuerst. Runter mit dir.«

»Nein!« Jo schob sich vor Kilian.

»Geh beiseite!«, brüllte Bero. »Ich sagte: Er zuerst. Aber keine Angst, du wirst ihm schon bald folgen.« Er richtete den Spieß auf Kilians Brust. »Na los!«

Kilian schüttelte den Kopf. »Da müssen Sie sich schon selbst die Hände schmutzig machen«, erwiderte er trotzig.

Ein dünnes Lächeln umspielte Beros Mund. Jo spürte, dass ihre Kehle eng wurde. Ganz langsam, beinahe genießerisch, schwenkte der Mann die Spitze der Waffe zu Jo, ohne Kilian aus den Augen zu lassen. Seine Botschaft an ihn war klar. »Spring!«

»Was soll das?«, kreischte Tamara. »Sie wollen doch bloß mich!«

»Sei still«, zischte Kilian, doch Bero beachtete ihn nicht. Stattdessen musterte er Tamara mit geringem Interesse.

»Lassen Sie sie gehen«, fuhr Tamara fort. »Die beiden haben Ihnen nichts getan. Ich mache alles, was Sie wollen. Es geht Ihnen doch nur um mich, habe ich recht?«

Jo warf Tamara einen kurzen Blick zu. Der flehende Ton in Tamaras Stimme, in dem sie um ihre Leben bettelte, rief in Jo eine absurde Mischung aus Bewunderung und Verachtung hervor.

»Damit sie direkt zur Polizei rennen?«, fragte Bero beinahe freundlich und schrie gleich darauf so heftig, dass seine Spucke quer durch den Raum flog: »Hältst du mich für töricht?«

Jo zuckte vor Schreck zusammen. Allmählich ahnte sie, wie hilflos sich Friederike gefühlt haben musste, als sie der Willkür dieses Psychos ausgeliefert gewesen war.

»Na los, runter mit dir oder deine kleine Freundin bekommt das Ding hier zwischen die Rippen.« Er stieß Jo mit der Spitze des Stabes an, zwar nur leicht, doch kräftig genug, um sie vor Schmerz keuchen zu lassen.

»Ist ja gut, ich mach ja schon!« Kilian hob die Arme als Zeichen, dass er sich nicht wehren würde, und ging langsam zum Schacht hinüber.

»Kilian, nicht!«, wimmerte Jo und fing sich einen weiteren Stoß mit dem Eisen ein. Sofort verstummte sie und beobachtete leise weinend, wie Kilian vorsichtig seine Schuhspitzen über den Schachtrand schob.

Das war doch alles nicht echt. Das passierte nicht wirklich! In Jos Kopf schwirrte es. Sie hatten doch gar nichts getan, sondern nur versucht, hinter Friederikes Geheimnis zu kommen. Und Jo hätte noch nicht einmal mitgemacht, wenn Tamara nicht damit angefangen hätte. Genau! Tamara hatte sie überhaupt erst mit hineingezogen!

»Das ist alles deine Schuld!«, fauchte Jo und drehte sich zu Tamara um. »Nur deinetwegen sind wir hier!«

»Jo, bitte, das meinst du doch nicht ernst.« Tamara schaute sie konsterniert an und selbst Bero wandte sich Jo verblüfft zu.

»Hierherzukommen war alleine deine Idee. Du wolltest wissen, was es mit Friederike auf sich hat. Willst du das etwa bestreiten?«

Tamara öffnete den Mund zu einer Erwiderung, aber es wollte ihr keine einfallen.

»Siehst du, ich wusste es«, zischte Jo.

»Ich dachte, du bist meine Freundin?«, stammelte Tamara und wich vor Jo zurück.

»Bleib da stehen!«, herrschte Bero sie an, da bemerkte Jo eine rasche Bewegung hinter sich.

Bero wirbelte zu Kilian herum. »Und du auch!« Er stieß den Eisenstab nach Kilian, da sauste etwas Schwarzes durch die Luft und traf Bero am Handgelenk. Tamaras Fledermausrucksack.

»Hey, was …«

Mit einem Satz warf Kilian sich auf Bero. Hart prallten sie gegen die Gewölbewand. Jemand schrie. Es dauerte einen Moment, bis Jo bemerkte, dass es sie selbst war. Wie gelähmt beobachtete sie Bero und Kilian, die unerbittlich um den Spieß rangen. Noch hielt Bero die Waffe umklammert, doch Kilian drehte dessen Handgelenk, sodass er vor Schmerzen brüllte.

Irgendwie schaffte es Bero, Kilians Haare zu greifen und dessen Kopf gegen die Wand zu stoßen. Kilian sackte benommen zusammen, woraufhin Bero ihm den Ellbogen in die Magengrube rammte. Kilian fiel auf die Knie. Bero umfasste den Spieß mit beiden Händen und holte aus.

»Nein!« Ehe Jo wusste, was sie tat, stürzte sie sich auf Bero und krallte sich an dessen Rücken fest. Er taumelte zurück und versuchte, sie abzuschütteln. Im nächsten Moment stürzte auch Tamara auf ihn und umklammerte seinen Arm.

Bero stieß Tamara beiseite wie eine Puppe, drehte sich um und warf sich rückwärts gegen die Gewölbewand. Jo glaubte, ihre Lunge würde kollabieren. Röchelnd rutschte sie von Beros Rücken und blieb atemlos an der Wand liegen. Wie durch einen Schleier beobachtete sie, wie Bero zur bewusstlosen Tamara ging. Er drehte sie mit der Schuhspitze um und hob den Spieß hoch über den Kopf.

Sieh nicht hin, mach die Augen zu, beschwor Jo sich selbst. Doch sie schaffte es nicht wegzuschauen. Als wäre sie hypnotisiert, klebte ihr Blick an dem Grauen, das sich da vor ihr abspielte, und für einen Moment beneidete sie Tamara um ihre Bewusstlosigkeit. Sie würde ihren Freunden nicht beim Sterben zusehen müssen. Sie hatte es gleich überstanden.

Kilian rief irgendwas, es klang mehr wie der Laut eines Tieres.

»Stirb endlich!«, kreischte Bero, stieß die Waffe hinab, da flog ein schwarzer Schemen heran und drückte ihn gegen das Holzgestell.

David! Wie von Sinnen prügelte er auf Bero ein. Der hatte seinen Eisenspieß verloren und versuchte, sein Gesicht mit den Händen abzuschirmen.

Inzwischen hatte Kilian sich auf die Füße gekämpft. Blut rann ihm am Kinn hinunter und er musste sich an der Wand abstützen. Er suchte Jos Blick.

»Wo?«, brachte er mühsam hervor.

Jo deutete auf den Spieß, der nahe an den Rand des Schachts geschlittert war. Eine Hand auf die Magengrube gepresst, schleppte sich Kilian voran, nahm den Stab und richtete ihn auf Bero. »Es ist vorbei«, ächzte er. »Geben Sie auf.«

David hielt kurz inne, schmetterte noch einmal seine Faust gegen Beros Kiefer und ließ widerwillig von ihm ab.

»Schön, dich zu sehen, Alter.« Kilian grinste David mit blutigen Zähnen an.

David wischte sich mit dem Ärmel seines Sweaters über die Nase, zog sie geräuschvoll hoch und spuckte Bero vor die Füße. »Ja, freut mich auch.« Er musterte Bero verächtlich. »Was macht dieses Stück Scheiße hier?«

»Ist 'ne lange Geschichte«, hustete Jo und kroch zu Tamara hinüber.

Die erwachte allmählich aus ihrer Bewusstlosigkeit. Stöhnend setzte sie sich auf, hielt ihren Kopf und schaute sich verwirrt um. »David? Wie kommst du denn hierher?«

»Ist auch 'ne lange Geschichte«, antwortete er und wandte sich wieder Bero zu. »Und du kannst gleich mal den Bullen erklären, warum du hier unten kleine Mädchen erstechen willst!«

»Bestimmt nicht!«

Ehe Jo begriff, was geschah, schlug Bero den Eisenstab beiseite und stürzte sich auf Kilian. Der duckte sich reflexartig. Blind vor Hass stolperte Bero auf die Grube zu, erkannte im letzten Moment die Gefahr und bremste so scharf ab, dass die Sohlen seiner Slipper bis an den Rand rutschten. Fluchend warf Bero sich herum und versuchte einen Ausfallschritt, da verfing sich sein linker Fuß am Riemen von Tamaras Rucksack. Er ruderte mit den Armen, hielt sich für den Bruchteil einer Sekunde über dem Schachtrand und kippte dann wie in Zeitlupe nach hinten. Seinem Schrei

folgte ein dumpfer Aufprall, bei dem sich Jos Magen zusammenzog.

Stille.

»Ist er … tot?«, wagte Jo zu fragen.

David beugte sich über den Schacht, leuchtete hinunter und wandte sich mit angewidertem Gesicht ab. »Mausetot, wenn du mich fragst.«

»Aber wie kann das sein? Er sagte doch, er sei unsterblich.« Jo half Tamara auf die Füße, die noch immer reichlich blass um die Nase war.

»Wegen des Bildes«, vermutete Kilian. »Überlegt mal. All die Jahre hing es, bewacht von einem Cherub, in der Kirche. Das war sicher sein Werk. Er hatte Angst, Friederike könne eines Tages irgendwie mit Hilfe des Bildes zurückkehren, und dachte, er könne sie mit dem Cherub daran hindern.«

»Du hast recht.« Jo nickte und spann die Idee fort. »Als er Friederike in Tamara zu erkennen glaubte, musste eine andere Lösung her. Er musste das Bild zusammen mit ihr endgültig vernichten. Dabei hat er nicht bedacht, dass auch seine eigene Unsterblichkeit an dieses Bild geknüpft war.«

»Nein, da steckt etwas anderes dahinter«, widersprach Tamara. »Kurz bevor er mich in das Loch hinabgelassen hat, sagte er, solange ich lebe, wäre seine Existenz in Gefahr. Ich schätze, er war nur so lange unsterblich, wie das Geheimnis um seine Verbrechen gewahrt geblieben ist.«

»Was redet ihr denn da für einen Stuss?« David schüttelte den Kopf. »Unsterblichkeit. Der Typ ist jedenfalls Matsch.«

»Dein Ablenkungsmanöver war übrigens große Klasse.« Kilian zog Jo in seine Arme und küsste vorsichtig ihren Mundwinkel. »Als ob du sauer wärst auf Tamara! Um ein Haar hätte ich dir die Nummer geglaubt.«

Jo lachte unsicher auf und suchte Tamaras Blick. »Ja, ich auch. Alles klar bei dir?«

Tamara schien durch sie hindurchzusehen.

»Tamara?« David fasste sie bei den Schultern und schüttelte sie leicht. »Geht es dir gut?«

Ganz langsam wandte sich Tamara David zu. Sie öffnete den Mund, als ob sie etwas sagen wollte, doch plötzlich versteiften sich ihre Glieder. Ihre Augen verdrehten sich, bis nur noch das Weiße zu sehen war. Schlagartig wurde es eiskalt im Raum.

»Verdammt, was ist das?« Hastig entfernte sich David ein paar Schritte von ihr.

Zuerst glaubte Jo an irgendeine Sehstörung, hervorgerufen durch den Kampf mit Bero, doch dann sah sie es ganz deutlich: Ein silberner Schemen überlagerte Tamaras Gestalt. Zuerst war es nur ein zarter Dunst, der sie umgab, dann wurde dieser allmählich dichter und nahm Konturen an. Die Konturen einer Person. Einer weiblichen Person, sie trat aus Tamara heraus.

Tamara begann indes, unkontrolliert zu zucken, und Jo fürchtete schon, sie könne einen epileptischen Anfall oder so was haben. Im nächsten Augenblick beruhigte sich Tamara allerdings wieder und blickte mit staunenden Augen die Geistergestalt neben sich an.

Friederike. Sie trug dasselbe Kleid wie auf dem Gemälde, ihr Gesicht leuchtete jedoch unversehrt und voller Dankbarkeit im Silberschein.

»Meine wackeren Freunde«, ertönte eine Stimme, von der Jo nicht wusste, ob sie sie mit ihren Ohren oder ihrer Seele wahrnahm. Sie klang seltsam verzerrt, als ob sie mal aus nächster Nähe und dann wieder aus der Tiefe der Vergangenheit zu ihnen redete. Obwohl sie einen altmodischen Dialekt sprach, schwang in ihr die Freude mit, die allen 15-jährigen Mädchen zu eigen ist. »Endlich ist das Unrecht vergolten, der Frevel gesühnt. Allein dank Euch kann ich nun in Frieden heimkehren in den Kreis meiner Ahnen. Dessen werde ich immerdar gedenken. Gehabt Euch wohl.«

Friederike nickte David lächelnd zu und danach Kilian. Als sie Jo anschaute, grinste sie schelmisch. Und du wolltest zuerst nicht an mich glauben, sagte ihr Blick. Flüchtig bedauerte Jo, dass sie Friederike nicht zu ihren Lebzeiten gekannt hatte. In einer anderen Zeit, unter anderen Umständen, hätten sie sicher Freundinnen werden können.

Schließlich wandte Friederike sich Tamara zu. »Sieh das Offensichtliche«, flüsterte sie ihr mit einem Augenzwinkern zu.

»Warte, wie meinst du das?«, rief Tamara, doch Friederikes Gestalt verblasste bereits, verflüchtigte sich und verschwand.

EPILOG

Die Sonne war nah an den Horizont gerutscht und veredelte mit ihren Strahlen den letzten Tag des Wochenendes. Morgen würde es wieder zur Schule gehen, Mathe in der ersten Stunde. Es würde ganz so sein, als hätte es die Klassenfahrt nach Walnik nie gegeben.

Tamara schaute den Enten zu, die sich auf dem Teich um ein paar Brotkrumen zankten. Ob sie der Mutter des kleinen Jungen, der da so begeistert Toaststücke aufs Wasser warf, erzählen sollte, dass er damit die Fische vergiftete? Nein, heute nicht. Heute hatte ihr grünes Gewissen Urlaub.

Eine Woche hatte die Schulleitung ihnen zugestanden. Eine Woche Erholung für sie, Jo, Kilian und David, nachdem die Walniker Polizei sie in die Mangel genommen hatte. Was hatten sie in den Gewölben unter der Kirche zu suchen gehabt? Wieso lag der Bürgermeister mit gebrochenem Genick und zusammen mit einem verkohlten Gemälde im Schacht? Bisher hatte niemand von der Existenz des Klageschachts unterhalb des Hexenkerkers gewusst. Unter den Historikern sorgte diese Neuentdeckung für Aufsehen, die Polizei interessierte sich jedoch nur für den Tod des Mannes, den Tamara nur als Bero von Kreutzmarck kannte.

Nach etlichen Befragungen, Tatortbegehungen und einer Durchsuchung der Räumlichkeiten des Bürgermeisters war man zum Ergebnis gekommen, dass er wohl Anhänger eines obskuren Satanskultes gewesen war und Tamara im Zuge irgendeines teuflischen Rituals hatte opfern wollen. Nachdem sich jeglicher Verdacht gegen die Jugendlichen zerschlagen hatte, legte man seinen Tod als Unfall zu den Akten. Die Archivarin allerdings wurde der Mittäterschaft bei Kilians Entführung verdächtigt und war verhaftet worden.

Die vier Jugendlichen hatten danach wieder nach Hause fahren dürfen, wodurch sie auch dem Fokus der Presse größtenteils hatten entgehen können. Nur ganz wenige Reporter hatten ihre Telefonnummern herausbekommen und nachdem in den ersten zwei, drei Tagen vor allem Kilian und die Mädchen mit Fragen belästigt worden waren, herrschte nun Ruhe. Vermutlich hatte inzwischen ein anderes Ereignis die Aufmerksamkeit der schreibenden Zunft erregt. Ein satanischer Bürgermeister, der sich in einem Folterloch das Genick bricht, hatte in ihren Augen vermutlich ein ähnliches Verfallsdatum wie ein Becher Magerquark.

Friederikes Tagebuch hatte Tamara seitdem nicht mehr in die Hand genommen. Es lag gut verwahrt in dem Geheimversteck unter den Bodenbrettern ihres Zimmers und würde dort auch vorerst bleiben. Wo auch immer Friederike jetzt war, Tamara hoffte, sie hatte endlich ihren Frieden gefunden. Von Spuk und Hexengeschichten hatte Tamara fürs Erste jedenfalls genug. Da erging es ihr nicht anders als Jo, Kilian und David. Sie hatten die stumme Übereinkunft getroffen, das Thema »Friederike von Heinen und Bero von Kreutzmarck« nicht mehr zu erwähnen. Zu knapp waren sie alle mit dem Leben davongekommen.

Jo und Kilian schienen das alles recht gut verdaut zu haben. Nebensächlichkeiten wie Eifersuchtsdramen, Zickereien und Missverständnisse ließ man wohl hinter sich, wenn man gemeinsam einen mordlüsternen Unsterblichen um die Ecke gebracht hatte. Dasselbe konnte man von David und Tamara allerdings nicht behaupten. Nicht, dass sie sich stritten, es war

vielmehr so, dass sie seit jener Nacht nicht mehr viel miteinander zu tun hatten.

Das letzte längere Gespräch hatten sie geführt, gleich nachdem Friederike erlöst worden war. Es hatte sich darum gedreht, woher er so plötzlich gekommen war. Seine Erklärung war ganz einfach: Es war Tamaras Geheimnistuerei, die ihn misstrauisch gemacht hatte, darum hatte er sie heimlich beobachtet. Er ahnte, dass die Burg etwas mit ihrem seltsamen Verhalten zu tun hatte, denn schließlich hatte es dort angefangen. Als er in der verhängnisvollen Nacht ihr Verschwinden bemerkt hatte, hatte er vermutet, dass sie unterwegs zur Burg war, und sich ebenfalls auf den Weg dorthin gemacht. Er war hinunter in den Folterkeller gestiegen und dann, nachdem er niemanden vorgefunden hatte, tiefer ins Hexenverlies. Auch dort hatte er zuerst keine Spur von Tamara entdeckt. Er hatte bereits wieder gehen wollen, da hatte er gellende Schreie gehört. Sie waren direkt aus der Rückwand einer der Nischen zu ihm gedrungen und hatten eindeutig nach Tamara geklungen. Mit einer Axt – einem der Exponate aus dem Folterkeller – hatte er die Rückwand aufgestemmt und dahinter einen Hohlraum mit einer Treppe gefunden, die hinab in die Tiefe führte. Über diese Treppe war er in den Gang zum Gewölbe mit dem Schacht gelangt, genau in dem Augenblick, als Bero zum Todesstoß gegen Tamara ausgeholt hatte.

Nach diesem Gespräch schien es, als wolle er ihr aus dem Weg gehen. Außer einem flüchtigen Hallo und Tschüss hatte er ihr nichts mehr zu sagen. Tamara verstand nicht, warum er sich so von ihr distanzierte, sie verstand nur, dass es schmerzte. Sie wollte ihren besten Freund zurückhaben, der so selbstverständlich zu ihr gehörte wie all ihre Körperteile. Nicht einmal das Amulett, das sie extra für ihn im Slawendorf in Passentin gekauft hatte, hatte sie ihm überreichen können.

Es lag noch immer in den Tiefen ihres Fledermausrucksacks und lieferte ihr nun ein Alibi, um ihn auf seiner täglichen Laufstrecke durch den Stadtpark abzufangen.

Inzwischen war die junge Mutter mit ihrem Sohn weitergegangen. Die Enten verteilten sich schnatternd auf dem Teich und warteten auf den nächsten Spaziergänger, der seine vermeintliche Tierliebe an ihnen auslebte. Tamara warf einen Blick auf ihre Armbanduhr. Normalerweise hätte David längst aufkreuzen müssen. Entweder hatte sie ihn verpasst oder er hatte sie hier sitzen sehen und einen anderen Weg gewählt.

Sie zerknautschte den Fledermausrucksack auf ihrem Schoß und malte mit den Spitzen ihrer Stiefel Triskelen in den Staub vor der Bank. Ob sie es morgen noch mal versuchen sollte?

Unschlüssig ließ sie den Blick übers Wasser schweifen, da hörte sie vertraute Schritte über den Parkweg näher kommen.

»Hey, du!« Sie zwang sich zu einem unbeschwerten Lächeln.

Für einen Moment fürchtete sie, er würde einfach weiterlaufen, da bog er in ihre Richtung ab. Auf der Stelle laufend, blieb er vor ihrer Bank stehen.

»Hey.«

Tamara schaute unsicher zu ihm auf. Offenbar war er nicht gewillt, ihretwegen seine Joggingrunde zu unterbrechen.

»Hast du mal 'ne Minute?« Sie versuchte sich an einem Grinsen. »Ein Termin bei dir ist schwerer zu bekommen als eine Audienz beim Papst.«

»Als ob du jemals eine Audienz beim Papst bekommen wolltest.« Endlich stellte er seine Pulsuhr ab und setzte sich neben sie.

»Da hast du recht.« Sie sog seinen vertrauten Geruch ein und war kurz davor, vor Kummer loszuheulen. Verdammt, er fehlte ihr so sehr, dass es beinahe körperlich wehtat. Sie drängte die Tränen zurück und griff in ihren Rucksack.

»Dass du das Ding noch immer mit dir herumschleppst.« David lachte freudlos auf.

»Ist wohl so was wie ein Talisman«, antwortete Tamara und zog das Amulett hervor. Es steckte in einem kleinen Stoffbeutel, der mit einer Kordel verschnürt war. »Hier, das habe ich für dich gekauft. Damals, als wir in Passentin waren.« Unbeholfen drückte sie ihm das Geschenk in die Hand. Atemlos wartete sie auf seine Reaktion.

Langsam zog David den Karneol heraus. »Mein Krafttier.« Er hielt den Elefanten in die Sonne und beobachtete das feurige Farbenspiel des Steins. »Danke. Aber ich habe gar nichts für dich.«

Sie wagte es nicht, ihm in die Augen zu schauen. »Ich will nichts von dir«, murmelte sie. »Ich will nur meinen besten Freund zurück.«

Sie hörte, wie er geräuschvoll die Luft einsog. »Tamara«, begann er, setzte den Satz aber nicht fort. Stattdessen steckte er den Elefanten zurück in den Beutel und wickelte die Schnur darum. »Hier. Das kann ich nicht annehmen.« Er drückte ihr das Bündel in die Hand.

Es fühlte sich an, als hätte er ihr eine Ohrfeige gegeben. Nein, eine Ohrfeige wäre ihr tausendmal lieber gewesen. Fassungslos starrte sie ihn an. »Aber warum?« Jetzt flossen sie doch, ihre Tränen.

Er stand so rasch auf, dass sie zusammenschreckte. »Weil ich darauf keinen Bock mehr habe!«

Ein älteres Ehepaar drehte sich neugierig nach ihnen um und ging kopfschüttelnd weiter.

»Ich habe keinen Bock mehr darauf, dein bester Freund zu sein. Bester Freund ist Scheiße!« Jetzt kämpfte auch David mit den Tränen. Er wischte sie unwirsch mit dem Ärmel fort.

»David, was …« Tamara sprang ebenfalls auf und wollte nach ihm greifen, doch er wich ihr aus.

»Tu mir einen Gefallen und lass mich. Geh einfach weg von mir, okay?« Sein Atem ging so schnell, als hätte er einen Sprint hinter sich.

»Warum? Hast du mich denn nicht mehr lieb?« Tamara starrte ihn an wie einen Fremden.

»Ob ich dich nicht mehr *lieb habe*?« Er schaute sie an, als hätte sie etwas unfassbar Dämliches gesagt. »Ich habe dich nie *lieb gehabt*. Nie nur *lieb gehabt*, weil ich dich liebe, seit wir fünf Jahre alt sind. Tamara, verstehst du den Unterschied?« Er schluckte mühsam. »Und darum will ich mich nicht damit begnügen, dein bester Freund zu sein. Irgendwann hast du einen richtigen Freund und ich werde dann so tun müssen, als würde ich mich für dich freuen. Das bringe ich einfach nicht.«

Sie betrachtete den Jungen, den sie bereits ihr ganzes Leben kannte – nein, länger noch, korrigierte sie sich, ihre Mütter waren immerhin schon während der Schwangerschaft befreundet. Davids Gesicht war Tamara vertrauter als ihr eigenes. Sie erkannte ihn am Duft seiner Haare, am Klang seiner Schritte und wusste, wie er aussah, wenn er schlief. Sie hatten gemeinsam Fahrradfahren gelernt, heimlich hinter dem Geräteschuppen ihre erste und einzige Zigarette geraucht und einander beim Kotzen die Haare gehalten. Sie wusste, dass er sich vor Marienkäfern fürchtete, dass er seit einem Unfall mit einem Kettcar am linken kleinen Zeh keinen Nagel mehr hatte und sich lange Zeit Sorgen gemacht hatte, dass ihm niemals untenrum Haare wachsen würden.

Und doch wusste sie gar nichts über ihn.

»Sieh das Offensichtliche«, hatte Friederike gesagt und jetzt sah sie es so deutlich, dass sie beinahe laut aufgelacht hätte. Wie kann ein Mensch nur so blind sein? »Du hast absolut recht«, sagte sie ruhig. »Beste Freunde ist Scheiße.«

Sie ging zu ihm und griff nach dem Kragen seines Shirts. Er versuchte, ihr auszuweichen, doch sie konnte ziemlich schnell sein, wenn sie etwas wirklich wollte. Das Hemd fühlte sich feucht an von seinem Schweiß, als sie ihn daran zu sich herunterzog und ihrer Freundschaft ein Ende bereitete, das ihnen auf ewig in Erinnerung bleiben würde.

DANKSAGUNG

Da bedanke ich mich recht herzlich: Und zwar bei meiner Freundin und Kollegin Angelika Lauriel, die mir eine Schreibschwester ist, bei Anja Koeseling von der Agentur Scriptzz, die mehr als ich selbst an mich geglaubt hat, bei meiner Freundin Ramona »Mo« Feldmann, die mich inspiriert, bei meiner Lektorin Annika Kühn, die die letzten Macken aus diesem Buch beseitigt hat, beim Team von Schwarzkopf & Schwarzkopf, das sich auf mein Manuskript eingelassen hat, bei meinen Kindern Alena und Yanik, die so viel Geduld mit mir haben (und mir Tiefkühlpizza verzeihen), und bei meinem Mann Willi, der mein Held ist.

Ohne diese Menschen hätte *Hexengesicht* nie den Weg aus meinem Kopf zwischen zwei Buchdeckel gefunden.

DIE AUTORIN

Heike Schulz, Jahrgang 1968, lebt mit ihrem Mann und ihren zwei Kindern in der Nähe von Köln. Die studierte Bekleidungstechnikerin hat in ihrer Freizeit jahrelang multikulturelle Jugendfußballmannschaften trainiert und in einem Jugendtreff gearbeitet. Derzeit ist sie als Betreuungskraft der Caritas am Schulzentrum in ihrer Heimatstadt tätig. »Hexengesicht« ist ihr Debütroman.

Heike Schulz
HEXENGESICHT
ROMAN

ISBN 978-3-86265-181-8
© Schwarzkopf & Schwarzkopf Verlag GmbH, Berlin 2012
Herzklopfen Fantasy ist das neue Fantasy-Jugendbuchprogramm von Schwarzkopf & Schwarzkopf. Alle Rechte vorbehalten. Dieses Werk ist urheberrechtlich geschützt. Jede Verwendung, die über den Rahmen des Zitatrechtes bei korrekter und vollständiger Quellenangabe hinausgeht, ist honorarpflichtig und bedarf der schriftlichen Genehmigung des Verlages. Titelfoto: © conrado/shutterstock.com Autorinnenfoto: © Alena Schulz

KATALOG
Wir senden Ihnen gern kostenlos unseren Katalog.
Schwarzkopf & Schwarzkopf Verlag GmbH
Kastanienallee 32, 10435 Berlin
Telefon: 030 – 44 33 63 00 | Fax: 030 – 44 33 63 044

INTERNET | E-MAIL
www.herzklopfen-fantasy.de
info@schwarzkopf-schwarzkopf.de